ROBANDO A EMMA

Por
M.C. Román

•••

Derechos de Autor © 2014 por M.C. Román

Esta es una obra de ficción inspirada ligeramente por lugares y experiencias actuales.

La universidad de posgrado de la novela se asemeja a la que yo asistí pero esta no es mi historia.

La historia ha surgido solamente de la imaginación y posibilidades.

Cualquier parecido con personas vivas o muertas es pura coincidencia.

Contenido de Lectura para Adultos

Tabla de Contenidos

Capítulo 1 – Creación de Equipo

Emma Blake caminó en la cancha de baloncesto, tratando de encontrar al resto de su grupo. Sostenía una camiseta gris fea que debería traer puesta, casi arrastrándola a su lado. Uno de los organizadores se la había entregado momentos antes. Ella prefería usar su linda camiseta deportiva así que estaba tratando de esperar hasta el último momento posible para ponerse esa ropa ofensiva. Después de todo, los deportes organizados y creación de equipo no era lo suyo.

Ella no podía creer que este era su primer día de la maestría. ¿No debería estar en algún tipo de orientación donde atascan a todos juntos en un cuarto y son obligados a hacer presentaciones incómodas? Por lo menos eso es lo que siempre asumió como sería.

Por el contrario, esperaban que ella jugara nada menos que baloncesto antes de conocer a nadie de su clase apropiadamente. Es más, habían cambiado sus grupos asignados así que en realidad ni siquiera estaría "creando un equipo" con la gente con la que realmente tenía que trabajar por el resto del semestre. ¿Cuál era el punto de eso?

Se fue a sentar a un área designada "Equipo B" donde había otros cuantos estudiantes reunidos. Apenas había aprendido sus nombres, pues resultaba que todos eran de diferentes países como Colombia, Suiza e Italia. Era un grupo bastante internacional. Ella no agregó mucho a la conversación del grupo mientras esperaban que todos se instalaran. Tampoco prestó mucha atención al organizador principal cuando empezó a hablar y dio su versión de un gran discurso motivacional que incluyó mencionar a Michael Jordan cada cinco minutos. Al final sólo concluyó que fueran a "jugar pelota".

Emma no había jugado baloncesto desde la preparatoria, pero ciertamente no era ninguna desconocida de la NBA, queriendo decir que tenía bastante buen entendimiento de todas las reglas. Por el momento, todo lo que tenían que hacer era pasar la pelota y practicar tiros. Sonaba suficientemente fácil. Si sólo la camiseta fea que estaba usando a regañadientes no afectara su estilo.

"Bueno todos, reúnanse alrededor," el organizador principal llamó después de una hora de práctica. "Ahora estaremos pasando a lo interesante. Cada grupo estará compitiendo contra el otro en una serie de ejercicios que necesitan completar como un solo grupo. El primer equipo que complete todos los ejercicios correctamente gana. Tenemos a tres entrenadores aquí que les explicarán los detalles y les pueden preguntar cualquier duda que tengan."

Uno de los entrenadores repasó los ejercicios con su grupo junto con otro equipo. Tenían que completar tres diferentes ejercicios que parecían bastante estándar. Tenían que driblar alrededor de unos conos, pasar la pelota entre ellos sin dejarla caer, y finalmente hacer una canasta sentados en una silla desde la línea de tiro libre.

La mayoría de la gente se dispersó inmediatamente después de que las instrucciones fueron dadas para dividir las tareas entre los miembros de equipo, pero Emma decidió examinar al entrenador un poco más. Las instrucciones le habían parecido bastante vagas.

"¿Así que cuáles son las reglas exactamente?" ella le preguntó.

"Vas a necesitar ser un poco más específica," él contestó.

"Bueno, ¿hay algo que podamos hacer o no?"

"Sólo te puedo dar respuestas de sí o no. Tienes que reformular la pregunta."

Uf, estaba siendo tan críptico. Ella miró hacia la cancha y consideró abandonarla. Se le estaba acabando el tiempo y necesitaba hablar con su grupo para averiguar qué carajo se supone que ella tenía que hacer. Miró las pelotas puestas en la mitad de la cancha, a los conos, y la silla.

"Dijiste que había que completar cada ejercicio correctamente, pero no mencionaste un orden en particular. ¿Eso significa que tenemos que hacerlos todo en secuencia, uno después del otro?"

Sus ojos se iluminaron y él le sonrió. "No."

"¿Entonces estás diciendo que podemos hacer los ejercicios al mismo tiempo?" una voz profunda pero calmante dijo detrás de ella. Ella sintió los pelos en la parte trasera de su cuello subir en tanto que las palabras habían sido enroscadas en un elegante acento británico.

"Sí, eso es exactamente lo que estoy diciendo," el entrenador contestó.

"Espera un minuto," Emma dijo volteando a mirar detrás de ella, pero se detuvo en seco sobre sus pasos.

El más intenso par de ojos color avellana la estaba mirando fijamente y estudiando su cara, pareciendo entretenido con algo. Una ojeada rápida hacia él reveló rasgos fuertes, cabello café ondulado, y a pesar de la camiseta fea gris, había enrollado las mangas y ella podía darse cuenta que tenía un cuerpo tonificado en el que estaba muriendo por poner sus manos encima.

Oh, no. ¿De dónde diablos había salido ese pensamiento? Ella no tenía por qué pensar en él de esa manera e inmediatamente se sonrojó de sus pensamientos rebeldes. Jaló sobre el collar de su camiseta tratando de estirarlo pues de repente sintió como si la estaba ahorcando.

"¿Estabas diciendo?" él preguntó.

Ah, verdad. Se le había olvidado que ella debería estar enojada con él y rápidamente recuperó su compostura. "Esta es una conversación privada. No puedes venir aquí a escondidas y ser cómplice de la idea que estoy formulando," ella lo acusó.

Ignorándola, él se volteó hacia el entrenador. "¿Eso es una regla?" le preguntó.

"Desafortunadamente, no," él respondió.

"Entonces guardo mi caso. Buena suerte, querida," él dijo alejándose.

¿Querida? ¡El nervio! No esperaba eso de él. No es que supiera algo de él, ¿pero no se suponía que los británicos eran muy agradables? Ella inmediatamente fue detrás de él, y jaló su brazo para pararlo. "¿Así vas a jugar entonces?"

"Tú escuchaste al entrenador. Ahora si me permites, necesito ir a preparar a mi equipo."

"Está bien, adelante. Igual le daré una paliza a tu triste trasero," ella dijo empujándolo en el pecho y volteándose. ¡El gran imbécil!

"¿Es así?" él llamó detrás de ella, riéndose. "¿Quisieras hacerlo interesante?"

"Define interesante," ella dijo, volteándose de nuevo y mirándolo con sospecha.

"Estoy hablando de una apuesta, por supuesto. Mi triste trasero contra tu muy fino trasero."

"Trato hecho," ella dijo inmediatamente, ofreciéndole su mano. Distraídamente se preguntó si los términos que había puesto para su acuerdo significaba que él había estado checando su trasero anteriormente o si sólo era retórico.

Antes de que pudiera pensar en ello más, él tomó su mano y la sacudió suavemente, calor esparciéndose instantáneamente a través de su brazo. "Te veo en la cancha, querida."

Maldita sea, ¡ahí lo dijo de nuevo! Ella salió corriendo de regreso a su grupo para informarles sobre sus hallazgos, sacudiendo su cabeza durante el camino. Ni siquiera había estado en la universidad por una hora y ya se estaba metiendo en una pelea con un tipo al azar. Normalmente no se enojaba tan fácilmente, pero algo sobre él la había hecho estallar. Bastardo arrogante.

Después de repasar el plan rápidamente con su grupo, ella tomó su puesto en la fila y esperó el silbato. Echó una mirada hacia el Sr. Británico Alto y Poderoso y él la estaba mirando directamente de nuevo, una sonrisa estúpida enyesada en su cara. Ella inmediatamente le frunció el ceño y le puso mala cara. Él respondió apuntando dos dedos a sus ojos y luego hacia ella y pronunciando, "Te estoy mirando".

Qué maduro, amigo. Casi le hizo una mala seña, pero luego recordó que ya no estaba en la secundaria.

El silbato sopló y fue un caos al instante. La mayoría de la gente no tenía idea de lo que estaban haciendo y no se podía escuchar nada con todo el griterío y aplausos. Cuando le tocó el turno a Emma, fue directo a ello. Le habían dado la tarea más fácil. Todo lo que tenía que hacer era atrapar y pasar la pelota a otra persona bajo la cancha sin dejarla caer. Cuando terminó su tarea, se volteó justo a tiempo para ser testigo de que el chico británico había metido una canasta ganadora y su equipo estaba animándolo como si fuera un maldito héroe.

Cabrón. Si sólo supieran que él era un tramposo enorme. Uf, no podía creer que acababa de perder la apuesta contra él. Sabía que no pararía de escuchar sobre ello.

Se volteó y empezó a caminar hacia el área de los casilleros en la parte de atrás, lista para recoger sus pertenencias e irse. Se sentó en el piso y estaba por ponerse sus pants cuando alguien rondó alrededor de ella.

Esperando que fuera el británico fraudulento, ella lo miró lista para decirle lo que pensaba. Para su sorpresa, era un tipo alto rubio que la estaba mirando indecentemente. "Lindos shorts," él dijo.

Ella jadeó y apartó la vista de él. Ella estaba usando shorts negros de correr regulares que eran completamente ordinarios. Ignorarlo probablemente era la mejor táctica.

"Déjame saber si necesitas ayuda para quitártelos," él continuó.

¿Qué diablos estaba en el agua en este país? Antes de que pudiera responder, el Sr. Estafador decidió unirse a la fiesta. Estupendo, justo lo que necesitaba.

"¿Te está molestando este tipo?" le preguntó muy seriamente.

"Estaba por irme," ella respondió.

"Qué pena. Estábamos por conocernos," el rubio contestó.

"Salte de aquí, Richard," él le espetó.

5

"¿Richard, eh? Sabía que parecías un Dick," Emma agregó, enunciando la palabra *Dick*. Ella escuchó la risa del británico y se le salió una sonrisa, momentáneamente olvidando su pelea. Por lo menos alguien había entendido su humor.

"Ah, eso es muy original. Como si no hubiera escuchado eso antes, piernas," Richard contrarrestó.

"Estoy hablando en serio, hombre. Déjala sola. Ella es mía."

Okay, tacha eso. Este tipo realmente era un cabrón. "¿Perdón? Ambos están delirando," ella dijo parándose y alejándose. Sintió pasos detrás de ella pero continuó directo en su camino. Necesitaba salirse de ahí ya.

"Emma. Espera un minuto," el acento británico la siguió.

"¿Qué quieres? ¿Y cómo sabes mi nombre? No recuerdo haber tenido ninguna presentación formal. Has sido todo menos eso."

Él simplemente encogió los hombros. "Pregunté por ahí. Soy Max por cierto."

"Fue bueno conocerte, Max. Nos vemos por ahí," ella dijo sarcásticamente.

"¿Qué con la apuesta?"

"¿Qué sobre ello? Ganaste. ¿Estás contento ahora?"

"No realmente. Todavía estoy esperando a colectar mi premio."

"¿De qué estás hablando? No apostamos nada. Por lo que a mí me concierne, todo lo que ganaste fueron derechos de alardear."

"No lo creo, querida. Tu trasero encantador es mío," él dijo como un hecho. "¿Recuerdas?"

"No soy tu maldita propiedad por una apuesta estúpida. ¿Y puedes dejar de llamarme eso? Aparentemente pasaste mucha molestia para aprender mi nombre así que lo deberías usar," ella señaló.

"Puedo tratar pero no te puedo prometer nada … Emma," dijo enunciando su nombre.

Ella volteó sus ojos y cambió su posición. Fue entonces que notó a un grupo de chicas mirándolos desde el otro lado de una esquina en risillas. ¿En serio? "¿Ya terminamos? Me tengo que ir."

"Deja darte un aventón entonces," él ofreció.

"No lo creo."

"Vamos, es lo menos que puedes hacer después de perder la apuesta."

"¿Por qué no le preguntas a una de las chicas de tu club de fans? Estoy seguro que estarán más que dispuestas para un aventón rápido." Ella estaba en una buena racha con los juegos de palabra hoy.

"La última vez que revisé no tenía un club de fans a quien ofrecer aventones," él dijo entretenido.

"¿Estás seguro sobre eso?" ella preguntó señalando detrás de él.

Él miró detrás de él y efectivamente las chicas empezaron con sus risillas de nuevo haciéndole ojitos. Sí, definitivamente estaba en la secundaria de nuevo.

"Perfecto. Bueno eso es tu culpa," él dijo susurrando y mirándola de vuelta.

"No me eches la culpa a mí. Tú robaste mi idea y tuviste que ir a presumirla. Así que ahora lidia con eso."

"Por favor, Emma. Sólo hazme este único favor para que me dejen tranquilo. Lo último que necesito es un grupo de chicas siguiéndome."

"Ay, pobre bebé. Me siento tan mal por ti. En verdad lo siento." Ella notó que las chicas se estaban acercando y ella las llamó. "Chicas, ¿han conocido a Max? Me estaba diciendo que tiene bastante espacio en su coche grande si necesitan un aventón."

"Dios mío, ¿en serio?" una de la chicas chilló.

Max nunca bajó su mirada de ella y la estaba viendo con ojos suplicantes.

"No seas tímido, Max," ella dijo dándole una palmadita en la mejilla. "Bueno, me tengo que ir. Diviértanse, ¿okay?" dijo antes de salir en línea recta hacia la salida.

¡Já! ¡Toma eso, desgraciado! Ella tenía que admitir que estaba bastante orgullosa de sí misma en este momento. ¿Quién iba a saber que la maestría podía ser tan emocionante? Ciertamente no se había divertido así en meses. Tal vez mudarse a Madrid no era tan mala idea después de todo.

Capítulo 2 – Extintor de Incendios

Max caminó dentro de la sala de estudio, listo para trabajar. Sólo tenían 30 minutos para repasar el caso y anotar sus ideas así que tenían que ponerse listos. Especialmente porque él se había tomado la libertad de tomar un café sin prisa después de que el profesor les había dado la asignación. Dios sabe que tenía que despejar su cabeza después de una noche sin dormir.

Casi se le caen sus calcetines cuando vio a Emma sentada en el medio de la sala siendo el centro de atención y viéndose muy poderosa. *Diablos, no.* ¿Estaban en el mismo grupo para el semestre? ¿Cómo no la había visto en clase antes? Probablemente porque había estado muy distraído toda la mañana pensando en ella.

Emma paró de hablar tan pronto como él entró a la sala, y ella tampoco parecía estar muy contenta con su presencia. "Max. Me alegra que hayas venido. Por favor, toma asiento," dijo cortésmente, pero su expresión decía todo lo contrario.

"Vaya, gracias Emma. Eres tan amable," él contestó mirándola amenazadoramente.

"¿Ustedes dos se conocen?" una chica rubia preguntó con acento español.

"Se podría decir eso," Emma respondió. "Max, te presentaría al resto del equipo, pero tu reputación te procede como el jugador más valioso del partido de ayer. Quizás deberíamos llamarte LeBron a partir de ahora," dijo con amargura.

Caray, qué manera de guardar rencor, él pensó. ¿Todavía estaba molesta por eso?

Emma se puso de pie y empezó a escribir algunas notas en la pizarra, delineando el caso. Lo único que él podía hacer era mirarla por detrás. Desde su cabello largo color chocolate, su cintura diminuta, a sus jeans ajustados que hacían cosas increíbles a su trasero.

Se alegró de ver que era realmente muy hermosa, y no sólo un producto de su imaginación cuando le había echado una ojeada el día anterior. Era tan fácil imaginar acariciar esa piel exquisita y apretarla contra él. Especialmente después de que había permeado a través de sus sueños la noche entera. De repente se sintió incómodo en su asiento y tuvo que reajustar su posición antes de que la reacción física que estaba teniendo hacia ella llegara a ser muy obvia.

Dios, ella era tan sexy. Se imaginó sus ojos verde esmeralda clavándose en él el día anterior, prendiéndose cuando ella primero se volteó a mirarlo. Sí, definitivamente había visto una chispa de atracción en sus ojos, aunque sólo durara un minuto antes de que él tuviera que abrir su gran boca. Ella claramente lo odió después de ese momento. Y claramente él tenía que hacer algo para cambiar eso.

"Max, ¿tienes algo que contribuir o sólo te vas a quedar ahí sentado?"

Hombre, esta belleza americana era una peleadora. "Creo que ya lo cubriste todo, Emma. Claramente estás a cargo."

"Está bien por mí. ¿Quién quiere presentar?" ella preguntó al grupo.

La sala entera refunfuñó ya que nadie quería hacer la primera presentación de la maestría sobre la marcha.

"¿No quieres presentar, Emma?" un chico asiático preguntó con un acento fuerte.

"Bueno si nadie más lo quiere hacer, supongo que lo haré yo," ella dijo.

Tan pronto como las palabras salieron de su boca, todos se fueron corriendo de la sala. Excepto por Max, claro. Él todavía tenía un asunto que atender con esta pequeña dinamita.

"Mira, pienso que empezamos con el pie izquierdo," él le dijo.

"¿Tú crees?" ella contestó entre dientes.

"Voy a dejar pasar por alto la pequeña payasada que me hiciste ayer con las chicas. Supongo que merecí eso. Pero sólo para que sepas, no era mi intención robar tu preciosa idea. Estaba parado ahí todo el tiempo. Sólo estabas muy ocupada en tu pequeño mundo para notarme. ¿Está bien?"

Ella pareció relajar su postura y lo miró con curiosidad, como decidiendo si estaba diciendo la verdad o no. "No estás mintiendo, ¿verdad?"

"No, Emma. Yo nunca te mentiría."

"¿Entonces por qué no sólo dijiste eso ayer?"

"Te iba a decir, pero luego te pusiste toda competitiva. Acabó siendo más divertido de esa manera."

"Bueno, estoy contenta que pude entretenerte," ella resopló.

"Vamos, Emma. No seas así. Sé que lo disfrutaste también. No creas que no me di cuenta."

Ella suspiró y cruzó los brazos. "Tal vez sólo un poco," ella murmuró.

"Entonces, ¿podemos llamarlo una tregua? ¿Empezar de nuevo?" él preguntó vacilando.

Ella se puso de pie y se dirigió hacia él. "Tregua," dijo ofreciéndole su mano.

Al ir a darle la mano, ella lo sorprendió mirándolo amenazadoramente y cambiando todo su comportamiento. "Si alguna vez me jodes, te garantizo que te vas a arrepentir. ¿Nos entendemos?" preguntó.

"Igualmente, querida. Pero estoy bastante seguro que si alguien va a joder a alguien, vas a ser tú jodiéndome a mí."

"Supongo que tendremos que esperar para averiguarlo. ¿No es así?" le preguntó con una sonrisa dulce antes de girar sobre sus talones y salir de la sala.

Dios, realmente esperaba que fuera cierto. Si tan siquiera uno por ciento de su personalidad luchadora se transfiriera a la habitación, él estaría listo para un verdadero regalo. Lo había imaginado claramente en su mente. Ella ya le había dado suficiente material con que trabajar y fácilmente imaginó sus piernas largas y sexys envueltas alrededor de su cintura. Si había una cosa cierta, esta chica lo iba a traer de rodillas.

Él se sintió como un perro obediente siguiéndola hacia el salón de clases. Acabó tomando asiento en el lado opuesto, tan lejos de ella como pudo conseguir. Ella tenía un poder inexplicable sobre él y no le gustaba para nada. Definitivamente no estaba acostumbrado a sentirse tan fuera de control y no tener la ventaja.

Se pasó los dedos por el pelo varias veces durante la siguiente hora, escuchando en silencio una presentación nerviosa después de la otra. Se sentía mal por los chicos que tuvieron que presentar, se veían completamente aterrorizados y fuera de lugar. En un momento dado, incluso había dejado de mirarlos, ya que parecía que tener 45 pares de ojos mirándolos directamente sólo los hacía más incómodos.

Cuando Emma se levantó a presentar, fue una historia totalmente diferente. Estaba completamente cómoda desde el principio, y él se encontró colgándose a cada palabra mientras hablaba. Ella claramente era una natural, hasta encantadora, diciendo comentarios ingeniosos de vez en cuando al repasar los puntos principales que quería hacer. Ella era absolutamente … perfecta.

Él miró alrededor del salón cuando ella terminó y pilló a un par de otros chicos mirándola de una forma no intelectual. Casi les gruñó. Decidió ahí mismo que tendría que hacer su movida, y hacerla pronto. Apretar el gatillo y eliminar a la competencia desde el principio.

Las clases se terminaron por el día y empezó a contemplar sus opciones. Él la podría invitar a almorzar ahora … ¿o sería muy sutil? Tal vez invitarla a cenar sería mejor. ¿Demasiado obvio? Tampoco quería parecer muy desesperado.

Captó un vistazo de ella justo al salir del salón. Al final decidió que la sopesaría primero y de ahí le preguntaría en base a eso. Estaba a unos metros cuando un tipo se le acercó y coló su brazo alrededor de su cintura y la atrajo hacia él. Ella se inclinó hacia él pero no parecía totalmente cómoda con su acercamiento. El bastardo sucio. Hora de ponerlo en su lugar.

"¿Este tipo te está molestando?" le preguntó a Emma una vez que se paró enfrente de ella. Se percató de que era el segundo día que le estaba preguntando la misma cosa. Sólo que hoy era un tipo totalmente diferente. Este estaba dotado de músculos y se mantuvo firme … y parecía que estaba a punto de cortarle las bolas.

"¿Quién diablos es este?" le preguntó a Emma en un acento fuerte americano, pero mantuvo sus ojos reducidos en él.

"Ah, este es Max. Estamos en el mismo grupo en clase," Emma dijo nerviosamente. "Max, este es Roy," ella añadió sonrojándose.

"Su maldito novio," Roy añadió. "Así que mantente bien lejos, imbécil. Le puedes decir lo mismo al resto de tus amiguitos." Sus fosas nasales se hincharon tanto que pudo haber encendido los primeros Juegos Olímpicos en Atenas.

"¡Roy!" ella le gritó. "Sólo estaba siendo amable."

"Sí, estoy seguro que estaba siendo realmente encantador," Roy respondió.

"Oye, tómalo con calma hombre," Max alcanzó a decir después de que la palabra *novio* finalmente se sumió en él. Sintió como si le acababan de pegar con un bate de béisbol. ¿Por qué diablos no le había mencionado algo?

"No tengo tiempo para estas tonterías. Vámonos Emma," él dijo rápidamente jalándola hacia la salida del edificio.

Ella se volteó para mirarlo antes de girar la esquina, una mezcla entre una expresión apologética y avergonzada en su rostro. Y luego, sin más, desapareció. Él se sintió como un digno idiota. A Emma le había tomado oficialmente menos de una hora para joderlo magníficamente.

Max se encorvó, e hizo lo que cualquier tipo racional haría en esa situación. Golpeó el vidrio en el extintor más cercano y se marchó. Si tan sólo pudiera apagar el ardor que sentía crecer por dentro también.

Capítulo 3 – Mal Sentimiento

"¿Lista para hacer la cena, Emma?"

Ella alzó la mirada del sofá para ver a Roy, y tiró su paquete de curso a un lado. Una mirada rápida a su reloj reveló que ya eran las 7:30pm. ¿Cómo ya era tan tarde? Ella se había sentido como mierda desde que había llegado a casa esa tarde y no había podido concentrarse mucho en los casos de estudio que tenía que leer para el siguiente día.

Sus pensamientos seguían mantenidos en Max y su mirada cuando él se dio cuenta que ella tenía novio. Ella no pensó que necesariamente le había dado entrada hasta ese punto. Claro, se habían metido en discusiones acaloradas que eran un poco insinuantes, pero no pensaba que ella había hecho o dicho algo que lo haría pensar que ella estaba disponible. Todo lo que ella realmente quería era hacer nuevos amigos por su cuenta. Ciertamente era demasiado temprano para que él tuviese sentimientos hacia ella. *¿No?*

Descartando sus pensamientos, se puso de pie y miró a Roy. "¿Qué estabas pensando hacer?"

"Algo simple como una ensalada de pollo y aguacate. En realidad, ¿te importaría prepararlo esta noche? Realmente quiero ir al gimnasio."

"Pensé que habíamos acordado que esto sería nuestro tiempo para pasar juntos," ella señaló. Ella sabía que mudarse a otro país para hacer la maestría sería difícil para una pareja, y como tal había puesto unas reglas para ellos. Sus horarios serían tan atascados que se quería asegurar que todavía hicieran tiempo uno para el otro.

"Lo sé. Sólo que realmente podría usar el gimnasio ahora. Iré rápido y estaré de vuelta para la cena. ¿Hablamos entonces?" él dijo, besándola en la cabeza y rápidamente saliendo por la puerta.

Ni siquiera le había dado oportunidad para responder. Ella debió haber sabido que traía entre manos, pero no se había dado cuenta de su ropa para hacer ejercicio hasta que se fue. Uf, a veces pensaba que él estaba casado con el maldito gimnasio.

"Claro, cariño," ella dijo tardíamente bajo su aliento, de repente sintiéndose como una esposa de trofeo que tenía que ceder y atender a las necesidades de su esposo. Decidiendo que era mejor no pelearse, se dirigió hacia la cocina y preparó la cena por sí sola. Disfrutaba cocinar después de todo. Sólo esperaba que no se volviese una costumbre de todos los días.

Desde que había tomado la decisión, ella no estaba enteramente convencida de que era la mejor opción mudarse a España. En aquel tiempo, ni siquiera había considerado hacer la maestría. Pero Roy había solicitado y había sido aceptado y antes de que lo supiera, ella también había entrado a la universidad. Él la convenció de ir juntos después de darse cuenta que probablemente no tendría una oportunidad así de nuevo, por lo que decidió ir juntos.

Su papá había estado muy opuesto a la idea. No entendía por qué no sólo estudiaba en Estados Unidos, que tenía muchas mejores universidades según él. Probablemente cierto, pero no siempre era el caso. Encima de eso, ella se estaba mudando con su novio, a quien ni siquiera había conocido y ciertamente no sabía que habían estado viviendo juntos durante el último año. Ella nunca había tenido una buena relación con su padre. Desde que su mamá murió, sentía que lo único que hacía era decepcionarlo.

Al final, ella había ido en contra de los deseos de su papá y su mejor juicio. Ahora simplemente era *esa chica*. La que seguía a un chico a algún lugar esperando que todo saldría bien. Sólo realmente deseaba que fuera así.

Hubo un pequeño golpe en la puerta y se sorprendió que Roy había guardado su promesa y había hecho una sesión rápida de ejercicio. Pero cuando la abrió, encontró en vez al Profesor Bernabe parado ahí.

Ella se lo había topado en el supermercado anteriormente después de que Roy la había abandonado con una excusa mala, sólo para darse cuenta que él era un profesor de derecho en la universidad y resultaba que vivía justo en el apartamento al lado de ellos. No era totalmente coincidencia ya que vivían en un edificio residencial de la universidad, así que estaban llamados a encontrarse con otros estudiantes y profesores a cierto punto.

"Hola, Emma. Me di cuenta que tomé una de tus bolsas por equivocación. Lo hubiese traído antes, pero no me puse a guardar las cosas hasta ahora," él dijo.

"Ah, gracias, Profesor. Ni siquiera me había dado cuenta. Gracias de nuevo por ayudarme con mis bolsas," ella respondió tomando la bolsa plástica.

Más bien él había insistido en ello, y después tuvo que hacer conversación con él todo el camino de regreso al apartamento. Él parecía suficientemente agradable, pero había algo un poco espeluznante sobre él. A lo mejor era su voz semi-robótica, o la manera en que su cabello estaba partido justo a la mitad de su cabeza. Él parecía uno de esos intelectuales solitarios en sus treinta y que por años no había tenido una relación verdadera.

"Por favor, llámame Samuel," él dijo torpemente.

"Está bien … Samuel."

"Te recomendaría comprar Manchego para la próxima. Es mucho mejor que el queso americano, en mi opinión. No quise fisgonear, pero así me di cuenta de que la bolsa no era mía."

Le tomó a Emma un poco para reaccionar. "Ah, cierto. Vivo con una persona muy selectiva con la comida así que mis opciones son limitadas a veces, pero lo tendré en mente." Antes de que él pudiese entrar en más conversación, rápidamente agregó, "Bueno, que tengas una buena noche."

"Tú también. Espero que tú y tu novio la pasen bien," él respondió antes de partir.

Al cerrar, ella pensó en como eso había sonado un poco extraño. Ella le había mencionado a Roy, pero sólo porque él estaba preguntando tantas cosas sobre su vida. Él parecía muy interesado en el hecho de que ella era americana y pensó que su vida era muy interesante por alguna razón. Ella se preguntó si ahora él pensaba que se lo había inventado como el novio en cuestión claramente no estaba presente.

Hablando de aquél, ¿dónde diablos estaba?

16

Ella esperó a Roy para que regresara, y claro que no fue hasta después de una hora. Para el tiempo que apareció, ella estaba seriamente enojada pero trató lo mejor de esconder su desilusión.

"¿Entonces qué con ese tipo de hoy?" él preguntó cuando se sentaron a la mesa.

Súper, otra interrogación. Claro que eso sería la primera y única cosa en que se enfocaría. "Te dije, sólo es alguien de mi clase," ella dijo secamente.

"Bueno, obviamente le gustas. Tampoco sabía que tenías novio," él señaló.

"¿Puedes no empezar esto? Lo conozco menos de un día," ella dijo, moviendo su ensalada alrededor con un tenedor.

"Igual, se lo podrías haber mencionado, ¿no crees?" él acusó.

Ella tiró su tenedor en su plato. "¿Qué, quieres que le diga a cada persona que conozco – *Hola, soy Emma. Tengo un novio que te va a dar una paliza?*"

"Sí, en verdad eso me suena muy bien," él dijo entre un bocado.

"¡Roy! Nunca voy a hacer amigos de esa manera. Tú sabías que esto iba a pasar. Es parte de todo el proceso de mudarte a otro país. Conoces a gente en el camino. Como si tú no hubieras conocido a un montón de gente y yo no tengo idea de quienes son."

"Bueno, nadie que me estuviese mirando de la manera en que él te estaba mirando."

"No me estaba mirando así."

"¿Por qué lo sigues defendiendo? Por dios Emma, él estaba a dos segundos de tratar de derribarme. Eso es, hasta que vio contra quien estaba," él añadió con una mueca en su rostro.

"¿Podemos dejarlo? Ya no hay más que hablar sobre esto. Él se echó atrás y eso es el fin del cuento. Felicidades. Misión cumplida. Una persona más que jamás me volverá a hablar."

"Deja el sarcasmo, Em."

"Bueno, tú deja los celos. Voy a conocer a muchas personas, Roy. No significa que voy a meterme con el primer tipo que se me cruza enfrente."

"Eso te gustaría, ¿no es verdad?"

"Dios, eres imposible. Piensa sobre lo que acabas de decir y lo sumamente insultante que es," ella dijo haciendo su plato a un lado y poniéndose de pie. De repente ya no tenía hambre. "Que disfrutes el resto de tu cena."

Ella entró a la recámara, sin antes de azotar la puerta y enroscarse dentro de la cama y jalar las cobijas sobre su cabeza. Esto no era bueno. No podía recordar peleándose así con él antes. ¿Qué demonios estaba pasado?

Momentos después, ella escuchó la puerta rechinar y el otro lado del colchón hundirse. Sintió las cobijas levantarse y de repente fue volteada para enfrentarlo.

"Emma, lo siento," él dijo suavemente. "Lo que dije estaba fuera de lugar. Lo siento si me vuelvo posesivo a veces. Eres realmente hermosa y veo cómo los hombres te miran y me vuelve loco."

"Bueno no tienes que insultarme en el proceso," ella dijo débilmente.

"Lo sé. Realmente lo siento, nena. No quiero que sea así."

"Yo tampoco."

Él alzó su cara y miró dentro de sus ojos. "No lo será. Lo prometo," dijo, besándola en los labios.

Ella asintió, pero de alguna manera no podía creer en sus palabras. Nada sobre hoy se sentía bien. Era muy inquietante.

"Te amo, Em. Quiero hacer que esto funcione."

"Te amo también, Roy," ella suspiró. "Sólo para de ser un menso, ¿está bien? Has estado así todo el día."

"Siempre seré un menso Em," él dijo bromeando. "Un menso que está completamente enamorado de ti. Puedo jurar por eso enteramente."

"Eso me hace sentir mucho mejor."

"Bien," él dijo, ignorando su sarcasmo. La jaló fuera de la cama y la puso de pie. "Ven, vamos a terminar de cenar. Quiero escuchar sobre el resto de tu día. Estoy seguro que hiciste ver mal a todos."

"Eso sí hice," ella dijo, pero no pudo encontrar ninguna satisfacción en eso. Especialmente cuando pensó de nuevo en una persona en particular a quien había hecho verse mal. Si sólo él pudiese encontrar algún lugar en su corazón para perdonarla. Después de hoy, ella tenía el sentimiento que realmente iba a necesitar a un amigo en este lugar.

Capítulo 4 – A es de Amigos

Max se acercó por detrás de Emma, quien actualmente estaba apretando un montón de botones en el vendedor automático del patio de la universidad pareciendo confundida. No sabía por qué se había acercado a ella. Todavía estaba enojado con ella por lo de ayer, pero aún así de alguna manera había gravitado hacia ella. Qué tonto era.

"Ey, Emma," dijo, tratando de actuar como si el día anterior nunca hubiese pasado. "No te vi ahí."

"Ah, hola Max," ella dijo volteando a mirarlo. Él vio sus mejillas sonrojarse al voltear de nuevo hacia el vendedor automático y continuó apretando los mismos botones varias veces. ¿Por qué tenía que ser tan linda?

"¿Necesitas ayuda?" se rió entre dientes, momentáneamente olvidándose de su enojo.

"Bueno, ¿por casualidad tienes 30 centavos? Parece que esta cosa se comió mis Euros."

"Sí, déjame ver," dijo escarbando dentro de sus bolsillos. Ella ya lo había aplastado ayer, por qué no darle compensación monetaria por ello.

Encontró una moneda de 50 centavos y se la dio. "Quédate con el cambio," dijo y empezó a alejarse de ella al recordar por qué estaba enojado.

Él la escuchó trajinar con la máquina, seguido por sus pasos yendo detrás de él. "Max, espera."

Se volteó para encontrarla guardando un Snickers en el bolsillo de su abrigo. "Te quería pedir perdón por ayer," dijo de inmediato, dándole de vuelta el cambio que no quería.

"Está bien, Emma," él dijo, aunque claramente no lo estaba para él. "Supongo que debí haber sabido."

"¿Qué quieres decir?" ella preguntó confusa.

"Que tendrías novio. Alguien como tú … obviamente estarías con alguien."

"Ah," fue lo único que dijo, mirando hacia el piso.

"¿Así que se mudaron aquí juntos?" él preguntó antes de poder parar. ¿Por qué quisiera saber eso? Le estaba preguntando detalles de su relación que claramente no era su asunto.

"Sí … de Los Ángeles," ella agregó calladamente.

Eso significaba que era bastante serio. Quizás eso es lo que quería deducir.

"¿Cuánto tiempo han estado juntos?" *Por dios Max, para*. ¿Qué importa? No está libre, se regañó internamente.

"Como año y medio."

"¿Viven juntos?" En serio, necesitaba cortarse la maldita lengua.

Ella asintió, casi pareciendo avergonzada por el hecho.

Perfecto, sólo prefecto. Sigue mejorando cada vez más. "¿Por qué no me dijiste?" él preguntó, sintiéndose ofendido de repente.

"No salió el tema. No preguntaste tampoco," ella se encogió de hombros.

"Aún así, hubiese sido bueno saber."

"¿Para qué? ¿Para que no hubieras perdido el tiempo en mí?" ella preguntó, empezando a parecer enojada. "Dios, eres igual que todos los demás. Pensé que serías diferente."

"No. Para que no hubiese hecho el ridículo tratando de cuidarte ayer," él explicó.

"Entiendo si ya no quieres ser amigos," ella soltó, de repente viéndose como una chica muy vulnerable. Algo que no había visto en ella hasta ahora.

"¿Eso es lo que piensas?"

21

"No te culparía. La gente aquí sólo parece perder interés en mí una vez que tengo novio, así que no serías el primero."

Él la estudió por un momento, encontrando una tristeza repentina detrás de sus ojos. Ella tenía toda la razón. Cuando se despertó esta mañana, él ya no tenía ninguna intención de ser su amigo. Diablos, ni siquiera había querido hablar más con ella. Él estaba convencido que ella le había dado entrada sólo para jugar juegos con él.

Pero mirándola ahora, era claro que sólo no quería ser tachada y puesta bajo el estigma de no poder tener amigos. Él probablemente no le hubiera dado la hora del día si hubiese sabido desde el principio. Y ahora sería otro patán que sólo había querido acostarse con ella. Al menos, así es como ella siempre lo vería.

"¿Hay algo más que debería saber? ¿Ex amantes que pueden venir a perseguirme de alguna pandilla de Los Ángeles?" él preguntó.

Ella sonrió afectadamente y lo miró con una expresión perpleja. "Este … ¿no?"

"¿Así que no debería esperar amenazas de muerte de ningún tipo si nos volvemos amigos?"

"Creo que estarás bien con las amenazas de muerte. ¿Qué tan peligrosa parezco?"

"Muy peligrosa, en verdad."

"Te puedo asegurar que mi vida no es tan interesante. Siento decepcionarte, pero es bastante normal."

Sus ojos se volvieron tristes de nuevo y no lo podía explicar. ¿Qué tenía sobre esta chica? La conocía por sólo dos días y ya se estaba metiendo debajo de su piel. Quería saber todo sobre ella y alejarse de ella al mismo tiempo. En verdad debería darse la vuelta y dedicarse a sus asuntos normales y dejarla en paz. Era lo sano que debía hacer. Era lo correcto.

"¿Sabes qué, querida? Ahora voy a tener que ser tu mejor amigo hasta que ya no puedas más."

Sus ojos verdes se iluminaron al instante y su sonrisa parecía extenderse de oreja a oreja. "¿En verdad?" ella preguntó inocentemente.

"Claro," él dijo inclinándose para darle un abrazo. Ella parecía sorprendida por el gesto, y ni siquiera se movió para abrazarlo de vuelta. Aún así, él se tomó su tiempo con ella en sus brazos y probablemente se aferró unos segundos más de lo que era considerado socialmente aceptable. Él respiró profundo e inhaló el aroma de su cabello. Olía deliciosa. Lo que él había esperado.

Sintió un pequeño jalón en sus pantalones, mucho de la misma manera que había sentido mirándola en la sala de estudio. Sólo que esta vez estaba mucho más consciente de ello, estando tan cerca de ella. Bajó su cabeza lo suficiente para susurrar en su oreja. "Vamos a tener una amistad tan fuerte que no sabrás lo que viene."

Él sonrió cuando vio que su mandíbula casi se cae y una expresión sonrojada cruzó su cara. Sintió alivio al ver que todavía tenía un efecto sobre ella, con o sin novio. A lo mejor sí tenía la ventaja después de todo.

"Nos vemos del otro lado, Em," dijo suavemente y se alejó.

Se fue sonriendo, pero sacudiendo ligeramente la cabeza al mismo tiempo. No estaba seguro si había hecho algo increíblemente estúpido o increíblemente inteligente, pero de cualquier manera había firmado su propia sentencia de muerte. No necesitaba un miembro de una pandilla de Los Ángeles para ayudarlo con eso.

Capítulo 5 – Compañeros

Emma caminó titubeante dentro de la sala de estudio. No podía recordar la última vez que había estado tan nerviosa. ¿Cómo diablos había quedado junto con Max como compañeros de trabajo? Su plan de dividir el trabajo de curso entre los miembros de su equipo había sido un tiro por la culata. Cuando se lo había mencionado al equipo, nunca se le ocurrió que esto podría pasar. Y luego claro que con su suerte, sí pasó. Sólo había estado pensando en aliviar su carga de trabajo e intentar recuperar una vida normal en aquel entonces.

Respirando profundamente, ella trató de ignorar la manera en que su corazón revoloteó cuando lo vio sentado en la mesa de conferencia estudiando su paquete de curso. Desde que habían acordado a ser amigos, seguía jugando en su mente que tal vez había algo más entre ellos. Obviamente eran pensamientos totalmente ridículos.

Él alzó la vista a mirarla mientras entraba, dándole la misma sonrisa fácil que parecía estar reservada sólo para ella. "Hola, Em."

Dios, hasta la manera en que casualmente decía su apodo hacía que su cabeza diera vueltas. Él parecía tan cómodo con ella todo el tiempo, mientras que ella tenía una batalla interna consigo misma veinticuatro horas al día.

"¿Estás bien, compañera?" él le preguntó pareciendo preocupado.

"Este … sí. Hola," ella contestó. "Lo siento, estoy un poco distraída hoy."

"¿Quieres hablar sobre ello?" él preguntó, parándose a jalar un asiento para ella junto a él.

Siempre el caballero perfecto. "Realmente no es nada pero gracias."

"Bueno si alguna vez necesitas algo … mi oficina está abierta," él dijo gesticulando con brazos abiertos y sonriendo.

"Bueno saber." Ella se sentó y sacó su computadora. "¿Así que estaba pensando que podíamos dividir y conquistar? ¿Yo puedo hacer la parte escrita y tú puedes trabajar en el PowerPoint?" Cuanto menos se comunicaran entre ellos sería mejor.

"Seguro. Tú eres la jefa. Yo sólo recibo órdenes."

Esto estaba yendo mucho mejor de lo esperado. Le encantaba como él no era nada complicado. "Bueno."

Ella pasó el resto de la siguiente hora trabajando diligentemente en la parte escrita. Bueno, si diligente incluye echar miradas de reojo a tu compañero cada quince minutos. Digo, alguien tenía que revisar que él estaba haciendo su trabajo. La peor parte era que cada vez que ella lo miraba, él la miraba de vuelta y sonreía. Nada incómodo en lo absoluto.

Fue durante uno de estos concursos de mirada que él se estiró y finalmente tomó la palabra. "Voy a ir por un descanso. ¿Quieres algo?"

"No, estoy bien. Gracias," ella dijo mirando a su computadora y fingiendo escribir algo súper importante.

"¿Segura?"

"Sí, no te preocupes."

"Hmm. Bueno," él dijo murmurando algo al salir de la sala.

Ella respiró fuertemente y finalmente sintió que se pudo relajar. Tomó el tiempo para concentrarse y finalmente escribir unas palabras decentes. Estaba en la mitad de acabar la parte de los *Retos* del caso, cuando vio que un Snickers fue arrojado enfrente de su computadora.

Sus ojos se prendieron al instante, y luego se deslizaron hacia Max quien había vuelto a trabajar como si nada hubiera pasado.

"Este ... ¿creo que esto es tuyo?" ella preguntó alzándolo.

La miró brevemente y sacudió la cabeza. "No, es tuyo."

"¿Cómo supiste?"

"Por favor. Como si no los comieras todo el tiempo."

"Ah. No pensé que la gente se diera cuenta de mi vicio."

Él le sonrió. "Ah, yo definitivamente me di cuenta. Pero no te preocupes, tu secreto está a salvo conmigo."

Ella sintió su corazón derretirse un poco ante su confesión. "Gracias, Max. Realmente no tuviste que comprarlo."

"No es gran cosa, Em. Sólo pensé que te vendría bien."

"Bueno, es muy considerado … así que gracias."

"Sólo es un Snickers, pero de nada. ¿Vas a comértelo o vas a hacer que me lo robe?" él dijo dándole un codazo suave.

"No te atrevas a acercarte a mi chocolate," ella dijo desenvolviéndolo y mordiendo un pedazo grande.

Max soltó una carcajada y continuó trabajando en la presentación. "Estaba pensando que podríamos poner algo chistoso en la última diapositiva, como una foto de un mapache o algo así."

"¿Un mapache?"

"¿Por qué no?" Son chistosos. La gente se ríe cada vez. Garantizado."

"¿Normalmente la gente no pone sus fotos de estudiante ahí?"

"No sé sobre el tuyo, pero el mío es bastante horrendo. Prefiero poner una foto de otra cosa."

"Sí, yo también. ¿Pero un mapache? Es un poco extraño."

"Te digo que. Podemos poner una foto de nosotros y el mapache puede ir al lado. ¿Qué dices?"

"¿Dónde vamos a encontrar una foto con los dos en él?"

"Puedo tomar una ahora. Soy un maestro para tomar *selfies*," él dijo sacando su teléfono.

"Seguramente tengo chocolate en mis dientes," ella dijo acabando el último de su Snickers.

"Bueno, sólo hay una manera de averiguarlo." Él agarró su barbilla y aplastó sus mejillas juntas, forzando que ella abriera la boca.

"Max, para," ella dijo riéndose tratando de golpear su mano.

"Estoy haciendo esto por tu propio bien … y el beneficio de la foto. Sólo sonríe para mí."

"De ninguna manera."

"¿Así que no te gusta sonreír?"

"No," ella dijo tercamente y cruzó los brazos.

"Sonríes todo el tiempo. Vamos, sólo tomará dos segundos."

"Max, esto es muy vergonzoso."

"No te voy a dejar ir hasta que sonrías."

"Probablemente parezco una idiota," ella dijo mirando hacia abajo.

"Te ves hermosa, como siempre. Créeme," él dijo casi como un susurro.

Ella dejó escapar un suspiro cuando se encontró con sus ojos profundos color avellana. Estaban llenos de tanta honestidad y afecto que no pudo dejar de sonreír.

"Ves, eso no estuvo tan mal, ¿o sí?" él dijo, finalmente dejando caer su mano de su barbilla.

"¿Tengo algo?" ella preguntó con mejillas sonrojadas.

"No, estabas bien desde el principio," él indicó despreocupadamente.

Ella se quedó sin aliento y luego lo golpeó en el brazo. "Espero que te estés divirtiendo."

"De hecho, sí me estoy divirtiendo. Mucho," él dijo acercando su silla y envolviendo su brazo alrededor de su hombro. Agarró su teléfono con su mano libre y lo inclinó para tomar una foto. "Sonríe."

Ella apenas registró el flash cuando él de repente le mostró la foto. "Caray, nos vemos bien," él dijo con orgullo.

Ella miró la foto más de cerca. Al principio pensó que él estaba bromeando pero tenía razón, sí se veían bien. Es más, se veían bien *juntos*. Pero eso no era algo que iba a admitir.

"Ven, te lo mando," él agregó.

"Eh … claro. Sólo mándalo a mi Gmail." Lo último que ella necesitaba era que Roy viera esa foto. Probablemente se enojaría si lo viera. Ahora toda su clase lo iba a ver. ¿Qué pasaría si se enterara de alguna manera? A lo mejor esto no era la mejor idea.

Sus pensamientos fueron confirmados cuando abrió su email en su computadora y vio el email de Max con la foto adjunta y en asunto decía *Los mejores compañeros*. Ella sabía que él sólo estaba haciéndose el chistoso, pero tenía un mal sentimiento sobre ello.

"Max, pienso que sería mejor si …" empezó a decir, pero se atrapó en el siguiente email que había recibido de su padre. Sabía que no era el mejor momento para hacer esto, pero empezó a leerlo de todas maneras. Gran error.

Era otro de sus emails diatribas diciendo cómo ella era una hija terrible y que sólo le importaba su dinero. La última adición era que ella era una mujerzuela y una idiota por seguir a "algún tipo" a otro país. A este punto, ella pensó que los emails eran lo suficiente frecuente para que ella lo ignorara, pero le causaba la misma reacción cada vez.

Ya podía sentir su cuerpo apagándose cuando leyó el último enunciado diciendo que él la estaba desconociendo como su hija. ¿Cuántas veces la seguiría amenazando? Algunas veces ella deseaba que él siguiera adelante y lo hiciera. Cortar todos los lazos con él para no sentir la punzada constante en el corazón.

Un sollozo se le quedó atorado en la garganta y luego sintió una mano tibia apretando la suya. Mierda, se había olvidado que Max estaba sentado justo al lado de ella.

Sintiéndose completamente mortificada que él estaba a punto de ser testigo de su crisis de angustia, ella soltó su mano y corrió hacia los baños. Las lágrimas le corrían por la cara y de alguna manera alcanzó a entrar en uno de ellos con la vista borrosa.

Ella apretó su frente contra el mármol de la pared, tratando de forzar a que su cuerpo se calmara y deseando que los estremecimientos que sacudían todo su cuerpo se detuvieran. Empezó a contar números en su cabeza como una distracción, pero no llegó más que a quince como solía pasar.

Para. Para de llorar. Sólo para esto Emma, estás siendo ridícula, se reprendió. Sólo agregó a su frustración cuando su mente no la escuchó y las emociones no cesaban.

No supo si había estado así por un minuto o una hora, cuando sintió un brazo fuerte circular alrededor de su cintura, causando que ella se pusiera rígida inmediatamente.

"Shh, Emma, está bien. Déjalo salir," una voz susurró.

Max.

Sintió una mano frotar contra su espalda, el movimiento calmante de arriba hacia abajo causando que relajara su postura. Y luego la volteó hacia su pecho y la abrazó fuertemente, sus brazos inmediatamente rodeándola por la cintura. Él le daba el consuelo y el alivio que necesitaba desesperadamente en ese momento, y no iba a dejar esa oferta. No estaba juzgándola o preguntándole cosas, era como si sintiera su dolor y sabía exactamente lo que necesitaba.

"Vas a estar bien querida, lo prometo."

Ella se sintió tan segura y protegida en ese momento, que sólo tenía que creer en sus palabras. La mano que estaba frotando su espalda ahora estaba masajeando su cuello y hombros ligeramente y ella sentía derretirse en él.

"Así es, sólo trata de relajarte," él dijo besando su sien.

Dios, su voz era tan suave. Ella sintió las lágrimas parar, pero su cuerpo todavía estaba temblando sin control.

"Respira conmigo, Em."

Confundida con lo que quería decir, ella lo sintió respirar profundo, su pecho lentamente inhalando y exhalando en un movimiento rítmico. Ella hizo lo mejor para concentrarse en su respiración y seguir sus movimientos. Eran demasiados lentos para ella al principio al darse cuenta que estaba respirando muy fuerte comparado a él, pero se forzó a respirar más profundo hasta que lo alcanzó después de varias rotaciones hasta que finalmente estaban en sincronía y respirando juntos.

Él alejó su cara un poco hacia atrás y miró dentro de sus ojos con completa calidez, mientras suavemente alisaba su cabello hacia atrás y lo colocaba detrás de su oreja. Ella hundió su cara de vuelta en su pecho, abrazándolo como si fuese un sustento de vida y enteramente agradecida que él estaba ahí con ella. Normalmente le hubiese tomado horas para que ella lo sobrepasara, pero de alguna manera él había logrado calmarla bastante rápido. Hasta Roy siempre terminaba alejándose y dejándola sola, claramente frustrado con ella.

De repente, ella podía sentir todo sobre Max al volver en sí. El sonido de su lento latido de corazón en contra de su pecho, el olor tentador de su colonia en su cuello, sus músculos fuertes moldeados perfectamente contra su cuerpo. Dejó escapar un gemido suave y antes de que se diera cuenta, sus labios estaban apretando contra su cara en un rastro de besos suaves que la dejaron sin aliento y queriendo más.

Casi le grita cuando él abruptamente paró y se apartó bruscamente de ella, pero luego él cubrió su boca con su mano y susurró en su oído. "No entres en pánico. Di que no te estás sintiendo bien."

¿De qué demonios estaba hablando? Eso es cuando escuchó una golpiza en la puerta seguido por, "Emma. Sé que estás ahí adentro. ¿Qué diablos está pasando?"

Ella se sintió estrellarse debajo de la tierra en un segundo. *Mierda*. Roy. ¿La había visto con Max también?

Se volteó a ver a Max en pánico. Exactamente lo que él le había dicho que no hiciera. Él tenía una expresión muy seria, pero lentamente retiró la mano que cubría su boca y asintió después de señalar hacia la puerta.

"Yo … eh … no me estoy sintiendo bien, Roy," ella trató de decir con la mayor calma posible. Ella miró hacia la manija de la puerta y por suerte vio que estaba con llave. Por lo menos Max tuvo el buen sentido de cerrar la puerta después de que entró, algo en que ella ni siquiera había pensado.

"¿Qué es esta vez Emma? ¿Papi te escribió otro email malo?" él preguntó sarcásticamente.

Lágrimas instantáneamente surgieron a sus ojos. *Ay no, no otra vez*, ella pensó. ¿Cómo está pasando esto? Ella miró a Max quien estaba negando la cabeza con una expresión asesina en su cara. ¿Por qué estaba enojado de repente? A lo mejor ella podría explotar ese enojo.

"Sí lo hizo, de hecho. ¿Tienes un problema con eso?" ella gritó.

"Lo que sea. Te veo en casa. Encuentra a otra persona a quien llorarle," Roy dijo.

"Tal vez lo haré, imbécil," ella murmuró bajo su aliento, dándose cuenta de la ironía completa de la situación. Escuchó pasos alejándose, y soltó un suspiro de alivio enorme. Eso estuvo tan cerca. Demasiado cerca.

Ella se volteó a mirar a Max, quien estaba completamente en shock y alarmado ahora. Era impresionante cuántas diferentes expresiones ella había visto en él durante los últimos cinco minutos. Casi dejó escapar una risa pensando en ello.

"¿Has perdido la cabeza?" él susurró.

"Se fue, ¿o no?" ella susurró de vuelta.

"Dios, esto está tan mal en tantos niveles," él dijo corriendo su mano por su pelo y dando pasos dentro del pequeño espacio del baño.

"Lo sé. Siento que te metí en esto."

Él se paró a mirarla. "No, eso no es lo que quise decir. Antes … cuando yo …" su voz se fue apagando. "Emma, lo siento. No sé por qué hice eso. No debí haber hecho eso," dijo empezando a agonizar.

Ella sintió sus mejillas enrojecer sólo al pensar en ello. Se había sentido tan bien estando en sus brazos, no podía recordar alguna vez ser sujetada así. Y sus besos … todavía los podía sentir perdurando contra sus mejillas. La peor parte es que no había querido que él parara y probablemente lo hubiese dejado hacer mucho más que eso. ¿Qué estaba mal con ella? Hasta él lo estaba claramente lamentando. ¿Por qué ella no podía?

"Está bien, Max. Me estabas ayudando. Supongo que sólo nos dejamos llevar."

"No está bien, Em. Tú tienes novio … que casi nos encuentra aquí … y que te trata como mierda, por cierto. Ni mencionar tu padre. ¿Por qué permites eso? ¿Te das cuenta de todo lo que acaba de pasar ahora?"

Ella se estremeció al escuchar sus palabras. Toda la situación sonaba horrible, especialmente hablado en voz alta. Y ahora en un pequeño plazo de una tarde, Max sabía detalles de su vida privada que quisiera que nadie supiera. Sí, todo era un desastre completo.

"Lo siento, Max. ¿Podemos sólo … olvidarnos de todo esto?"

"¿Eso es lo que quieres?" él preguntó estudiándola.

Ella asintió. "Tú eres mi único amigo aquí y no quiero perderte," ella dijo mirando al piso. "Por favor, sólo hay que fingir que nada de esto pasó."

Él respiró profundamente. "Está bien, lo olvidaremos."

"Gracias, Max. Yo debería … irme."

"Sí, deberías. Yo me quedaré aquí un poco más."

"Bueno," ella dijo limpiando sus ojos una última vez y yendo hacia la puerta. "Lo siento mucho."

32

Él la alcanzó por el brazo y la jaló suavemente hacia él, corriendo su pulgar por su mejilla. "No es tu culpa, Em. ¿Vas a estar bien?"

"Sí, creo que he tenido suficiente lloriqueo por un día," ella dijo tratando de sonreír. "¿Te veo en clase?"

"Claro. Buenas noches, compañera," él dijo viéndose un poco triste.

"Buenas noches, Max."

Capítulo 6 – La Curva de Laffer

La encontró sentada sola en el patio de la universidad, escuchando música a través de sus audífonos y leyendo un caso de estudio. Había una sección amurallada donde te podías subir y echarte y ahí estaba. Lo sorprendió que finalmente estaba afuera en público después de estar escondiéndose deliberadamente todo este tiempo.

Él sabía que ella no quería hablar sobre *el incidente*. Diablos, ella lo había estado evitando por casi dos semanas. Apenas y lo saludaba durante sus reuniones de grupo y parecía haberse desenchufado de la sociedad. Eso estaba bien con él, claramente necesitaba tiempo para reagruparse, así que se lo estaba dando. Al mismo tiempo, tenían un proyecto que terminar y entregar en un par de días. Conclusión, necesitaban hablar.

Tiró en su pierna para llamar su atención y ella pareció sorprendida de verlo. Se quitó sus audífonos con vacilación y lo miró. "Hola," ella dijo con una voz suave.

Él inmediatamente se dio cuenta que había una tristeza enmascarada detrás de esos ojos verdes vibrantes. Estaba escondido profundamente, pero lo podía ver claramente ahora. ¿Cómo no lo había notado antes?

"¿Cómo te estás sintiendo?" él preguntó.

Ella se encogió de hombros casualmente. "Estoy bien … poniéndome al día con unas lecturas. ¿Qué hay de nuevo?"

"¿Quería ver cuando querías terminar de trabajar en el proyecto de economía? Lo tenemos que entregar pronto y todavía tenemos que arreglar unas cosas y repasar la presentación."

"Ah. Sobre eso. Pienso que no nos necesitamos juntar. Te puedo mandar la parte escrita para que lo revises y luego podemos dividir las diapositivas. ¿Quieres presentar el principio o el final?"

"¿Estás segura, Emma? Será mejor si lo revisamos juntos."

"Sí, va a estar bien. Además estoy súper ocupada esta semana."

"Así que esto no tiene nada que ver contigo tratando de evadirme," él dijo como una aseveración.

Ella lo miró tímidamente, esos ojos verdes brillantes tratando de evadir su mirada. Él sabía ahora que lo hacía cuando estaba nerviosa.

"Sólo pienso que … es lo mejor, Max."

"Sé que dijimos que no hablaríamos sobre ello, Em. Pero odié verte así. No era mi intención hacerte sentir peor. Tienes que saber que nunca te juzgaría."

"¿Podemos no hacer esto ahora? Ese día fue completamente mortificante," ella susurró.

"Em, yo fui el que te seguí. No hiciste nada mal. Fue completamente mi culpa."

"No lo fue, Max. Yo estaba ahí también. Fuimos los dos. Y no me debería estar sintiendo así. Por eso pienso que lo mejor sería que nos alejemos por un tiempo. ¿Está bien?"

Él sintió su pecho comprimirse a sus palabras. ¿Ella quiso decir sintiéndose triste o sentimientos hacia él? "¿Sintiéndote cómo, Em?"

Antes que pudieran subir sus esperanzas, ella empezó a empacar su bolsa y meter todo lo que pudo adentro lo más rápido posible. Miró para deslizarse fuera de la repisa en la que estaba sentada, así que le ofreció la mano pero ella la rechazó. Suspirando y sin pensar en ello, él la tomó por la cintura y la puso en el piso junto a él.

"¿Sintiéndote cómo, Em?" él repitió, estudiando su cara.

"Por favor olvídalo. Me tengo que ir," ella dijo, quitando sus manos de su cintura.

"¿Cómo esperas que me …? Por favor Em, hablemos sobre esto."

Ella abrió la boca para decir algo, pero la cerró de inmediato, sus ojos agrandándose mientras que su visión se enfocaba detrás de él.

Inmediatamente supo a quien estaba mirando y tomó un paso largo lejos de ella. *Mierda*, le iba a cortar las bolas esta vez de seguro.

"¿Qué pasa, chicos? ¿Teniendo un pequeño desacuerdo?" Roy preguntó, su voz fuerte resonando detrás de él. Jesús, el tipo lo asustaba como ningún otro.

"No es nada. Sólo discutiendo nuestro proyecto de economía," ella dijo rápidamente.

"¿De verdad? Nunca supe que la economía podía causar una discusión tan acalorada," Roy dijo sarcásticamente.

"Bueno, ese precipicio fiscal sabes. Es realmente aterrador," Max dejó salir. "¿Y España? ¿Las regiones autónomas? ¿Los monarcas? Impuestos por todos lados. Oye, nosotros somos gente también. No sólo es sangría y siestas. ¿Y si sales 20 minutos fuera de la ciudad? ¿La gente vive como nosotros? ¿Tienen las mismas oportunidades? ¡Y ni hablar de los préstamos para estudiantes! Si Sallie Mae gobernara España los escusados serían hechos de diamantes y las calles pavimentadas en oro. De cualquier manera, no hay nada de qué reírse sobre la curva de Laffer," él divagó.

Vaya. ¿De dónde diablos había salido eso? Él siempre divagaba cuando estaba nervioso, pero lo había llevado totalmente a otro nivel. Es más, definitivamente no debería estar provocando a Roy.

"Este tipo, ¿eh? Resulta ser que es un gran bromista," Roy se rió.

Emma giró los ojos nerviosamente. "¿Nos podemos ir? Estaba por irme," dijo volteando a Roy.

"Claro. Pero no paren por mí. Por favor, termina lo que era que necesitas discutir."

Max enfrentó a Emma, buscando ayuda. Ella era la que estaba por decir algo antes de que fueran interrumpidos. Algo sobre sus sentimientos. Roy probablemente lo vio agarrándola de la cintura también. Por dios, le iba a dar una paliza en dos segundos. ¿Dónde estaba su hermano Leo cuando lo necesitaba? Él lo podría tirar de seguro.

"Escucha, Max. Me importa un carajo que tú fuiste el que hizo el PowerPoint. Yo voy a presentar primero y punto. ¿Entendiste?" Emma de repente estalló enojada.

¿Eso es lo que supuestamente estaban discutiendo? La miró alarmado, y podía sentir la mirada enojada de Roy detrás de ella. Respiró profundo y se preparó mentalmente para meterse en el personaje.

"Por última vez, lo vas a arruinar Emma. Yo sé el material de la primera parte mucho mejor que tú. Yo hice toda la investigación, ¿recuerdas?"

"No estoy convencido con esto," Roy intervino.

La cara de Emma se puso pálida y Max empezó a manosear en sus bolsillos tratando de encontrar cualquier semblanza de un arma. *Espera, qué es esto*, él pensó. *¿Un altoid? ¿*Se supone que lo voy a matar con aliento fresco? ¿Muerte por frescura de menta? ¡Buena, Max!

"No entiendo ..." Max dijo, casi esperando un golpe a la cara. Esperó conteniendo la respiración para que los segundos pasaran. Sólo era un cuestión de tiempo antes de que ...

"Ella es una gran presentadora. Ya la debes haber visto. No dejes que tus juegos de macho nublen tu juicio, Max. Insisto, deja que presente primero."

Emma estaba regresando a niveles humanos de su estado casi en coma y continuó, golpeando a Roy en el brazo. "Gracias Roy, ahí es donde lo dejamos cuando llegaste. Como dije antes, soy una chica grande. Max, mándame las diapositivas y lo tomamos de ahí."

Max sintió como si estuviese en una reproducción muy mala de Broadway. Sin saber dónde poner sus manos, las alzó sobre su cabeza, casi como si estuviera saludando a dos personas en lados opuestos. "Eh ... sí, qué estúpido de mi parte. Ahora te lo mando, jefa. Eh, cambio y fuera jefa. Tzzp." Él imitó un radio portátil terminando un reporte. Súper, muestras fecales tenían más creatividad.

Antes de darse cuenta, Emma y Roy se marcharon y se quedó solo pensando largo y tendido sobre sus nuevos niveles de estupidez.

Capítulo 7 – Vino y Pimientos

"Ey, creo que se te cayó esto."

Emma estaba tomando una bebida junto a la fuente de agua afuera del salón de clase cuando sintió algo en su mano. Volteó para ver a Max mirándola con astucia.

"Ah. Gracias," ella dijo, mirando un papel doblado un poco confundida.

"De nada," él dijo, guiñándole el ojo. También pensó que él había señalado hacia fuera con su cabeza, pero no estaba segura si sólo estaba saliendo por su cuenta en esa dirección.

Una vez que se fue, ella metió el pedazo de papel en el bolsillo delantero de sus jeans. No queriendo provocar ninguna sospecha, se dirigió hacia el baño y lo abrió emocionada.

¿Encuéntrame afuera en 10? Por favor.

Dios, ¿qué traía ahora? Dejando que su curiosidad y rebeldía ganara, tiró la nota en la basura y se dirigió hacia fuera.

Trató de mantenerse calmada y fingir como si sólo estaba yendo afuera a fumar, como muchos otros estudiantes hacían entre clases. Pero estaba nerviosa por esto, lo último que necesitaba era que Roy se enojara otra vez.

Pensó en el otro día y como él había actuado después del fiasco de economía. Una vez que habían dejado a Max divagando y finalmente había regresado el color en sus mejillas una vez que dieron la vuelta de la esquina, Roy la había agarrado del brazo. Fuertemente.

"No juegues conmigo, ¿me escuchas? Lo vi agarrarte de la cintura y tratar de hacer una movida hacia ti. No estoy diciendo que no te creo. Pero definitivamente tengo el ojo en él. Obviamente quiere contigo y me alegra que lo descartaste. Nada mal que tengas un poco extra de agallas, ¿no piensas, nena?" él había dicho, ladeando la cabeza mientras se divertía con su exhibición de fuerza e ingenio.

"Digo, por favor. Tonterías de radio portátil. ¿Este tipo? Patético," Roy se había reído, ni siquiera dándose cuenta de lo fuerte que la había agarrado del brazo y jalado.

Ella sólo pudo tragar saliva en ese tiempo, conteniendo las lágrimas y el disgusto, pero no por Max. "Tienes razón Roy … patético," ella había dicho.

Rechazó la memoria y siguió adelante, queriendo poner toda la situación detrás de ella. Cuando finalmente cruzó la salida de la universidad, se sorprendió al ver que no había nadie afuera. Ni siquiera Max. En serio, ¿qué traía?

Escuchó el bocinazo suave de un coche enfrente de ella y vio que él estaba dentro del asiento de conductor de un Volvo azul cruzando la calle. ¿Estaba loco? Se dirigió cautelosamente hacia él, parando para ver si alguien la estaba mirando.

"Entra," él dijo a través de la ventana a medio abrir.

"Oficialmente has perdido la cabeza, Max."

"Por favor. Necesito hablar contigo. Te prometo que no es nada de cosas raras."

"¿Ahora? Todavía tenemos dos clases más en el día."

"Escuché que la primera está cancelada. ¿Quieres quedarte aquí por una hora sin tener nada que hacer? Te prometo que te regresaré antes que acabe la clase."

"Supongo que no," ella dijo y se dirigió hacia el lado del pasajero y se metió al coche. "Esto debe ser importante Max," dijo al ponerse el cinturón.

"Confía en mí, sí lo es," él dijo pisando el pedal y saliendo rápidamente. "Finalmente descubrí lo que está mal entre nosotros."

"*¿Nosotros?*"

"La manera en que lo veo es que dijimos que íbamos a ser amigos, ¿cierto?

Pero honestamente, desde que nos conocimos, no hemos hecho nada realmente amistoso. Creo que ni siquiera hemos tenido una conversación normal hasta ahora."

Ella empezó a pensar sobre lo que estaba diciendo y no podía estar en desacuerdo. "Sí, para ser honesta no sé mucho sobre ti."

"Eso es exactamente de lo que estoy hablando. Yo tampoco sé mucho sobre ti así que es tiempo de cambiar eso. Creo que una pequeña excursión podría ayudar. Eliminaremos la novedad y lo superaremos."

"¿Así que a dónde vamos?" ella preguntó, al notar que estaban yendo hacia el centro de la ciudad.

"Mercado de San Miguel. ¿Has estado ahí antes?"

"No, pero he escuchado cosas buenas."

"Bien. Te va a encantar."

"¿Cómo conoces Madrid tan bien? Pensé que eras británico."

"Soy mitad español. Crecí entre aquí y Londres."

"Ah, bueno eso hace sentido ahora. ¿Dónde viven tus padres?" ella preguntó.

"La mayor parte aquí. Justo en las afueras de Madrid. Pero viajan todo el tiempo."

"¿En qué trabajan?"

Él suspiró. "Dejemos las preguntas para cuando lleguemos ahí. ¿Te parece? Vamos a llegar dentro de dos minutos de cualquier manera."

"Está bien," ella dijo. Aunque le pareció extraño que no quisiera contestar eso. Sonaba como una pregunta bastante simple.

Antes de que se diera cuenta, él estaba estacionando el coche y fue a abrir la puerta del lado de ella. Ella titubeó al salir por un momento, ciertamente no estaba acostumbrada al gesto. "No te preocupes, esto no lo convierte en una cita," él dijo alcanzando su mano.

La jaló hacia un edificio enorme y ella se percató que no había soltado su mano. Hasta ahora, estaba pareciendo más y más como una cita para ella. Pero no se iba a quejar de ello. No significaba que no se podían divertir.

Empujaron a través de las puertas y fue asaltada por una gran variedad de deliciosos olores y sabores. Inmediatamente se dio cuenta del techo de madera y hierro por encima de ellos y los pisos de granito. Aunque era mediodía, el sitio estaba lleno de locales y turistas por igual. Pasaron por todo tipo de tiendas desde productos de pastas frescas hasta postres. Max parecía saber exactamente donde se estaba dirigiendo e hizo camino por diferentes pasillos hasta que llegaron a un lugar de tapas.

"¿Qué te gustaría?" él preguntó, mientras que jalaba dos taburetes para ellos.

"¿Qué pides normalmente?"

"Una *caña*, o copa de vino. Lo que tú prefieras, en verdad."

"Vino suena bien. Rojo, pienso."

Él sonrió y señaló hacia el barman. *"Dos copas de vino tinto, tío,"* le dijo. *"Y unos pimientos de Padrón."*

"No puedo creer que nunca te escuché hablar en español antes," ella dijo un poco asombrada.

"Sí, bueno supongo que el inglés es más mi idioma principal, pero es casi lo mismo en general. ¿Cómo está tu español? Te he escuchado decir un par de cosas," él dijo dándole un codazo.

"Bueno, crecí en Los Ángeles, así que estoy acostumbrada a escucharlo y entiendo la mayoría de las cosas, pero soy terrible para hablarlo. *Diría que no es muy bueno.*"

"No, está bastante bien. Te estás subestimando," él dijo. El mesero vino con sus copas y un plato enorme de pimientos de Padrón asados. "Tienes que probar estos. Son mis favoritos. Sólo ten cuidado porque algunos resultan ser muy picantes."

"Me encanta el picante," ella dijo alcanzando uno al instante. "Como comida mexicana todo el tiempo en Los Ángeles. Es lo mejor que hay."

"Deberías decírselo a la esposa de mi hermano, Mia. Te amará por eso."

"¿Ella es mexicana?"

"Mitad mexicana y americana. Es de Nueva York en verdad. Se conocieron en nuestra universidad hace un par de años. Viven en Londres ahora."

"¿En serio? Qué lindo. ¿Es por eso que decidiste en MBS? ¿Por tu hermano?"

"Sí, en general. He estado trabajando en un banco en Londres por los últimos dos años y están pagando por mi MBA. Decidí que no podía hacer daño regresar a Madrid. Mis dos hermanos más pequeños también están aquí así que funciona bien."

"Vaya, eso está súper bien. Salud por eso," ella dijo levantando su copa.

"Salud, Emma," él dijo tintineando su copa con la de ella.

"Salud," ella repitió.

"Entonces, ¿ya me odias o todavía no?" él preguntó, agarrando uno de los pimientos y metiéndoselo a la boca.

Hmm, todo lo contrario, ella pensó mientras que su visión inconscientemente bajó a sus labios. "Ya te odiaba desde el primer día," ella bromeó.

"Okay, qué bueno. Si tenemos suerte, se quedará así," le regresó la broma.

"¿Qué quieres saber de mí?" ella preguntó. "A ver si me odias de vuelta."

"Buena pregunta. Bueno, lo que realmente quisiera saber es … ¿cuáles son los nombres del resto de las personas de nuestro grupo?"

Emma casi se echa a reír. "¿En verdad no sabes? ¿Has estado viviendo en la luna? Ya estamos a más de la mitad del semestre."

"Sólo sé que hay un asiático con un acento loco y luego una chica rubia española que también es polaca o algo así," él se encogió de hombros.

"Okay, el chico asiático con el acento – ese es Tony y es de Corea. La chica rubia española es Cristina, y es muy buena gente. Luego está Susana de Colombia y Dimitri de Rusia. No es muy complicado, en verdad. ¿Cómo te sales con la tuya?"

"Normalmente le digo a la gente *ey* o *amigo*. Generalmente funciona."

"Estás loco, Max," ella dijo tomando un sorbo de su vino. "¿Eso es todo lo que querías saber?"

"Ni siquiera cerca. ¿Tienes hermanos?"

"Un hermano mayor. Alex. Vive en Nueva York por cierto."

"Interesante. ¿Y qué de tus padres?"

"Mi papá vive en el sur de California. No nos llevamos muy bien … como debes saber," ella dijo haciendo una mueca al recordarlo.

Él la miró con una expresión apologética en su cara. "¿Y tu mamá?"

Ella pausó por un momento, luego bajó la mirada y miró de frente a nada en particular. "Murió cuando yo tenía 14 años. Tenía cáncer."

"Siento mucho escuchar eso, Em."

"Sí. Ya han pasado más de diez años, pero todavía la extraño," ella dijo tristemente. No importaba el número de veces que ella había ensayado esas líneas a través de los años, su garganta siempre se endurecía al decirlos.

Cuando ella lo miró de vuelta, los ojos de Max se habían ampliado y brillaban con simpatía. A veces era ver la reacción de la gente que ella temía más porque hacía que doliera aún más. Causaba que ella reviviera el shock y dolor de nuevo, aunque fuese sólo por un momento. Pero con Max ella sentía que podía confiar en él.

43

Max jugueteó con su copa de vino, dándole vueltas por el tallo. Apenas la había tocado hasta ahora. "Te sigo preguntando cosas incorrectas. Con razón me odias," él dijo tratando de cambiar el ánimo. "Este ... ¿qué estabas haciendo en Los Ángeles antes de venir acá?"

"Trabajaba en una agencia de mercadotecnia digital. Era una gerente de cuentas ahí."

"Eso suena bastante bien."

"Lo era. Pero tenía el peor jefe. Al final él hizo que fuera una decisión fácil venir aquí."

"Nunca pensé que diría esto a alguien ... pero estoy contento que tuviste el peor jefe."

Ella le sonrió. "¿Algo más?"

"¿Cuál es tu segundo nombre?"

"Marie. ¿Y el tuyo?"

"No tengo uno," él contestó.

"¿Entonces Max es abreviación de qué?"

Él vaciló antes de contestar. "Maximiliano."

"¿En serio? Qué genial."

"¿Te parece? Mis padres pasaron por una etapa italiana al nombrarnos, aunque a mí me dieron la versión en español de mi nombre. De todos maneras, se burlaban mucho de mi nombre de pequeño."

"Claro. Lo tienes que aprovechar, *Maximiliano*," ella dijo probándolo.

"Supongo que sólo suena bien cuando tú lo dices," él dijo.

"¿Entonces cómo se llaman tus hermanos?"

"Leonardo, pero todos le dicen Leo. Luego los mellizos son Nicolás y

Sofía … aunque ellos son mucho menor así que no les tocó tan pesado."

"Mellizos, qué bien. Todos tienen nombres increíbles. Tus padres hicieron buen trabajo."

"Gracias, supongo. Aunque me estás distrayendo totalmente. Era mi turno de las preguntas."

"Cierto. Perdón. Por favor, procede."

"¿Sólo te gustan los hombres muy musculosos? Sabes, mitad titanio, mitad centauro …"

Ay dios. Ella no había estado esperando esa pregunta para nada. "¿Qué te hace pensar eso?" ella preguntó coqueteando.

"Sólo es una corazonada," él se encogió de hombros.

Ella suspiró. "La respuesta es no. No voy atrás de un cierto tipo de hombre a propósito."

"Entonces estás diciendo que tengo una oportunidad."

Ella se quedó atónita. "Definitivamente no dije eso."

"¿Cómo se puso tan grande de todas maneras?"

"Él jugaba hockey sobre hielo. Wayne Gretsky era su ídolo de pequeño."

"Lo siento que no tengo músculos grandes," él dijo flexionando sus brazos.

"¡Max! No es sobre los músculos, ¿está bien?" ella dijo riéndose. "Además, estás bien en ese departamento. Créeme."

"Así que me has estado observando, ¿eh?"

"Okay, estoy oficialmente poniendo un veto sobre este tema," ella dijo. "¿Qué de ti, cuál es tu tipo, chico duro?" ella dijo tratando de revertir la conversación.

"Eso es fácil. Cabello castaño, ojos verdes, personalidad atrevida …"

Santo cielo, él estaba siendo demasiado directo. Subiendo a plena marcha ahora. "Max. No pienso que …" ella paró y sacudió la cabeza, sin palabras. Alcanzó uno de los pimientos para tratar de aclarar la mente. Maldita sea, este estaba picoso.

"Ah espera, no estaba hablando sobre ti si eso es lo que estás pensando," él dijo sonriendo.

"¿En serio? ¿Tengo una hermana gemela que no he conocido?"

"Hay muchas chicas con esa descripción, Em. No te adelantes," él dijo tratando de actuar completamente serio.

"Está bien, Sr. Fresco. ¿Quién es esta persona misteriosa de la que estás hablando?" ella preguntó, enfatizando la palabra *misteriosa*.

Max de repente miró a su reloj. "¿Has de creer? Tiempo para irnos. ¡La cuenta por favor!"

"Qué conveniente para ti," ella dijo sonriendo.

"Dije que te regresaría a tiempo, así que eso significa que nos tenemos que ir." Él tiró un par de billetes sobre el bar y se levantó. Alcanzó su mano de nuevo como si fuese la cosa más natural del mundo, y luego la dirigió hacia fuera.

"Gracias por invitarme a salir," Emma dijo mientras manejaban de vuelta a la universidad. "Creo que realmente necesitaba eso."

"El placer es mío, Em. Deberíamos salir de nuevo en otra ocasión."

"¿Tal vez si es algo más como una actividad en grupo? Creo que eso sería mejor."

"Bueno, le puedo decir al tipo coreano que sea nuestro chaperón. Él nos puede poner en nuestro lugar si nos portamos mal," Max dijo sonriendo satisfecho.

"Eh … no creo que Tony estaría dispuesto a eso. Además, sólo estaría poniéndote a ti en tu lugar," ella se rió.

"Obviamente no le diríamos. Sólo que es una salida en grupo o algo así. Es más, estoy seguro que no tiene muchos amigos."

"¿Por qué no invitas a todo nuestro grupo para tal caso? Los cuatro probablemente podrían caber en la parte de atrás de tu coche. Nos pueden seguir todo el día mientras salimos a cenar y a ver una película," ella bromeó.

"Ahora nos estamos entendiendo, querida."

Capítulo 8 – Mirando Estrellas

Max cumplió con su palabra y decidió invitar a todo el equipo a casa de sus padres usando el fin de semestre como excusa. Sus padres estaban viajando y los mellizos estaban fuera en una fiesta de cumpleaños por el día. Lo cual significaba que tenía la casa entera para sí mismo. No quería tentar a su suerte, pero realmente esperaba tener un poco de tiempo a solas con Emma.

Recogió a todos en la universidad temprano un sábado por la tarde justo antes de su descanso de invierno. Era bastante cómico ver a todos empaquetados en su coche, justo como Emma había bromeado. Él había traído la camioneta esta vez para que la gente cupiera más fácilmente, pero se había asegurado de que ella se sentara al frente con él.

Tony había resultado ser un tipo bastante agradable, estaban jugando billar en la sala de juegos y ganando por mucho al momento.

Claro que las chicas estaban todas amontonadas alrededor del área de sofá, riéndose y susurrando en conspiración como las mujeres usualmente hacen. Se sorprendió al ver a Emma en el centro de todo, toda sonrisas así que sólo podía asumir que lo estaba disfrutando y la estaba pasando bien.

Ella miró hacia él en ese momento y él le guiñó el ojo. Instantáneamente se sonrojó y las otras dos chicas voltearon en su dirección y susurraron algo entre ellas. Como si no lo supiera, definitivamente estaban hablando de él.

"Tu turno, hombre," Tony dijo dándole un codazo y ligeramente negando la cabeza divertido. "Con razón siempre te gano tan fácil."

No sabía que a Tony le gustaba la escena de rap y cuando hablaba sonaba más como un gangster americano con un acento coreano. Max todavía estaba tratando de entenderlo y no podía creer que no se había dado cuenta antes de eso.

"¿Ah sí? ¿Por qué lo dices?" Max dijo al preparar su siguiente tiro.

"Todo lo que tengo que decir es … estás jugando con fuego. ¿Me entiendes?"

Max tomó su tiro, el cual falló por completo, y suspiró. "¿Es así de obvio?"

"Sí, hombre. Esa chica … está jugando con tu cabeza," él dijo apuntando sus dedos a su sien, medio imitando una pistola.

"Lo sé," Max dijo corriendo sus dedos por su pelo.

"¿Quieres mi consejo? Esa chica … quiere contigo también. Sólo ten cuidado hombre, ¿has visto su hombre? Ese macho te destruirá."

"¿Tú crees?" Max preguntó.

"Sí Max, ese te rompe en dos segundos. No te ofendas," él dijo mientras continuaba jugando como un profesional.

"No, esa parte lo sé. Quise decir … ¿crees que le gusto?" Se sintió como un idiota preguntándole esto a Tony, pero realmente no había hablado sobre Emma con nadie más desde que la conoció y ya no podía confiar en sus propios instintos.

"Sí hombre. Su novio … es un idiota. Pero ella no va a hacer nada. Eso es seguro."

"¿Cómo sabes sobre todo esto? ¿Crees que otros sepan también?"

"No. La gente … están demasiados involucrados en sí mismos. Pero yo sé porque sé, ¿sabes?"

"Okay, qué bueno. Te importa … ¿no decir nada? Realmente no quiero que me corten las bolas. Especialmente Emma, me mataría por admitir esto."

"No te preocupes, hombre. Yo ayudo a un hermano," él dijo al meter la bola ocho en la bolsa de la esquina.

"Gracias, Tony. Lo aprecio."

"Todo bien, hombre. Mira, yo voy de salida. Veré si me puedo llevar a algunas de estas mujerzuelas conmigo, ¿sabes lo que digo?"

"Eh … sí. Está bien," Max dijo, tratando de no reírse de la conversación ridícula que acababan de tener. ¿Quién diría que le estaría diciendo sus

49

secretos a Tony, entre toda la gente? Ahora él era su único confidente. "Tengo un chofer … los puede llevar si quieres," él ofreció. Era lo menos que podía hacer.

"¿En serio? ¡Qué increíble hombre!" Tony dijo dándole un apretón en el hombro. Él luego se volteó al grupo y gritó. "¡Oigan! Este buen tipo tiene un chofer. Pinche Tony Danza aquí. Él es el jefe. ¡Estamos con Morgan Freeman *Conduciendo a Miss Daisy*! ¿Quién está conmigo?"

Todos empezaron a decir ooh y ahh al mismo tiempo y casi en unísono se levantaron para irse. *Bien por la salida de grupo*, él pensó mientras la gente empezó a acercarse para darle las gracias y despedirse.

Se dio cuenta que Emma se quedó detrás y empezó a inquietarse de repente.

"Ey, ¿estás bien?"

"Sí, sólo es que … Roy me iba a recoger pero tal vez puedo –"

"No te preocupes," él la interrumpió. "Quédate por un tiempo."

"¿Seguro?"

"Sí … yo no voy a regresar a mi apartamento hasta más tarde por la noche. Te puedo mostrar alrededor si quieres."

"¿Tienes tu propio sitio?" ella preguntó asombrada.

"Sí, es un piso cerca de la universidad. Lo hace más fácil llegar," él dijo encogiéndose de hombros.

"Mírate, que fino."

"Trato," él sonrió. "¿Vamos?" le preguntó ofreciendo su brazo. "Te presentaré … *La Maison Durant*."

"Más como *Château Durant*, de lo que he visto hasta ahora."

"Supongo que podrías decir eso."

Él procedió a enseñarle la casa, tomándose su tiempo. Sí, esta idea de salida en grupo definitivamente había sido una buena llamada. Aunque ella parecía un poco distraída, como si su mente la estuviera llevando a algún otro lugar. Pero cada vez que le estaba por preguntar si estaba bien, ella se animaba y le decía algún comentario ingenioso.

Le estaba mostrando rápidamente el área de la piscina porque hacía frío afuera, cuando ella se fue a sentar en uno de los sillones reclinables del patio y miró hacia el cielo. "¿Siempre se ve así?" ella preguntó con curiosidad.

Él se fue a sentar junto a ella y miró a las estrellas esparcidas a través del cielo. "Sí, por lo general."

Ella no dijo nada durante un tiempo y siguió mirando arriba hacia el cielo, casi con nostalgia. Claramente estaba pensando sobre algo, así que decidió no interrumpirla y en vez disfrutó del silencio. Ella de repente respiró profundamente y empezó a hablar.

"Cuando era pequeña, creo que tenía 12 años en ese entonces, mis padres nos llevaron de viaje a Brasil. Mi papá aparentemente tenía un viaje de negocios planeado y mi mamá lo convenció de llevarnos a todos. Fuimos al Amazonas, viajamos por el río y nos quedamos en una logia en la mitad de la jungla. La primera noche, nos llevaron a ver caimanes en el lago. Mis padres se habían peleado ese día sobre algo así que sólo fuimos mi mamá y yo. Estaba completamente oscuro afuera y todos estaban emocionados de ver a los caimanes entre los árboles y tomar fotos. Pero yo sólo recuerdo acostarme en esa pequeña lancha mirando al cielo esa noche. Era la cosa más hermosa que había visto. Probablemente todavía lo es. Estaba plasmado de millones de estrellas … casi no podías ver un punto negro porque estaba completamente lleno de estrellas a través del cielo. Como si hubiese sido pintado o algo así. Y yo seguía alcanzando con mi mano hacia el cielo porque parecían tan cerca que pensé que las podría tocar."

Ella dijo esa última parte alcanzando su mano hacia el cielo y luego se volteó a mirarlo y trajo su brazo de vuelta. "Esa fue la última vez que hicimos un viaje familiar juntos así. Mi mamá se enfermó después y … bueno, tú sabes el resto. De cualquier manera, siempre recuerdo ese momento y lo pacífico que fue. Como si no tuviese ninguna preocupación en el mundo. Y ahora es una mierda porque siempre voy a comparar como las estrellas se veían en ese entonces a lo que veo ahora en el cielo, pero nunca será igual. Todo es oscuro. Esta imagen que tengo en mi mente de las estrellas … es impresionante pensar que así debería ser cuando no lo es."

Max sólo la miró, completamente hipnotizado con su historia, tratando de imaginar a esta niña pequeña mirando estrellas en la noche. Le hacía sentido completo que ella idealizaría ese momento, teniendo todos sus sueños y esperanzas enfrente de ella, sólo para que fueran destrozadas y arrebatadas de ella. Él nunca había entendido lo que la pérdida podía significar para alguien, pero ahora lo sabía y esperaba que nunca se tuviera que sentir así. Pero mirando a Emma ahora, algo le dijo que estaba por sucederle tarde o temprano.

"Perdón, no quise desviarme en otro tema," Emma agregó, de repente pareciendo avergonzada.

"No … eso fue …" increíble, quiso decir, pero sonaba como la palabra incorrecta para describirlo. Necesitaba una mejor palabra, pero pensó que no sería posible encontrar una palabra en el diccionario entero que pudiese definir todo lo que estaba sintiendo por dentro. "Gracias por compartir eso conmigo, Em. No tienes idea … dios, necesito enseñarte algo ahora mismo," casi susurró, al recordar algo de repente.

"¿Enseñarme qué?"

"Es parte del gran tour," él dijo levantándose y tomando su mano con emoción. La jaló de regreso hacia la casa, casi corriendo, y la dirigió arriba hacia el piso más alto. Pasó por un corredor largo hasta que llegaron al lugar que tenía pensado. Sólo esperaba que no hubiera cambiado mucho desde el año pasado.

Max estaba por abrir la puerta cuando se dio cuenta que sería mejor tener el efecto completo. Agarró los hombros de Emma y la corrió a un lado de la puerta, con su espalda a la pared.

"Espera aquí," él dijo al ir a abrir la puerta y prender las luces. Inspeccionó la habitación rápidamente y sintió alivio en ver que todavía parecía igual.

"¿Qué estás haciendo ahora, Max?"

"Cosas buenas suceden a los que esperan," él dijo. "Okay, cierra los ojos. No mires a escondidas," instruyó.

Cubrió los ojos de Emma con sus manos y la guió dentro de la habitación, cerrando la puerta detrás de ellos y apagando el interruptor de luz con su mano libre. La posicionó en el medio de la habitación y destapó sus ojos.

Ella sólo lo miró al principio en la obscuridad, claramente sin entender lo que estaba pasando. Pero luego él señaló hacia el techo y su boca se abrió al instante asombrada una vez que ajustó su visión.

Había pasado bastante tiempo desde que él mismo había estado en la habitación, así que la exhibición de estrellas adhesivas brillando en la oscuridad pegadas a casi cada centímetro del techo lo sorprendió también.

"¿Se ve familiar?" él preguntó.

"Max, esto es increíble. ¿Tú lo hiciste?"

"Era un proyecto de Nico y Sofía pero yo los ayudé. Está bastante impresionante, ¿no?"

"¿Cuánto tiempo les tomó?" ella preguntó.

"Como un mes, pienso. Sofía estaba muy metida en ello hace un par de años, pero luego perdió interés. Ven, deja mostrarte otra cosa."

La dirigió a un escritorio cerca de la ventana y la sentó en una silla. "Hasta le suplicó a mis padres que le compraran un telescopio y ella nunca pide nada," él dijo ajustando el instrumento enfrente de ella. "Déjame ver si recuerdo cómo funciona." Se inclinó junto a ella y empezó a ajustar los controles de los lentes. "Okay, mira."

Él la vio mirar fijamente por el telescopio con una sonrisa enorme en su cara. Dios, ella era tan bella.

"Esto está increíble, Max. No puedo recordar la última vez que miré a través de uno de estos."

Ella paró de mirar por el telescopio y se volteó a mirarlo. Él ahora estaba de rodillas junto a ella con su brazo alrededor de la silla.

"¿Entonces? ¿Es algo parecido a Brasil?" él preguntó.

"Casi. Supongo que sólo me falta una lancha y un río," ella sonrió.

"Hmm. Deja ver qué puedo hacer sobre eso," él dijo mirando alrededor de la habitación. Encontró una cobija de plumas colgada sobre un sofá y la recogió extendiéndola sobre el piso. "Aquí está tu lancha," dijo acostándose sobre ella. "Y supongo que te debo el río."

Ella sonrió de nuevo y fue a acostarse junto a él. "Por lo menos es una lancha muy cómoda."

"Realmente lo es," él dijo alzando la vista a las estrellas.

Se quedaron así por un tiempo, sin que ninguno de los dos dijera nada. Él todavía no podía creer que finalmente la tenía para él solo, y podía disfrutar del momento sin que nadie los interrumpiera o temiendo que le dieran una paliza.

"Tienes razón. Esto es muy relajante," él dijo.

"Lo sé. Podría mirar esto por horas," ella contestó volteando a mirarlo.

"Sí, yo también," él dijo mirándola con añoranza.

Él pilló un sonrojo pequeño atravesando por sus mejillas y ella volteó la mirada de nuevo al techo.

"¿Te puedo preguntar algo, Max?"

"Claro."

"Ese día que tuve el ataque de pánico en el baño. ¿Cómo supiste hacer eso?"

"¿Dices para que te calmaras?"

"Sí. He querido preguntarte. Fue tan rápido, casi sin esfuerzo."

"Fue todo carisma. Tengo este efecto en mujeres, como ves."

"Ah, vamos. Fue más que eso."

"Estoy bromeando, Em. Pero me gusta que pienses que fue parte de ello." Dejó escapar un respiro y se volteó a mirarla. "Sofía … ella tiene algo similar. Es más como pesadillas y se despierta en pánico. No pasa muy seguido, pero supongo que todos aprendimos cómo ayudarla cuando le pasa."

"Vaya, eso es impresionante. Tiene suerte de tenerlos."

"Sí, bueno ella realmente es la bebé de la familia y la única niña así que cuidamos de ella. ¿Y tú? ¿Te pasa seguido?"

"De vez en cuando. Los empecé a tener cuando mi mamá murió, pero he aprendido a controlarlos más a través de los años. Normalmente me pasa si estoy muy estresada, como un mal día en particular en el trabajo o algún tipo de situación abrumadora. Roy ha visto una porción generosa de ellos, pero creo que sólo se frustra porque no sabe qué hacer o cómo ayudarme."

"Lo siento, Em. Sólo acuérdate de respirar profundo. Aunque sientas que tu corazón está por explotar en tu pecho, necesitas bajarlo para recuperar el balance. Enfócate en respirar y bloquea todo lo demás."

Ella asintió y miró de vuelta a las estrellas. "Gracias, Max. Lo recordaré."

"¿Emma?"

"¿Sí?" preguntó un poco nerviosa.

"¿Estás contenta?" él preguntó.

"¿Qué quieres decir?"

Él giró su cuerpo a un lado, descansando su cabeza sobre su brazo. "Digo … ¿Te gusta tu vida como es ahora?"

Ella se volteó a mirarlo, imitando la misma posición que él. "Me gusta vivir aquí, eso es seguro. Pero no sé … supongo que siempre hay cosas que podrían cambiar o mejorar, pero la vida nunca es perfecta."

"¿Qué cambiarías?" él preguntó con curiosidad.

"En un mundo ideal, muchas cosas. La relación con mi papá, cosas con Roy …" se encogió de hombros. "¿Por qué preguntas?"

"Lo siento, no estoy tratando de ser grosero. Sólo quiero entenderlo."

"¿Entender qué?"

"Es que a veces cuando te miro … veo esta chica increíble y fuerte que no se deja de nadie. Especialmente de mí. Y me encanta eso de ti. Pero luego con la gente con la que eres más cercana y que importan más, eres completamente diferente. Es casi como si fueras otra persona."

Emma suspiró profundamente. "Lo sé. Supongo que es porque me importa. Tengo una relación cercana con ellos. Con otra gente, no es así entonces puedo actuar como yo quiera."

"Entonces yo no te importo."

"Tú sabes que sí, Max."

"Pero no te dejas conmigo."

"No había pensado en eso realmente. Definitivamente no encajas dentro de ello. Tal vez sólo eres diferente. O a lo mejor pronto cambiaré y dejaré que me pisotees," ella dijo sin humor.

"No me entiendas mal. No quisiera que cambiaras la manera que eres conmigo. No cambiaría nada sobre ti, Em."

Ella le sonrió tímidamente con la expresión más adorable. Escuchó su teléfono vibrar y ella lo sacó de su bolsillo por un momento. Su expresión cambió completamente cuando miró su teléfono. Estaba llena de decepción, enojo, y esa tristeza subyacente que él odiaba ver en ella. Era justo sobre lo que le estaba preguntando. Ella tecleó una respuesta rápida y lo apagó, tirándolo detrás de ella con exasperación.

"¿Todo bien?" él preguntó preocupado.

Ella simplemente asintió sin decir nada.

"¿Te tienes que ir?"

Esta vez ella negó con la cabeza. "No," dijo con una pequeña sonrisa.

"Bueno," contestó, sin realmente entender su expresión. Era casi como si estaba entretenida con un chiste interno o algo.

"¿Entonces qué vas a hacer conmigo ahora?" ella preguntó tan suavemente que él pensó que la escuchó mal al principio. Pero luego ella se arrastró más cerca a él y mordió su labio nerviosamente.

"Emma," él respiró. Cepilló su cabello atrás y la miró intensamente dentro de sus ojos verdes relucientes. "¿Qué estás haciendo?" él susurró.

"No dejándome de nadie," dijo.

"¿Es así?" él preguntó intrigado. La tomó por la cintura y la jaló aún más cerca a él para que sus cuerpos se alinearan perfectamente.

"Sí. Alguien me dijo que ya no lo debería hacer."

Él le sonrió y besó su frente. "Suena como un tipo inteligente."

"Sí, bueno a veces," ella dijo con un sonrisa.

Su visión bajó a sus labios y todo en lo que podía pensar era cuánto la quería besar. El tenerla así de cerca lo estaba enloqueciendo. ¿Pero eso es lo que ella quería? Sintió que no tenía el lujo de esperar a que ella decidiera.

La habitación de repente se puso muy silenciosa mientras alcanzó su cara y empezaba a trazar sus rasgos lentamente con sus dedos. Ella jadeó ligeramente cuando él frotó su pulgar sobre sus labios y luego ella cerró los ojos mientras que él bajaba su cabeza hacia la suya.

"Necesito que sepas lo hermosa que eres, querida," él susurró.

En su interior, él sabía que lo que estaba a punto de hacer estaba mal. No debería hacer esto, pero no pudo contener la tentación más. Además, ya había cruzado el punto de no retorno y ya no había marcha atrás.

"Lo siento, Em," él dijo justo antes de que sintió sus labios rozar contra los de él. Eso fue todo lo que le tomó para hilar su cabello entre sus dedos y asaltar su boca. La besó desesperadamente, casi queriendo devorarla y demostrar que él era digno de ella. Esta era probablemente su única oportunidad y tenía que hacer que contara.

Tomó su tiempo explorando su boca y atormentando sus labios con su lengua. Ella era la cosa más dulce que había probado y no se podía saciar de la sensación deliciosa. Se seguía diciendo que retrocediera pero ella estaba ahí con él, besándolo de vuelta con la misma pasión.

Su mano viajó bajo su espalda, atrayéndola irremediablemente más cerca de él, y finalmente se colocó en su cintura. Su camisa se había subido así que fue muy fácil deslizar su mano debajo y acariciar su estómago. Ella estaba tan tibia y suave que sólo pudo imaginar cómo se sentiría el resto de su piel.

Necesitando sentir más de ella, la deslizó debajo de él en un movimiento fluido mientras que todavía la besaba como un loco. Ella gimió cuando él se apretó contra ella y pensó que se podría morir en ese momento. Él alcanzó sus manos y las trajo junto a su cabeza, aunque ansiaba explorar el resto de su cuerpo pero no confiaba en sí mismo o en sus manos errantes.

"Emma," él respiró. "Dime que pare."

Pero ella no contestó y continuó besándolo con urgencia. Él se apoderó de sus manos con más fuerza mientras su cuerpo se mecía suavemente contra la de ella. Dios, ella se sentía tan bien. Quería sentir el resto de ella desesperadamente.

"Por favor, Em," dijo al besar su cuello, mordisqueando debajo de su oreja. Su respiración era irregular y ella siguió moviéndose ligeramente contra él, el frotamiento de sus cuerpos oficialmente sacándolo de su cordura.

"Bebé … no puedo …" él dijo casi suplicando a sí mismo. Pero su cuerpo le estaba diciendo lo contrario y tomó su boca dulce con un gemido.

Aflojó el agarre en sus manos con la intención completa de desvestirla, cuando ella de repente lo mordió en su labio y lo empujó contra el pecho. Él se congeló de inmediato y se alejó de ella. A pesar de la punzada en su labio, sintió como si alguien justo le hubiese tirado un balde de agua helada por encima.

"*Mierda*," él dijo probando su sangre y sentándose atrás en sus piernas. "¿Por qué hiciste eso, querida?"

"Lo siento mucho, Max," ella dijo sentándose y cubriendo su cara con sus manos. Sus hombros temblaron y parecía que estaba por llorar.

"Em, espera. Háblame."

Ella sólo suspiró y negó con la cabeza, así que la alcanzó y la sentó encima de él. Él desprendió sus manos de su cara, pero ella continuó apartando la vista de él.

"No sabía qué más hacer … para parar. Era eso o darte un rodillazo en las bolas. Lo siento," ella dijo con pesar.

"Querida, deja de disculparte. Por lo menos tienes auto-control, a diferencia de mí," dijo riéndose y alzando su barbilla para mirar dentro de sus ojos. Ella se sonrojó y apartó la vista casi de inmediato. "Por favor no te avergüences," él dijo.

"No es eso."

"¿Entonces qué?"

"Si él se entera sobre eso … *Ay dios*," ella dijo claramente entrando en pánico.

"Em … escúchame. Yo nunca diría nada. Esto es entre tú y yo. Él no necesita saber. ¿Está bien? Está en mi interés también. Todavía quisiera tener hijos algún día."

Ella asintió y miró dentro de sus ojos por primera vez desde que se besaron. Estaban llenos de tal emoción que casi lo mata.

Su expresión cambió al inspeccionar su cara y terminar en su boca. "Vaya, realmente te lastimé," ella dijo tocando su labio con sus dedos. "¿Te duele?"

"No cuando tú lo tocas," él sonrió. "¿Quieres besarlo mejor?"

Ella medio sonrió y murmuró algo bajo su aliento involucrando la palabra vergüenza de nuevo.

"Eso es suficiente Emma. No voy a dejar que te avergüences por esto." La recogió y la puso juguetonamente en el sofá, acostándose al lado de ella. Él alcanzó su mano y empezó a trazar diseños en su palma.

Ella suspiró después de un tiempo y le echó una ojeada. "Así que no querías llevarlo más lejos," ella declaró.

Él le sonrió. "Créeme cuando te digo que sí quería."

"Pero no lo hiciste."

"Bueno, no. Tú ayudaste con eso, por suerte," dijo besando su sien.

"¿Por qué?" ella preguntó con curiosidad.

Él respiró profundo y la miró, debatiendo si ella lo iba a tomar mal.

"¿No me quieres decir?"

Él entrelazó sus dedos juntos, disfrutando de la simple sensación. "Tú no mereces eso y no quería tomar ventaja de ti. Ya me siento increíblemente egoísta de por sí."

"Ah."

"¿Entonces cuánto tiempo tienes?" él preguntó queriendo cambiar el tema. "¿Quieres … quedarte … conmigo?" preguntó nervioso de repente.

"No puedo, Max. Me debería ir pronto."

"Pero quisieras quedarte … ¿si podrías?"

Ella suspiró. "No tiene caso responder esa pregunta. Es todo hipotético."

"Sí, pero uno podría obtener unas buenas ideas de ello," él dijo sonriendo.

"Es exactamente por eso que no debería decir nada," ella sonrió de vuelta. "¿Puedo llamar un taxi o algo de aquí?"

"No seas ridícula. Yo te llevo."

"Gracias, Max."

"¿Quieres ir ahora o como en dos horas? Tal vez tres o cuatro … ¿hasta seis? Bueno máximo ocho, ahí es donde trazo la línea," él bromeó.

"No tientes a tu suerte, compañero," ella dijo empezando a levantarse.

"Está bien, pero antes que nos vayamos … tengo algo para ti." Él fue al escritorio con el telescopio y empezó a abrir un par de cajones antes de que encontrara lo que quería.

Le entregó un paquete de estrellas. "Creo que la luz ya está alrededor de ti, pero en caso que necesitas ver más estrellas de noche. De otra manera, siempre puedes venir aquí si quieres."

Ella le sonrió y lo sorprendió al darle un abrazo fuerte y besarlo en la mejilla. "Sabes que eres el chico más lindo que existe."

"¿Lindo? No me gusta lindo," él dijo fingiendo quejarse. Él alcanzó su mano y la dirigió hacia abajo de nuevo.

"¿Entonces qué prefieres, chico duro?"

"No sé. Sexy, guapo, macho … algo así. Lo que sea menos lindo."

"Está bien, reformularé lo que dije. Pienso que eres el chico más *macho* por darme un paquete de estrellas," ella dijo sonriendo.

"¿Ves? Eso suena mucho mejor."

Llegaron al garaje y la dirigió hacia su coche. "No puedo creer lo frío que se puso," ella dijo una vez que estaban adentro.

"Lo sé, hace demasiado frío ahora." Él prendió el GPS y tecleó su dirección después de pedírsela.

Emma empezó a temblar y a frotar sus manos. "¿Puedes prender el calentador?"

"Como desee, señorita. También prenderé el calentador de asientos para ti. Te mantendrá el trasero bonito y calientito."

Ella se rió. "Sólo asegúrate que no derrita mi trasero."

"Querida, no haría nada para perjudicar ese trasero fino que tienes," él dijo mientras empezaba a manejar.

"¿En verdad quieres decir eso o lo dices figurativamente?"

"¿Sobre tu trasero?"

"Sí, digo hablas mucho de él pero ni siquiera lo has visto."

"He visto suficiente. Créeme. Sé que es precioso."

"Bueno, si tú insistes," ella dijo sonriendo.

Le encantaba verla sonreír. Él no pensó que la había visto sonreír tanto desde que la conoció y en verdad esperaba que fuera por él. Pero tenía que tomarlo con calma, no era como si iba a cortar con Roy de repente después de un beso. Lo que le recordó …

"¿Qué le vas a decir a Roy? ¿Sobre esta noche?" le preguntó.

Ella suspiró. "Él está en una fiesta. Probablemente ya está borracho."

"¿Así que no le importó que estuvieras conmigo?"

"Me dio mucho problema al principio. Pero luego no pudo decir mucho después de que le dije que era una cosa en grupo."

"¿Normalmente sale sin ti?"

"Últimamente, sí. Él ha estado de fiesta. Solía invitarme que fuera con él al principio, pero ahora no se molesta. Yo he estado enfocada en la universidad, así que no estoy interesada en salir hasta las 6am todos los días, ¿sabes?"

"¿Con quién sale?"

"Gente de su clase, supongo. No estoy exactamente segura."

"La oferta sigue en pie, para que sepas. Si quieres venir a mi piso."

"Gracias, Max. Pero pienso que no es buena idea ahora."

"Bueno, probablemente tengas razón. Escribe esto por si acaso. Es más, sólo memorízatelo. Ayala 89, apartamento 2B. No está lejos de tu sitio, probablemente una caminata de 20 minutos. ¿Te recordarás?"

"Sí. Entonces 89, el último año de los ochenta. Y luego 2B. Como dos burros. Pan comido."

Él alcanzó su mano y la trajo hacia sus labios para besarla. Esta chica era más allá que adorable. "Mi casa es tu casa. Cuando quieras, Em. En serio. Sólo aparécete cuando quieras."

Ella asintió mientras llegaban a su calle. Max estacionó el coche y luego apagó el motor. "¿Vas a estar bien?" él preguntó mirándola.

"Sí. ¿Tal vez deberíamos mantener el perfil bajo?"

Eso es lo último que él quería, pero desafortunadamente no tenía mucho que decir del asunto. Para ser honesto, se sentía aliviado que Roy estuviera fuera de fiesta. No pensaba que la podría dejar de otra manera, sabiendo que la estaba trayendo a casa con él. De cualquier modo, hacía que su cabeza explotara con celos. El imbécil ciertamente no la merecía.

"¿Max? ¿Tú vas a estar bien?"

"No te preocupes por mí, querida. Por lo que vale, me la pasé increíble contigo hoy. Gracias por eso."

"Yo también la pasé increíble. Buenas noches, Max," dijo saliendo del coche.

"Nos vemos, querida."

Él la miró hasta que desapareció dentro de su edificio, y luego bajó la frente contra el volante. Estaba oficialmente hasta el cuello después de esta noche.

Capítulo 9 – El Paciente Inglés

Emma entró a su apartamento sintiéndose completamente desconcertada, llena de culpa, mareada y bastante conmocionada. No podía creer que se había aventado a Max así. ¿Qué diablos se le había metido? Pero no podía llegar a sentirse mal por besarlo porque había sido incuestionablemente lo mejor en su vida. Y la manera en que él había sido tan dulce con ella toda la noche … simplemente se había robado un pedazo de su corazón.

Él tenía una manera de llevarla a otro mundo. La hacía sentir tan diferente, tan querida. Hasta ahora podía sentir los efectos de él y ciertamente no se lo podía sacar de la cabeza. Diablos, hasta sentía como si todavía podía oler su colonia alrededor de ella.

Se dirigió hacia el baño y decidió que sería mejor si se bañaba. Quizás eso haría que saliera de su estupor. Se desvistió rápidamente y cuando el vapor del agua caliente primero golpeó contra su espalda, se dio cuenta que en realidad sí olía a él. Ahí fue cuando le pegó y empezó a sentirse horrible sobre sí misma. Era una persona y ser humano horrible.

Se terminó de bañar de prisa y se alistó para la cama. Ya no quería pensar más y dormir era la única cosa que podía ayudar con eso. Sacó su teléfono de su abrigo, acordándose que lo tenía que cargar. Lo encendió de nuevo y se sorprendió al ver que no tenía mensajes de Roy. Su último mensaje a él había sido bastante feo al haberla dejado plantada para ir de fiesta. No haciéndole caso, encontró las estrellas de brillo en la oscuridad de Max y las metió a un cajón en el living donde guardaba un par de recuerdos que había traído con ella de Los Ángeles.

A pesar de su mal humor, eso trajo una sonrisa a su rostro mientras apagaba las luces y se acurrucaba debajo de las cobijas de su lado de la cama. Pensó que apenas se había quedado dormida cuando escuchó su teléfono sonar. Una mirada rápida al reloj reveló que eran casi las tres de la mañana.

"¿Hola?" ella contestó con una voz atontada.

"¿Emma? Es Tony de clase. ¿Dónde vive Max?"

"¿Qué? No lo sé Tony. ¿Por qué me estás llamando?"

"Piensa, Emma. Es importante. Necesito darle unos papeles."

"¿A las 3am? ¿Qué diablos está pasando, Tony?"

"¿Sabes dónde vive Max o no?" él demandó.

De repente se le ocurrió que sí sabía y suspiró dentro del teléfono. "Ayala 89, apartamento 2B, como de burro."

"Eres la mejor Emma. ¡Bye bye!" escuchó antes de que la línea se desconectara.

¿Qué diablos fue eso? Al mirar su teléfono, se dio cuenta que en verdad había sido el número de Max que la había llamado y tenía una par de llamadas perdidas de él también. Lo llamó de vuelta de inmediato pero nadie contestó. Qué raro.

Borró su historial de llamadas y en un capricho decidió cambiar el nombre de Max a *María* bajo sus contactos. En caso de que él la llamara y Roy estuviese de regreso, no quería levantar cualquier sospecha. Sí, definitivamente estaba perdiendo la cabeza y cayendo en la paranoia. Respirando profundamente, se fue a dormir de nuevo.

Se despertó temprano a la mañana siguiente con los ronquidos de Roy. Él todavía estaba totalmente vestido de la noche anterior y apestaba a alcohol. Trató de despertarlo para que al menos se cambiara o dejara de roncar, pero no se movió ni un centímetro. Estaba completamente noqueado. No pudiendo aguantar el olor o los ronquidos, se estaba levantando de la cama cuando la mano derecha de Roy debajo de la almohada le llamó la atención.

Sus nudillos estaban completamente rojos y morados … e hinchados. Ella tomó su mano para inspeccionarlo y parecía que había sangre seca también. Tragó saliva fuertemente, pensando lo peor al instante. La llamada de Tony preguntándole por la dirección de Max. ¿Se habían metido en una pelea? No pensó que Max iba a salir anoche, ¿pero y si lo hizo? Ay, no.

66

Saltó de la cama y rápidamente se puso ropa de yoga y unos tenis, después de hacerse una cola de caballo. Agarró su abrigo, celular y llaves, y salió corriendo del apartamento.

Exactamente veinte minutos después estaba en el edificio de Max después de preguntarles a unos peatones la dirección. Subió corriendo por las escaleras hasta que llegó al 2B y tocó el timbre. No hubo respuesta, así que también lo trató de llamar varias veces. Tocó en la puerta y luego meneó la perilla, sólo para darse cuenta que la puerta estaba sin llave.

Suspiró aliviada y entró, cerrando la puerta detrás de ella silenciosamente y echando la llave. Se dirigió hacia la recámara y también encontró a Max totalmente vestido durmiendo pacíficamente sobre su estómago. Parecía estar en un sueño más profundo que *Punxsutawney Phil* en su árbol justo antes del Día de la Marmota. Gracias a dios que estaba bien.

Entonces se dio cuenta que había una nota sobre su mesa de noche y la fue a recoger.

Max,

Perdón que no me pude quedar. Llamé a Emma para saber dónde vives. Le dije que era para unos papeles pero creo que sabe. También hablé con tu hermano Leo – buen tipo. De cualquier modo, espero que ella valga la pena.

-Tony

Con manos temblorosas, soltó la nota y fue hacia el otro lado de la cama para poder verlo mejor. Cubrió inmediatamente su boca con su mano cuando vio su cara. Había sido golpeado gravemente.

Tenía por lo menos un ojo negro y su nariz y pómulos estaban rojos e hinchados con sangre seca manchada a través de su cara. ¿Roy realmente le había hecho esto? Trató de convencerse que probablemente se veía mucho peor de lo que actualmente estaba para poder enfrentarse a esta situación apropiadamente.

Luchando contra las lágrimas, fue al baño a tratar de encontrar un botiquín.

No encontró exactamente todo lo que estaba buscando, pero sí alcanzó a encontrar aspirina, agua oxigenada e hisopos de algodón, y jarabe de tos. De la cocina, sirvió un vaso grande de agua y agarró una botella de Vitamin Water.

Regresó a la recámara pero no sabía qué hacer. ¿Lo debería despertar ahora o dejarlo dormir? Miró su reloj y eran las 10am, así que probablemente no había dormido mucho. Pero tampoco quería que la hinchazón empeorara.

Se sentó en la cama junto a él y sacudió su hombro. "Max, despiértate." No se movió así que trató de voltearlo, pero estaba claro que él era demasiado pesado para ella. "Max, es Emma. Por favor despierta," dijo sacudiéndolo con más fuerza. Él se movió y cambió su posición hacia ella. De inmediato gimió de dolor y abrió los ojos confuso.

"¿Emma? ¿Qué estás …? Mierda eso duele," él dijo poniéndose derecho y descansando su cabeza en sus manos.

Su primer instinto fue preguntarle si estaba bien, pero la respuesta a eso era evidentemente obvia. Ella en vez puso dos pastillas de aspirina en su mano. "Toma estos. Lo necesitas."

Con sus ojos todavía cerrados, los metió a su boca perezosamente y tomó la mitad del agua que le dio. "Más," él susurró dándole una ojeada por un segundo.

Ella titubeó antes de darle una pastilla más. "Gracias," él dijo antes de tomarla y beber el resto del agua.

"¿Quieres Vitamin Water?"

Señaló hacia él con la cabeza todavía baja, así que se lo entregó. "¿Tienes hambre? Te puedo hacer algo," ella ofreció.

Tomó casi toda la botella del Vitamin Water antes de dársela de vuelta y lentamente negó con la cabeza.

"Max, lo siento."

"No deberías estar aquí, Em," dijo corriendo sus dedos debajo de su

68

cabeza.

"Lo sé. Sólo deja que te limpie un poco y me iré, ¿está bien?"

Él asintió ligeramente así que lo tomó como un sí. Ella le quitó su abrigo, seguido por sus tenis y calcetines. "Max, deberías bañarte primero. Te sentirás mejor. ¿Te puedes parar?"

Él no contestó y debatió si debería quitarle los jeans o no. Parecía tan fuera de sí, así que decidió desabotonarlos y jaló el cierre antes de jalarlos bajo sus piernas.

"¿Así que esto es lo que tengo que hacer para que me desvistas?" él dijo con una sonrisa dormida.

"Sí, supongo," ella dijo con tristeza. Le quitó la camisa, teniendo cuidado de no tocar su cara con el cuello mientras que la levantaba sobre su cabeza. De inmediato se dio cuenta que la parte izquierda de sus costillas estaba completamente herida con un color amarillento y morado. Ella hizo una mueca al pensar en Roy pateándolo ahí de lado, pero al mismo tiempo se distrajo increíblemente a la vista de su cuerpo casi semi desnudo.

Max tenía su pecho y abdomen perfectamente definidos y una más que generosa cantidad de músculo en sus brazos y hombros. ¿Por qué siempre se estaba menospreciando? La verdad es que tenía un cuerpo increíble y a pesar de todas las heridas, se veía tan atractivo que hacía que sus dedos de los pies se enrollaran. Ni mencionar lo que tenía debajo de esos bóxers sexy de Armani que traía puestos, no tenía ninguna duda que el chico estaba muy bien dotado.

"¿Me debería quitar estos también?" él preguntó de repente, deslizando sus dedos debajo de los lados de sus bóxers, listo para bajarlos.

Ella sintió sus mejillas convertirse en rojo color remolacha y puso sus manos encima de las de él para pararlo. "Todavía no, chico duro," dijo con la voz quebrada.

"¿Entonces ahora qué? ¿Ya terminaste de mirar la mercancía?"

"No estaba … Max sólo estaba inspeccionado el daño," ella dijo defensivamente.

"Está bien, Em. Puedes mirar todo lo que tú quieras. Sólo estaba tratando de ayudarte … con tu inspección," dijo vagamente. "Las joyas todavía están intactas en caso de que estuvieras preocupada."

"Voy a tomar esto como signo de que te estás sintiendo mejor. Así que párate y vete a bañar," ella ordenó, dándole un poco de amor duro.

"Sí, señora," él bromeó. Trató de levantarse pero era claro que todavía estaba con un dolor tremendo. Pero era muy bueno al tratar de esconderlo.

Ella lo ayudó a pararse y lo llevó hacia el baño, cerrando la puerta después de que él entró. "Yo eh … te esperaré aquí afuera," ella dijo a través de la puerta.

Escuchó el agua correr así que fue a la cocina para prepararle algo de comer. Él había dicho que no tenía hambre, pero necesitaba nutrientes en su cuerpo de cualquier forma. Después de revisar la cocina y encontrar una licuadora, decidió por un licuado de plátanos mezclado con granola. Era simple y él no tendría que masticar en caso que le doliera la mandíbula.

Se dirigió de vuelta a la recámara con dos vasos y una bolsa de chícharos congelados para la hinchazón en su cara. Se sorprendió al ver que él ya estaba sentado de vuelta en la cama cuando regresó. Si no fuera por su pelo mojado y su cara desmanchada de sangre, lo hubiese mandado de vuelta a la regadera.

"Bueno, así que no encontré analgésicos antes pero sí encontré jarabe de tos. Eso debería hacer el truco y noquearte por unas horas." Ella sirvió una dosis fuerte del líquido rojo dentro de la tapa y se lo pasó a Max. Él tomó un tercio con una mirada de disgusto y luego se lo regresó. "Todo, chico duro."

"Está bien, mami," dijo antes de tomarse el resto.

Ignorando su comentario, ella le entregó el licuado después. "Esto deberá saber mejor, papi," dijo riéndose de alguna manera a pesar de la situación

70

grave. "Es un licuado de plátanos."

"Mi favorito," dijo tomándolo en sorbos grandes. Pensarías que el pobre había estado muriéndose de sed en un desierto por una semana.

Ella tomó el agua oxigenada y empezó a limpiar el área alrededor de sus costillas primero. Lo sintió estremecerse varias veces cuando lo tocaba, pero no se quejó ni una vez. Cuando comenzó a limpiar su cara, parecía medio dormido otra vez y trató de no hacer gestos por sus cortadas y heridas. Necesitaba mantenerse calmada sólo un poco más hasta que se fuera.

En cuanto terminó, ella le puso la bolsa de chícharos congelados cuidadosamente contra la parte izquierda de su cara que era la peor área. Gimió un poco, colocó su mano sobre la de ella y la mantuvo en su lugar.

"Gracias por venir aquí, querida. No tuviste que hacer todo esto," él dijo.

"Es lo menos que pude hacer, Max."

"No quiero que te metas en problemas por mí."

"Él estaba frío cuando me fui. Probablemente no se va a despertar hasta la mitad de la tarde. Además, estoy haciendo yoga en ese momento. ¿Te das cuenta?" ella dijo señalando a su atuendo.

"Te ves súper sexy en eso, Emma. Eres la enfermera más guapa que he visto."

"Creo que es el jarabe de tos hablando."

"No. Es la verdad. Mereces tanto la pena, Em. Tomaría una golpiza por ti todos los días de la semana."

Ella negó con la cabeza, sintiendo que la culpa regresaba de lleno. Ella le había hecho esto a él. "Por favor no digas eso, Max." Ella sintió las lágrimas que había estado conteniendo desde ayer resurgir, y esta vez se deslizaron por su cara.

"Querida … no. No llores. Por favor no llores por mí," él dijo limpiando sus lágrimas y jalándola hacia su pecho.

"Es mi culpa, Max."

"No, no lo es. Yo fui a esa maldita fiesta cuando no debí. Él ya estaba borracho fuera de sí cuando llegué y sólo … se quebró cuando me vio. No ayudó que lo provoqué aún más. Así que como ves, todo esto son resultados de mis propias acciones y estoy bien con eso."

"¿Entonces él no sabe … sobre nosotros?" ella preguntó confundida.

"No, querida. Estoy seguro que ni siquiera recuerda la mitad sobre lo que pasó anoche entonces no tienes nada de qué preocuparte."

"Ah, Max. Estaba tan preocupada," ella dijo abrazándolo más fuerte.

"Tranquila, bebé," él dijo contrayéndose un poco de dolor. Él levantó su cabeza y corrió sus dedos a través de su cola de caballo. "Mientras que estés a salvo eso es todo lo que me importa. Si eso cambia por cualquier razón, quiero que regreses aquí, ¿está bien? Tengo una llave extra en el cajón de la cocina arriba de la lavadora de platos. Llévala contigo. Prométeme eso, Em."

Ella asintió. "Lo prometo."

"Bien. Ahora dame un beso antes de que te vayas."

"Max …"

"Por favor, Em. Es lo único que me va a hacer sentir mejor."

"¿Realmente sabes cómo jugar tus cartas no?" ella dijo al pararse.

"Trato."

Bueno, yo también lo sé, ella pensó. Ella desfiló hacia las cortinas, caminando lentamente a propósito y tomando su tiempo en cerrar las persianas. Ella sabía que él había estado mirando su trasero todo el tiempo por la mirada de su cara cuando se volteó de nuevo hacia él.

"Buenas noches, Max," ella susurró mientras se agachó a darle un beso

72

suave en los labios. "Estaré pensando en ti."

"Definitivamente estaré soñando en ti, ángel."

Ella salió de la recámara sintiéndose un poco mareada, y cerró la puerta detrás de ella. ¿Qué diablos estaba haciendo? Fue a la cocina a limpiar un poco pues había dejado desordenado antes. Mientras que enjuagaba la licuadora, siguió pensando en Max y en cómo todo parecía al revés ahora. Ella realmente estaba empezando a quererlo y eso la aterrorizaba.

Encontró la llave extra que Max le había mencionado y la agregó a su llavero. Estaba por irse cuando escuchó el teléfono de Max vibrar sobre el mostrador de cocina. Normalmente hubiese dejado que la llamada fuese al buzón de voz, pero vio el nombre de *Leo* en la pantalla. Sabía que Max no había hablado con él así que seguramente estaba preocupado.

"¿Hola?"

"Ey … ¿Estoy buscando a Max? Soy su hermano Leo," un acento británico dijo.

"Hola, Leo. Soy Emma, una amiga de la universidad."

"¿Sabes lo que le pasó? ¿Está bien?" él preguntó preocupado.

"Sí, estoy en su apartamento ahora. Está durmiendo … ¿quieres que lo despierte?"

"No, está bien. ¿Así que está bien? Me llamó este chico coreano anoche y no pude entender una palabra de lo que me estaba diciendo."

"Ah, ese debe haber sido Tony. También me llamó para preguntarme por la dirección de Max. Está bastante lastimado, pero creo que va a estar bien."

"¿Con quién se peleó?"

"Eh … ¿otro chico de la universidad?" Ella no supo por qué había contestado eso como una pregunta al final.

"¿Lo conoces?"

73

Emma hizo una mueca en silencio antes de contestar. "Podrías decir que sí."

"¿Es un tipo grande o algo? Sé que Max no puede pelear aunque su vida dependa en ello, pero suena que le dio una paliza tremenda."

"Un metro setenta y nueve, noventa kilos …"

"Hmm. Probablemente le podría ganar," dijo casi a sí mismo. "Espérate, ¿cómo sabes eso tan específico?"

"Él este … es mi … novio," ella susurró en el teléfono.

"¿Qué? ¿Tu novio? ¿Y estás con Max ahora, en su piso?"

"Eso es correcto."

"Mierda. Se pelearon por ti, ¿o no?"

"No sé los detalles exactos, pero sí."

"Así que tú y Max traen algo," él dijo después de un tiempo.

"¡No! Digo, es complicado. Por favor no digas nada sobre esto, Leo. Si Roy se enterara que estoy aquí –"

"No te preocupes, Emma. Vivo en Londres … ¿a quién le voy a decir? Bueno, aparte de mi esposa quien ya escuchó la mitad de esta conversación. Sólo estoy sorprendido que Max no te ha mencionado."

"Ah," ella dijo, sintiéndose un poco decepcionada por alguna razón. Bueno, por lo menos era bueno saber que no había soltado la lengua. Algo que ella estaba haciendo un muy buen trabajo por sí sola.

"Espera un minuto. ¿Tú eres la chica americana del juego de básquet … tenían una apuesta o algo?"

"Esa misma," ella dijo con mejor ánimo.

"Pensé que fue extraño que parara de hablar sobre ti de repente. Le habías gustado tanto. Bueno supongo que todavía. Hace sentido ahora."

"Ah, no sabía que él había … bueno de cualquier forma, debería irme," ella dijo.

"¿Así que de dónde eres?" él preguntó, ignorándola por completo.

"Los Ángeles," ella contestó.

"¿Ah sí? Mia creció en Nueva York … las dos seguro se llevarían. De hecho, deja ponerte en altavoz. Se muere por saber lo que está pasando."

"Leo, la vas a avergonzar," una voz femenina de repente dijo a través del teléfono.

"Ya estás en altavoz, Mia," Leo dijo.

"Ah. Hola … Emma," Mia dijo.

"Eh. Hola. Gusto en conocerte," Emma respondió.

"Gracias por cuidar a Max, Emma. Le deberías dar una oportunidad. Es un poco duro al principio pero es lo más lindo," Mia dijo.

"Pensé que yo era el más lindo," Leo interrumpió.

"Pensé que a los chicos no les gustaba que les llamaran lindos. Al menos eso fue lo que Max me dijo," Emma señaló.

"Aww. Típico Max. Claro que le gusta," Mia dijo.

"Escucha. Creo que deberíamos juntarnos todos la próxima vez que vayamos a Madrid. O mejor, ustedes deberían venir a Londres por un fin de semana. Max está alquilando su apartamento ahora, pero definitivamente se pueden quedar con nosotros. Hay más que suficiente espacio," Leo dijo.

Emma masajeó su frente al escuchar eso. ¿Qué? ¿Por qué estaban siendo tan amables con ella? *¿Me falta saber algo aquí?* "Ustedes saben que tengo novio, ¿verdad?"

"Bueno eso nunca paró a alguien antes," Leo dijo.

"No creo que un viaje sería lo mejor ahora. Es una oferta muy amable, pero creo que deberían hablar con Max primero."

"Bueno, ¿pero al menos puedes pensar sobre ello? Sería tan divertido … y casi nunca podemos juntarnos con otras parejas," Mia argumentó.

Emma suspiró. "Definitivamente no somos una pareja … pero sí, lo pensaré. Escuchen, realmente necesito irme. Tengo que ir a lidiar con *Hulk Junior* ahora en casa."

"¿Por qué no te quedas con Max, Emma? Probablemente es más seguro si te quedas ahí," Leo dijo sonando muy preocupado.

"No, sólo lo empeorará. Estaré bien, en verdad."

"Bueno, déjanos saber si necesitas ayuda con algo. Guarda nuestro teléfono. Nos puedes llamar a cualquier tiempo, ¿está bien? Aunque sea para conversar," Mia dijo.

"Gracias chicos, lo aprecio," Emma dijo. "¿Ah y Leo? ¿Crees que le puedas enseñar a Max un par de cosas sobre pelearse cuando lo veas? Autodefensa mayormente … sólo para que esté preparado."

"Emma, he estado tratando por años. Pero seguramente que cambiará de opinión ahora, especialmente viniendo de ti."

"Está bien. Bueno realmente me tengo que ir ahora. Cuídense chicos."

"¡Adiós, Emma!" ellos dijeron en unísono.

Ella colgó el teléfono completamente aturdida. No podía explicarse por qué ellos estaban siendo tan amables con ella y no la juzgaban. Es más, la estaban alentando a estar con Max por alguna razón. Nunca había escuchado algo así. ¿Cuál era el truco?

Decidió que sería mejor regresar a casa y enfrentar la música. Cuando llegó a su apartamento, Roy todavía estaba muerto como una mangosta, como predicho. Estaba tan enojada con él, tenía ganas de tirarle un cubetazo de agua en la cabeza. Lo único que la detenía era el hecho que ella tenía que dormir en la misma cama más tarde esa noche.

"Despiértate, Roy. La hora de siesta se acabó," le gritó.

Él se volteó a mirarla, sus ojos completamente rojos y sanguinolentos. "Por favor Emma, no grites. Mi cabeza está literalmente explotando."

"Ah, lo siento. ¿Estoy interrumpiendo tu precioso horario de fiesta?"

"¿Podemos hablar más tarde? Obviamente estás enojada y necesitas calmarte."

"¿Yo necesito calmarme? ¡Tú eres el que está actuando como si viviéramos en maldita Ibiza! Tiene que parar, Roy. En serio. Mírate. Venimos aquí a estudiar y estás actuando como un chico de una fraternidad."

"Relájate, Emma. Es domingo. Salí a una fiesta del fin de semestre en un sábado en la noche. No es gran cosa."

"Sí lo es cuando has estado de fiesta por dos semanas. Este no eres tú, Roy. Ya casi ni te veo, y ciertamente no hablas conmigo. Ni siquiera sé dónde estás la mitad del tiempo. Pasé por tu grupo de estudio el otro día y me preguntaron dónde estabas y ni quisiera les pude dar una respuesta porque no tenía ni puta idea. Dios, ¿hasta recuerdas metiéndote en una pelea anoche?"

La miró confuso por un momento y luego miró hacia su mano. "¿Estabas ahí?" él preguntó nerviosamente.

"No, Roy. Es bastante obvio de donde estoy parada. ¿Qué demonios te pasa? Esto no es uno de tus juegos de hockey donde puedes golpear a alguien y salirte sólo con un penal por ello. Esto es la vida real. Pudiste haber matado a alguien."

"No lo sé, Emma. Anoche está medio borroso para ser honesto."

"Increíble. Deberías dejar el acto, Roy. No voy a aceptar este tipo de comportamiento de ti … ya no más. La peor parte es que ni siquiera te disculpas por nada de esto. Deberías estar avergonzado."

"Lo siento, Emma," él soltó bruscamente.

"Demasiado tarde, imbécil," ella dijo preparándose para irse. "Y tómate un maldito baño, ¿quieres? Huele como una maldita cervecería aquí adentro," gritó antes de azotar la puerta de golpe.

Se detuvo cuando vio al Profesor Bernabe en el pasillo, abriendo la cerradura de la puerta de su apartamento. Mierda. ¿Cuánto de eso había escuchado? Al menos él debió haber escuchado la última parte de su discurso.

"Eh, hola Samuel," dijo suavemente, internamente encogiéndose. Realmente no estaba de humor para intercambiar cortesías, pero sería peor si lo trataba de ignorar.

Él se volteó para mirarla rápidamente, pero su expresión era ilegible. "¿Vas de salida, Emma?"

"Sí, sólo estoy yendo … por una caminata."

"Es un buen día para salir por aire fresco. Parque del Retiro es muy bonito en este tiempo del año."

Ella tragó saliva. Okay, así que definitivamente la había escuchado. Qué vergüenza. Ahora debe pensar que vive junto a un par de locos. "Sí bueno yo … debería irme. Adiós, Profesor."

"Cuídate, Emma," dijo mientras que ella bajaba las escaleras.

Eran ocasiones como ésta cuando realmente deseaba que su mamá todavía estuviese viva. Algunas veces sólo necesitaba alguien con quien hablar. Alguien quien la escucharía incondicionalmente y sin juicios. De alguna manera, su mamá la hubiese hecho sentirse mejor sobre su situación actual y le hubiera dado consejos maternales de cómo resolver este desastre. Dios, la extrañaba tanto.

Salió de su apartamento apresuradamente por segunda vez ese día. Y justo como antes, se encontró queriendo ir directo al apartamento de Max. Casi se podía imaginar acurrucándose en la cama junto a él y teniendo una tarde calmada y tranquila. Leo tenía razón, debió de haberse quedado ahí en el primer lugar.

Descartando su viva imaginación y con el corazón pesado, se dirigió en vez hacia el parque, sintiéndose lo más solitaria que había estado desde que primero llegó a Madrid.

Capítulo 10 – Estancados

De: Max Durant
Para: Emma Blake
Asunto: dos cosas.
Diciembre 25, 4:37 PM

---

1. feliz navidad querida
2. quieres cenar con leo y mia algún día esta semana? están en madrid y
dijeron que habías hablado con ellos sobre esto

espero que pueda contar como una salida en grupo ...

okay, bye!
beso!

De: Emma Blake
Para: Max Durant
Asunto: Re: dos cosas.
Diciembre 26, 11:02 AM

---

1. feliz navidad para ti también max
2. gracias por la invitación pero no puedo ahora. lo siento mucho. espero
que entiendas.

también espero que te estés sintiendo mejor ...
xx

Max consideró por días si responder a su email, pero al final decidió que
era mejor no. Ella obviamente todavía tenía cosas con Roy y no quería
agregar más estrés en su vida. La única razón que él le había escrito en el
primer lugar era porque Leo y Mia le seguían hablando sobre ello y lo
animaron a hacerlo al final. Dijeron que ella obviamente se preocupaba por
él si había ido a su apartamento a cuidarlo. Pero él no estaba seguro si
había sido más por culpa y querer averiguar qué había pasado antes de
enfrentar a Roy. No sabría por cierto hasta que la viera de nuevo.

Así que decidió esperar las dos semanas completas hasta que las clases resumieran. Él trató de esconder su emoción cuando la vio entrar al salón pareciendo una supermodelo, pero eso se desvaneció rápidamente cuando ella simplemente pasó junto a él sin tan siquiera una mirada en su dirección. Sintiéndose como un idiota, fue a tomar su asiento, convenciéndose que ella estaba tratando de ser discreta durante el fin del último semestre.

Los días se convirtieron en semanas y su silencio simplemente continuó. No era como si él tuviese alguna excusa para hablar con ella tampoco, ahora estaban en diferentes grupos de estudio así que el único tiempo que tenía para verla era durante horas de clase oficial. Exprimió su cerebro con maneras en que la podría tener a solas otra vez pero se quedaba corto cada vez. Su mente coqueteó con la idea de hacer algo para enojar a Roy de nuevo. Eso ciertamente le llamaría la atención. Pero luego él pensó sobre lo que eso le haría a ella y concluyó que estaba siendo un idiota desesperado.

La siguió después de clase un día durante un momento de debilidad. No tenía absoluta idea de lo que le iba a decir sin sonar como un tonto, pero fue detrás de ella de todas maneras. ¿Qué le podría decir después de todo este tiempo? *Ey, ¿te acuerdas de mí? Buena. Qué astuto, Max.*

Estaba por acercarse a ella cuando Tony de repente se puso en su camino y lo paró.

"No es buen momento ahora, Tony," él dijo tratando de no ser descortés. El tipo lo había salvado en diciembre. Si no fuera por él, hubiese terminado en un algún desagüe esa noche.

Tony lo ignoró y lo empujó hacia un lado, fuera del camino de Emma. "Confía en mí, hermano."

Le estaba por echar bronca cuando vio a Roy aproximarse a Emma y envolver su brazo alrededor de su cuello, saliendo del campus. Su sangre hirvió al verlo.

"¿Estás ciego? ¿Quieres que te maten esta vez? No estás pensando hombre," Tony dijo.

Max suspiró y miró hacia Tony. "Gracias, Tony. Ya no sé qué hacer."

"Es fácil. Olvídala. Mira alrededor de ti. Hay suficientes mujeres aquí. Yo te engancho."

Él negó con la cabeza y le dio un apretón en el hombro, sin poder creer que este chico era su único amigo en la universidad al momento. "Te veo después, Tony."

Max regresó a casa ese día y se cambió de inmediato para ir al gimnasio. Necesitaba sacar toda su frustración de alguna manera. Después de dos horas de quemar sus pulmones y que el sudor cayera por su cuerpo, no se sintió nada mejor. Así que hizo lo único que se le ocurrió y llamó a su hermano una vez que llegó a casa. Si alguien tenía consejos sobre este tema, sería él.

"Leo, necesito ayuda. Pronto."

"Mierda. ¿Qué pasó esta vez? ¿Te dio una paliza otra vez? ¿Al menos trataste el gancho de izquierda que te mostré?"

"No, nada así. Al menos, todavía no," dijo suspirando dentro del teléfono. ¿Por qué todos pensaban que era un maldito bomba de tiempo? "Es Emma. No me habla, hermano. No sé qué hacer."

"¿Cuánto tiempo ha pasado?"

Treinta y nueve días insoportables, pensó. "Como un mes, creo."

"Bueno, eso no está tan mal. Escucha, si alguna vez aprendí algo sobre Mia es que las mujeres necesitan tiempo. Ya sé que es frustrante, pero tienes que esperar. Sabes que el tipo va a joder algo más tarde o temprano. Ahí es cuando ella vendrá a ti y esta vez cierras el trato."

"Hermano, ella ni siquiera mira en mi dirección. Es como si fuese un fantasma o un maldito leproso. Aunque ella sí sintiera algo como tú dices, ¿cómo diablo sabes? ¿Cómo lo esconde tan bien? Como si no le importa nada. Me estoy ahogando. Ni siquiera puedo pensar en engancharme con otra chica porque no quiero a nadie. Sólo a ella. Hombre, sueno tan patético como eras tú."

"Eh, primero, eso es ofensivo y dos, ahora sabes cómo se siente. Sí, es duro. Las mujeres son mejores con ese tipo de cosas por alguna razón, no sé por qué. Créeme, si le importas, y creo que sí es el caso, probablemente actúa como si nada enfrente de ti, pero llega a casa miserable. ¿Cómo sabes que no está llorando hasta quedarse dormida todas las noches?"

"¿Cómo podría saber eso? Ella me da cero indicación de nada. ¿Qué le da el derecho de tratarme así? Le tiré la onda, como cualquier otra persona haría, pero ella me dio entrada. *Mierda.* Hubiese sido mejor que me rechazara al principio o si hubiese dejado a ese tranquilizante para caballos de novio que tiene y quedarse conmigo. Pero no, ahora me da el tratamiento de rallador de queso."

"Max, si ya paraste de sentir lástima por ti mismo … tienes que actuar *como si*. Como si esa mierda no te afecta y tienes todo en orden. Aunque no lo tengas. Eres mi hermano grande. Si fuese al revés ya me hubieses dado una bofetada. Así que no sé qué decir. Amor duro. Si no funciona … a la mierda. Déjala que tenga los bebés de Satanás con ese maldito cabeza hueca. Escucha, necesito irme. Me tengo que juntar con Mia como hace 5 minutos. Nos inscribió a una clase de sushi."

"Bueno, eso suena como tú. Está bien. Usaré el fin de semana para reagruparme. Leeré unos libros sobre *no matarme*," dijo sin humor.

"Pensé que esos libros no eran tuyos," Leo bromeó a la referencia de *Los rompebodas*.

"No lo son, son de un amigo … pero les eché una ojeada."

"Está bien, Owen Wilson. Déjame saber cómo te va. Ya me voy."

"Hablamos."

Max colgó el teléfono sintiéndose un poco mejor, pero todavía necesitaba calmarse. Pensó sobre lo que había dicho Leo que Emma posiblemente estaba poniendo un acto. ¿En verdad podría estar sintiéndose diferente por dentro? La gente realmente nunca sabía lo que se sucedía detrás de puertas cerradas. Algunas veces deseaba ser un mosco en la pared para saber lo que en verdad pasaba con ella. Por otro lado, probablemente había muchas cosas que no quisiera ver. Se sintió enfermo sólo al pensar en ella con Roy desnudos juntos y revolcándose en la cama, riéndose de él, ridiculizándolo … y tuvo que darse una palmada para sacarse las imágenes terribles de su mente.

Cuando eso no funcionó, recogió una revista de su mesa de centro y empezó a hojearla sin objetivo sólo para distraerse. Mia lo debió haber dejado cuando pasaron hace unas semanas. Después de no ver otra cosa que parejas de celebridades en las que no estaba interesado, la tiró de vuelta sobre la mesa y luego acabó tirando todo lo que había en la mesa al piso en exasperación. Uno de estos días, realmente iba a perder la cabeza.

Después de respirar profundamente varias veces para calmarse, recogió todo y lo puso de vuelta en su lugar sobre la mesa. Lo último que recogió fue la maldita revista. Estaba por tirarla cuando vio que se había abierto en la página de los horóscopos. Sintiendo como si esto podría ser su último recurso, buscó la sección de Cáncer y la leyó.

¡Relájate! Tómate un tiempo para ti mismo para realmente pensar las cosas. Hay una dimensión de la situación actual que no estás considerando. Usa tu determinación para prestar atención a las cosas pequeñas. Recuerda que no todo está perdido por completo y lo menos que trates de controlar, lo mejor. Alguien de tu pasado reciente se presentará sin anunciar así que prepárate. La oportunidad más maravillosa se presentará para ti; algo que has querido por mucho tiempo caerá en tu camino. Depende de ti para llevarlo al siguiente nivel.

Max no era alguien que realmente creyera en astrología, pero esto realmente había dado en el clavo. Sintió su cuerpo entero relajarse y se hundió de vuelta en el sofá, leyendo su horóscopo una segunda vez. Era tan tonto al considerar esto, pero de repente se sintió mejor que en semanas. Si esta cosa estaba en lo correcto, algo en su futuro estaba por dar un giro.

•••

"Max, ¿puedo hablar contigo?"

Él estaba sentado solo tranquilamente leyendo un caso de estudio en el patio de la universidad, cuando la voz resonante de Roy perforó dentro de su cerebro.

Max inmediatamente se levantó tratando de alejarse de él y derribó su silla en el proceso. *Joder Max*, vaya manera de mantenerte firme.

"Relájate, estoy aquí para hablar," Roy dijo.

Dios, ¿qué había hecho esta vez? ¿Roy lo había visto mirando a Emma de cierta manera? Max miró alrededor de él, tratando de encontrar testigos en caso de que los necesitara. Vio a un par de personas alrededor de ellos antes de regresar la mirada a Roy con desconfianza.

"Amigo, es pleno día y estamos en el campus. Dame crédito. No soy tan estúpido," Roy dijo tomando un asiento enfrente de él.

Hmm, no había pensado sobre eso. "¿Qué mierda quieres, Roy?" dijo con seguridad renovada al sentarse de nuevo en su silla.

Roy lo miró justo a los ojos, estudiándolo por unos segundos. "¿Te estás cogiendo a Emma?" le preguntó sin rodeos.

La pregunta grosera lo sorprendió tanto que casi se ahoga en su propia saliva. "¿Qué? ¿Estás jodido?" Max contestó.

"Contesta la pregunta," Roy dijo calmadamente.

"No, no me estoy acostando con ella, ¿está bien? Jesús Cristo." Max nunca había estado tan agradecido de no haber ido más lejos con ella esa noche, pero aún así deseaba que ese enunciado fuera una mentira en vez de la verdad. También se rehusaba a usar la palabra *cogiendo* porque nunca sería sólo eso con ella.

Roy lo estudió unos segundos más y luego se relajó. "Bien. Pensé que no bajaría a tu nivel, pero nunca puedes descartar nada."

"¿Ya terminamos?" Max preguntó, parándose para irse. Ciertamente no quería someterse a más interrogatorios. No podría mentir sobre haberla besado.

"Siéntate, Max," Roy ordenó.

"Mira, realmente no sé lo que está pasando entre ustedes dos y en verdad no me importa un bledo, así que no veo que haya más que hablar."

Roy simplemente flexionó sus músculos e hizo una pose para exponer sus brazos gruesos sobre la mesa enfrente de él.

Max tragó saliva y se sentó de nuevo.

"Estaba esperando que pudieras hablar con ella … por mí," Roy dijo.

"¿Estás bromeando? De ninguna manera."

"Sólo escúchame. Sé que tú eres su único amigo aquí, y ella ha estado actuando muy … distante últimamente. Así que pensé que podrías hablar con ella y averiguar lo que está pasando."

"Mira, hombre. No sé lo que piensas que está pasando, pero yo no estoy involucrado. Ya no estamos en el mismo grupo de estudio así que no hay ninguna razón para que hablemos … y francamente me importa poco ahora. Así que ve y encuéntrate a otra mula y mantente bien lejos de mí."

"¿Te has olvidado por completo de la conversación que tuvimos el año pasado?"

"Si por conversación quieres decir tú golpeándome sin absolutamente ninguna razón, entonces sí, lo recuerdo claramente. No creí que estabas lo suficientemente sobrio para recordarlo."

"¿Entonces me estás diciendo que no te importaría si se regresa de vuelta a Los Ángeles?" Roy preguntó incrédulo.

"Haz lo que diablos quieras, imbécil. Ya superé tus amenazas estúpidas. Tu noviecita no vale la pena. Hay suficiente culo por aquí que es mucho más tentador que Emma."

Max localizó a una chica de su clase pasando frente a ellos y usó eso como su estrategia de salida. "Hablando de ello, necesito ir a asegurar a esta chiquita para hoy en la noche," dijo parándose y agarrando sus cosas. "Sugiero que ya no pierdas mi tiempo otra vez con tus disparates o vamos a tener un problema."

Fue detrás de la chica de su clase, tratando de recordar su nombre desesperadamente. "Ey, querida, espera," llamó detrás de ella suficientemente fuerte para que Roy lo escuchara, internamente encogiéndose por el término que reservaba sólo para Emma.

La chica lo miró sorprendida, y él inmediatamente envolvió su brazo alrededor de su cuello alejándola de la dirección de Roy. Ella en verdad era linda, pero desafortunadamente no sintió nada cuando la tocó. Sólo Emma lo afectaba de esa manera. "¿Me podrías prestar tus notas de la clase de hoy? Soy un idiota, los perdí en algún sitio," él dijo en voz baja.

"Este, claro," ella respondió nerviosa y le sonrió.

Iba a ir directo al infierno por esto.

Capítulo 11 – Una Ligera Indiscreción

Era un día fresco en marzo cuando Emma se sobresaltó en su asiento a mitad de una nueva clase con el Profesor Davis. Ella había escuchado que él era un personaje, pero ciertamente no se esperó el comentario que gritó a través del salón repentinamente.

"Sr. Durant. ¿Sí te das cuenta que el aprendizaje en clase se lleva a cabo aquí arriba, no? Mirando fijamente a tu colega todo el semestre no va a lograr eso."

Emma tenía su cabeza hacia abajo en ese momento ya que había estado tomando notas, pero al instante sintió la clase entera mirar en su dirección. Ay, dios. ¿Max la había estado mirando? Trató fuertemente de no sonrojarse, pero el coro instantáneo de *oooh* en el salón hizo que sucediera.

La clase se quedó tan silenciosa después que pudo escuchar a Max acomodarse en su asiento detrás de ella a través del salón y aclarar la garganta. "Lo siento, Profesor Davis."

Davis continuó con su clase sin problemas, así que ella trató de fingir como si nada hubiese pasado. Pero estaba muy enojada con Max en ese momento. ¿Qué pasó con ser discretos? ¿Cómo pudo ser tan descuidado? Si se corriera la voz sobre esto, estaría en serios problemas.

Pensamientos de ese tipo corrieron por su mente por el resto de la clase, pero una vez que oficialmente terminó, ella trató de salir del salón lo más rápido posible.

"Señorita Blake. ¿Se puede quedar un minuto?" dijo el Profesor Davis, parándola en seco. Ella titubeó por un momento y luego se dirigió nerviosamente hacia el frente del salón mientras miraba al resto de los estudiantes salir.

"No tan rápido, Sr. Durant. Usted también," él lo llamó aproximándose.

Ella hizo una mueca internamente mientras que Max se paraba junto de ella, quien le echó una mirada apologética antes de enfrentar al Profesor Davis.

Davis cruzó sus brazos y se tomó su tiempo en estudiarlos a los dos. Después de un escrutinio que se sintió como una eternidad, finalmente tomó la palabra y se dirigió hacia Max. "Sabía que tener a otro Durant en mi salón serían sólo problemas. Estaba esperando que fueses diferente que tu hermano, pero claramente no es el caso."

"Lo siento mucho, Profesor Davis. No quise que eso pasara. Sólo me distraje por un momento," Max dijo.

"¿Un momento? Sr. Durant, ha estado mirando a la chica constantemente como un adolescente enfermo de amor desde mi primera clase. No iba a decir nada, pero ha llegado al punto que estás interrumpiendo mi concentración. Por lo menos tu hermano y su novia estaban en secciones diferentes. Pero ustedes dos están en el mismo salón … y apenas lo puedo soportar."

"Profesor Davis, si me permite," Emma alzó la voz. "No sé exactamente a lo que se refiere, pero Max y yo no estamos juntos y ciertamente no es mi novio, así que no tiene nada de qué preocuparse. Además, si no le importa … ¿podría no decir nada sobre esta … ligera indiscreción? Lo apreciaría mucho. Me iré ahora que hemos aclarado las cosas," Emma dijo lista para irse.

"No le he dado licencia todavía, Señorita Blake. No sé lo que pasa entre ustedes dos y francamente no me importa. Pero sea lo que sea, no es sólo de un lado. Así que por favor vayan a averiguarlo por sí mismos en su propio tiempo y ya no pierdan el mío."

"Pero, Profesor …" Emma empezó.

"Ahora los dos se pueden ir," Davis interrumpió.

Emma mordió su lengua y se salió del salón en silencio sin decir nada más. Caminó bajo el pasillo con la intención de irse a su casa lo más rápido posible, cuando sintió a Max envolver su brazo alrededor de su cintura y jalarla hacia una sala de conferencias.

"Suéltame," ella dijo tratando de empujar su hombro.

"Emma, para. Lo siento mucho. Déjame explicar."

"¿Cómo pudiste?" ella dijo, sus nervios empezando a colarse dentro ella.
"¿No has aprendido nada? ¿Quieres que te golpeen otra vez?"

"No, no quiero. Como dije antes, no me di cuenta que lo estaba haciendo,
¿de acuerdo? No fue a propósito. No lo puedo evitar a veces. No has
mirado en mi dirección por dos meses. ¿Qué esperabas?"

Ella estudió su cara, sin poder creer que había pasado tanto tiempo desde
que habían hablado por última vez. Él se veía tan guapo como siempre, al
mirar el mismo cabello castaño ondulado y rasgos fuertes a los que se
había acostumbrado el semestre pasado. Aunque sus ojos se veían
cansados y no pudo dejar de notar una cicatriz ligera junto a su ceja que
definitivamente no estaba ahí antes. Tragó fuertemente, pensando que ella
era la razón por la que estaba ahí ahora.

"¿No lo entiendes? ¡Estoy haciendo esto por ti! Es por tu propio bien, Max.
No quiero verte lastimado por mi culpa."

Ella excavó dentro de su bolsillo y sacó su llavero, quitando la llave que
Max le había dado. "Debí haberte devuelto esto hace tiempo." Trato de
entregársela a Max, pero él se rehusó a tomarla. Cuando alzó la vista a
verlo, el brillo en sus ojos había desaparecido.

"No, Emma. Es tuya. Por favor quédatela," él dijo roncamente.

"No puedo Max. Ya no la necesito. Roy es más como un cachorro estos
días que un buldog por alguna razón."

"No importa. Es tuya. No la quiero de vuelta."

Ella suspiró y la metió dentro del bolsillo delantero de sus jeans antes de
que él pudiese hacer o decir algo más. "Es mejor, Max. Créeme," ella
susurró.

"Maldita sea, Emma. Me estás matando," dijo corriendo sus dedos a través
de su cabello. "No me importa eso de lastimarme, Em. Lo que tú estás
haciendo ahora y no poder hablar contigo … eso es un millón de veces

peor que lo que Roy jamás podría hacerme."

"Eso es demente, Max. No deberías estar perdiendo el tiempo en mí. Estoy segura que hay muchas chicas que quisieran estar contigo … y quienes están disponibles, más importante. Sólo no entiendo por qué no quisieras …"

"Tú eres la que no entiende, Em," él interrumpió. "No me importa nadie más. Sólo me importas *tú*," dijo dejando al descubierto sus perfectos ojos color avellana.

"Max," ella suspiró. "Lo siento mucho, pero ya no puedo hacer esto. Estoy tratando de hacer que las cosas funcionen con Roy y …"

"¿En verdad? ¿Es por eso que no hablas con él tampoco? ¿Porque estás tratando de arreglar las cosas?" él dijo empezando a agitarse.

"¿Cómo sabes eso?" ella preguntó incrédula.

La miró sorprendido por un momento y luego negó con la cabeza. "Olvida lo que dije."

"¿Cómo sabes eso, Max?" ella demandó.

Él suspiró fuertemente. "Me preguntó si podría hablar contigo."

"Él hizo … ¿qué? ¿Por qué haría eso? ¿Cuándo fue esto?" ella preguntó en shock.

"Hace como una semana. No lo sé, Em. Le dije que no, obviamente. No iba a jugar mensajero para él o ponerme en medio de lo que está pasando entre ustedes."

"No puedo creer que haya hecho eso," ella dijo tratando de imaginar a los dos teniendo una conversación así.

"No sé qué decirte, Em. Supongo que se estaba desesperando …"

La manera en que él dejó esa última parte del enunciado abierto la hizo pensar que él podría estar compartiendo los mismos sentimientos que Roy.

91

Ella había estado tratando de hacer que las cosas mejoren al separarse de todo, pero obviamente se estaban poniendo peor.

"Mira, voy a estar en Nueva York para el descanso de primavera así que quizás podríamos tomar este tiempo para reajustarnos y aclarar nuestras mentes."

"¿Nueva York? ¿Cuándo te vas?" él preguntó sobresaltado, su estado de ánimo cambiando repentinamente.

"Mañana. Voy a visitar a mi hermano y también tengo unas entrevistas mientras estoy ahí."

"¿Estás planeando mudarte ahí después?"

"No lo sé. Pensé que no podría lastimar. Sólo por favor no menciones nada. Roy no lo sabe."

"¿Él no va contigo?"

"No. Se fue a Los Ángeles. Dijo que necesitaba atender unas cosas," dijo encogiéndose de hombros.

"¿Así que ya se fue?"

"Sí, esta mañana. ¿Tú que vas a hacer para el descanso?" ella preguntó, de repente curiosa.

"Voy a ir a Marbella con la familia. Leo y Mia también vienen, los mellizos … va a ser una casa llena."

"Suena muy bien, en verdad. Estoy segura que te divertirás mucho."

"Sí," él dijo, pero no parecía seguro. "¿Entonces en qué aerolínea viajas?"

"United. ¿Por?"

"Leo normalmente viaja en Delta, así que …" dijo encogiéndose de hombros.

"Uf. Odio Delta. Son lo peor."

"No si viajas en primera clase."

"Bueno perdóname, señor lujoso. Sólo para que sepas, para el resto de la populación, apesta."

La miró entretenido y luego sonrió ligeramente. "Debidamente anotado."

Ella alcanzó a sonreírle por un segundo. Nunca entendía cómo sus conversaciones serias siempre resultaban ser simples al final. "Bueno, me tengo que ir. ¿Nos vemos después del descanso?"

"Este, sí. Buen viaje, Em. Estoy seguro que te irá muy bien en las entrevistas."

"Gracias, Max."

"¿Podemos arreglarlo con un abrazo?" él preguntó abriendo sus brazos.

Ella se rió y se inclinó hacia él para abrazarlo. Al acomodarse en su pecho y envolver sus manos alrededor de su cintura, se dio cuenta de cuánto su simple roce le afectaba. Era casi ridículo todo el consuelo que ella sentía sólo al estar en sus brazos.

"Lo siento por lo de antes, querida. Sólo realmente te extraño," él susurró en su oreja.

Ella respiró profundo, relajándose en él un poco más. "Yo también te extraño, Max. Pero todavía estoy enojada contigo."

"Lo sé. Puedo vivir con esos dos enunciados por ahora. Me mantendrá por un tiempo," él dijo ahuecando su mejilla.

Ella cerró sus ojos y trató de no inclinarse en su mano pero pasó de todos modos. Ella sintió su cabeza hundirse más cerca y él apretó su frente contra la de ella. Él se quedó así por un tiempo, como si debatiendo qué hacer después o dándole tiempo para decidir. Ella podía sentir su respiración tibia acariciando su cara y sabía que sólo serían momentos antes de que se besaran.

Tomó toda su voluntad para quitar su mano de su mejilla. Él dio un paso atrás de inmediato y asintió, como si diciéndole que entendía. Pero tenía su expresión devastada y ella no pudo evitar darle un beso rápido en la mejilla.

"Adiós Max," ella susurró, antes de salir de la sala.

"Nos vemos, querida."

Capítulo 12 – El Secuestro

Max respiró hondo, dejando que el aire fresco de la mañana de primavera llenara sus pulmones. Se reclinó contra la camioneta, tratando de convencerse que esto era una buena idea por centésima vez.

"¿Por qué no simplemente la llamas?" Leo preguntó desde el coche. "Ya han pasado 20 minutos."

"Dale un tiempo, ¿quieres? Estamos temprano de todas maneras … creo," él respondió.

"Hermano, ¿qué si ya se fue? Llámala maldición."

Max estaba por decirle que se callara, cuando la puerta principal del edificio se abrió de repente. Él pausó al ver a Emma salir con gracia con su maleta detrás de ella. Bueno, así que no había exactamente pensado bien en esta parte, pero ahora era el momento para llamar su atención.

"Em," la llamó.

Ella se volteó a mirarlo completamente confundida. "Max. ¿Qué haces aquí?"

"¿Qué parece? Te estoy llevando al aeropuerto," dijo como si fuera la explicación más obvia del mundo. Se salió del coche para abordarla y le dio un beso rápido en la frente. "Permíteme," dijo tomando su maleta y abriendo la cajuela de la camioneta.

"Eh … ¿por qué me estás llevando al aeropuerto? Pensé que ibas a Marbella."

"Cambio de planes," él se encogió de hombros. Acarreó su maleta dentro del coche y cerró la cajuela. Antes que ella pudiera decir algo más, abrió la puerta del pasajero al frente y señaló para que entrara.

Ella lo miró con duda y no se movió de su sitio. "¿Me estás siguiendo?"

"Como crees. Vamos, querida. Tienes un avión que alcanzar," dijo agarrando su mano y dándole un empujón suave hacia el asiento del coche.

"Ese es Leo, por cierto," él dijo mientras que ella se sentaba y él le ponía el cinturón.

Ella lo miró de cerca en el asiento del conductor, claramente sin entender lo que estaba pasando. "Eh, hola," ella dijo totalmente confundida.

"Ey, Emma. Qué bien finalmente conocerte," Leo dijo con una expresión entretenida.

Emma volteó a ver a Max quien todavía estaba inclinado a su lado por la puerta. Por alguna razón estúpida, él quería ver su reacción hacia Leo. La mayoría de las chicas se impresionaban de su apariencia, pero a ella no le parecía importar. Eso sólo hizo que sonriera más.

"¿Me vas a explicar lo que está pasando, Max?" ella le preguntó.

"En un minuto, querida," dijo antes de cerrar su puerta y meterse en el asiento de atrás.

"Sólo para que sepas, me forzaron a esto. Supuestamente, Max piensa que todavía le debo un aventón al aeropuerto desde hace dos años," Leo le explicó a Emma al arrancar manejando.

"Hermano, me despertaste a las cinco de la mañana esa vez. Y por si lo has olvidado, yo te ayudé con Mia ese día así que no lo quiero escuchar de nuevo."

"Aún así, ¿sabes lo difícil que fue dejarla durmiendo esta mañana? Traía puesto uno de esos negligés que me vuelven loco," él dijo pareciendo perdido en un ensueño.

"Dios, Leo eres tan mandilón a veces. Ella calienta tu maldita cama todas las noches así que supéralo."

"Perdón por interrumpir su conversación, ¿pero alguien me puede explicar que tiene que ver esto con llevarme al aeropuerto?" Emma de repente dijo en voz baja.

"No sólo eres tú. Los estoy llevando a los dos al aeropuerto," Leo dijo.

"¿Los dos? ¿Adónde vas tú?" Emma preguntó, volteándose para mirar a Max.

"Nosotros … nos vamos a Nueva York," él contestó sonriendo.

"¿Qué? Retrocede la camioneta. De ninguna manera. Absolutamente no. No vas a ir a Nueva York, Max," ella dijo cruzando los brazos.

"Ah, claro que sí voy," él respondió.

"¿Tan siquiera tienes un boleto?" ella preguntó perpleja.

"Sí, lo compré anoche. ¿United 9349? ¿Conecta en Frankfurt y es operado por Lufthansa?"

"¡¿Estás en mi mismo vuelo?! ¿Por eso me preguntaste en qué aerolínea viajaba?" ella casi grita.

"Le dije que debió viajar directo por Delta. Es mucho mejor," Leo señaló.

"Esto no está sucediendo," Emma se dijo a sí misma empezando a entrar en pánico.

Bueno, esto definitivamente no era la reacción que él esperaba.

"Max, si Roy se entera de esto estoy frita y tú estás frito … ¡los dos estamos fritos! ¿No entiendes eso? Pensará que lo planeamos o algo."

"No se enterará. Sólo porque yo voy a Nueva York no significa que fuimos juntos."

"Bueno, es una maldita coincidencia enorme. ¿Por qué estás haciendo esto Max? Justo hablamos sobre esto ayer. Tengo cosas que hacer en Nueva York. Entrevistas para preparar … no puedo estar de niñera todo el tiempo. ¿Incluso dónde te vas a quedar?"

"Em, relájate. Soy un chico grande. Entiendo que tienes tus entrevistas y tu hermano así que no necesitas estar de niñera. También tengo cosas que quiero hacer ahí, gente que ver … así que estará bien. Me quedo en el Gansevoort Park."

"¿Gente que ver? ¿Cómo quién?" Emma preguntó.

"Sí, yo también tengo curiosidad sobre eso," Leo dijo.

"Como la hermana de Mia, sus amigos. No lo sé, veré cuando llegue."

Leo se rió y sacudió la cabeza. "¿En verdad, vas a llamar a Teresa?"

"Mantente fuera de esto, Leo. En serio, ¿de qué lado estás?" Max preguntó.

"De Emma … obviamente," él respondió riéndose.

Emma se quedó muy callada después de eso y miró por la ventana. Mierda, esto era malo. ¿Era tan horrible que él fuera a Nueva York? Pensó que ella estaría contenta con la idea. Estaba actuando como si hubiese matado a su cachorro o algo así.

"Em …" dijo de repente nervioso. Ella no contestó, así que se inclinó hacia adelante entre los asientos delanteros para mirarla pero seguía mirando por la ventana. "Querida, háblame." Le desabrocharía el cinturón y la traería al asiento trasero si tuviera que.

Ella suspiró y se volteó a mirarlo. "Si en verdad vas a ir, no te puedo parar … pero necesitamos poner algunas reglas."

Su cuerpo entero se relajó con sus palabras. "Está bien, me parece justo. ¿Qué quieres?"

"La primera regla es, no puedes hablar de esto con nadie. Por lo que me concierne, tú nunca fuiste a Nueva York. Entiendo que tu familia ya sepa, pero además de ellos nadie más puede saber. Si la gente te pregunta, dices que estuviste en Marbella. ¿Está bien?"

"Sí, está bien. No estaba planeando en decir nada de todas formas," Max respondió.

"La segunda regla es no poner cosas en Facebook, comentarios, fotos, nada. Lo mismo para Twitter, Instagram, Foursquare, Pinterest … lo que sea que los chicos usan estos días no lo quiero ver."

"De acuerdo, nada de redes sociales. ¿Cuál es tu siguiente regla?"

"La tercera regla es nada de mostrar afecto en público. Eso incluye agarrar manos, abrazos, etc."

La expresión de Max se quedó helada. No le gustaba como sonaba esta regla para nada. ¿Cómo se supone que iba a poder estar alrededor de ella y no tocarla? Especialmente estando solos los dos. "¿Dices en público, no?"

"Sí, no puedo arriesgar que la gente vea algo aunque sea inocente."

"Eso va a estar difícil, Em," él suspiró. "Pero está bien, trataré de no hacerlo. ¿Algo más?" preguntó, recorriendo su mano por su cabello.

Emma abrió la boca para decir algo pero rápidamente la cerró mientras que un sonrojo trepó sus mejillas y negó con la cabeza. ¿En qué estaba pensando ahora?"

"¿Qué más, Em?"

"Bueno, tiene que ver un poco con la tercera, pero sólo para que estemos claros la cuarta regla es ... no besos," ella dijo quietamente.

"¿Qué? De ninguna manera, no puedo prometer eso," él dijo de inmediato.

"¡Max! ¿Estás loco? Entonces estabas planeando en besarme."

"No lo sé ... tal vez," él sonrió.

"Dios, lo sabía. Eso no puede pasar otra vez, Max."

"¿Así que ya la besaste? Muy bien Maxi, sabía que te lo habías guardado," Leo dijo con orgullo.

"No le des vuelo, Leo. Pensé que estabas de mi lado," Emma protestó.

"Sí, bueno me estás poniendo en una posición difícil. Él debería tener puntos por eso."

"Sin ofensas, pero no eres muy buen intermediario. No te conviertas en un abogado de divorcios," ella respondió.

"¿Esto es lo que es? ¿Ya se están divorciando? Bueno eso fue rápido. Creo que mi trabajo aquí ya está hecho," Leo bromeó.

"¿Así que estamos bien?" Max preguntó con esperanza.

"No, Max. No voy a ir a ninguna parte contigo si no aceptas la cuarta regla."

"Para tal caso deberías apuntar una pistola a mi cabeza."

"Ay por favor, no seas tan dramático. No es gran cosa."

"¿No estabas ahí la última vez? Sé que lo sentiste también, así que no trates de actuar como si no."

"Escucha, Max. Este es mi viaje. Tú eres el que se está apropiando. Así que o aceptas mis reglas o no tenemos un acuerdo. Es así de simple."

"Diablos, mujer. ¿Esta es la última regla?"

"Sí."

"¿Al menos puedes admitir que sí fue gran cosa?"

"¿Vas a aceptar la regla?" Emma contrarrestó.

"Si lo admites, entonces sí."

"Dios, eres tan frustrante. Está bien," ella dijo casi derrotada.

"Está bien, ¿qué? Necesito escuchar que lo digas."

"Está bien, sí fue gran cosa, ¿de acuerdo? ¿Contento?"

"Muy. Y sí, aceptaré tus reglas tontas. Sólo para que estemos claros, las reglas sólo aplican durante el viaje. El minuto que aterrizamos en Madrid todo se vale de nuevo."

"Veremos sobre eso, chico duro."

"Hermoso. Eso fue simplemente hermoso. Estoy tan contento que pude compartir este momento con los dos," Leo concluyó. "A buen tiempo también," señaló mientras que se aproximaba a la acera del aeropuerto.

Max volteó los ojos. "Gracias por el aventón, hermanito," dijo dándole un apretón en el hombro. Salió del coche mientras que Emma se despedía de Leo y agarró sus maletas. Cuando terminó, encontró a Emma parada fuera del coche apretando su bolsa y pareciendo muy insegura de todo esto.

"Vamos, querida," él dijo señalando hacia las puertas del aeropuerto.

Ella suspiró y murmuró algo bajo su aliento, pero eventualmente escuchó sus pasos ligeros detrás de él y se rió. En verdad ella no tenía opción si quería tener ropa para el resto de la semana.

Una vez adentro, Max se dirigió directo hacia la línea de primera clase. Emma lo miró titubeando otra vez, y en vez de decir algo sólo negó con la cabeza.

Sí querida, compré un boleto para primera clase así que vas a tener que lidiar con eso, él pensó. Pensarías que al menos ella estaría contenta de no tener que esperar en una línea larga por al menos treinta minutos o más. Pero Emma no era como las otras chicas. Tendría que ser sigiloso sobre conseguirle un ascenso sin que se diera cuenta. Lo había tratado de hacer el día anterior, pero los bastardos seguían insistiendo que necesitaban su número de confirmación para poder hacerlo.

"Bienvenidos a United. ¿Viajan juntos hoy?" la azafata preguntó cuando se acercaron al mostrador.

"Sí," Max contestó mientras que Emma simultáneamente dijo, "No".

"Querida, déjame encargarme de esto," él dijo alcanzando su pasaporte.

Ella inmediatamente le echó una mirada de muerte. "No te atrevas a conseguirme un ascenso, Max. No quiero que gastes dinero en mí."

"¿Quién dijo algo sobre conseguirte un ascenso?" él dijo tratando de mantener una cara seria. Dios, estaba siendo imposible. "Sólo dame cinco minutos, ¿está bien?"

"Bueno," ella dijo apretando los dientes y pisando fuerte al alejarse.

"Agradable, ¿no es cierto?" Max sonrió a la encargada. "Ah, y voy a necesitar que le des un ascenso. Sólo está un poco nerviosa porque es nuestro primer viaje juntos."

Ella le echó una mirada astuta al tomar sus pasaportes. Él esperó pacientemente mientras que ella empezó a apretar un millón de teclas en su computadora como las encargadas normalmente hacen. "No tenemos nada disponible para el primer viaje, pero le pude conseguir un asiento junto a ti de Frankfurt a JFK."

"Perfecto, gracias," él dijo deslizando su tarjeta de oro de American Express.

"Es gratuito, Sr. Durant. No quisiéramos que se meta en problemas con su novia," ella sonrió.

"Ah, ella no es …" él empezó queriendo corregirla, pero luego se detuvo. Sonaba demasiado bien. "Ella no es de guardar rencor, pero gracias de todas maneras. Lo aprecio mucho."

"Bueno," ella dijo regresándole sus pasaportes con sus boletos. "Si puedes subir las maletas aquí, eso sería todo."

Él hizo como le dijo y luego ella envolvió las etiquetas de equipaje alrededor de las manijas. "Buen viaje, Sr. Durant."

¿Por qué no todas las mujeres lo podrían tratar así? Metió los boletos en su bolsillo trasero y se dirigió hacia Emma quien estaba con el ceño fruncido. Necesitaba hacer algo para cambiar esa mirada, pero hasta entonces, él iba a guardar sus boletos hasta el último segundo posible. Quién sabe qué tipo de esquemas ya estaba planeando para deshacerse de él.

Capítulo 13 – La Gran Manzana

Emma se metió dentro del taxi en Nueva York y azotó la puerta detrás de ella. Hasta ahora este viaje no era nada como había planeado. Max realmente había tenido el descaro de seguirla hasta aquí. Para empeorar las cosas, él seguía cambiándole los planes.

Primero, había insistido en cambiar boletos para que ella se pudiera sentar en primera clase en vez de él. Había estado a dos segundos de hacer una escena grande en el avión pero sabía que la bajarían si lo hiciera. Luego de alguna manera había logrado conseguir un ascenso gratis en el segundo vuelo, el cual no pudo rehusar ya que él no había pagado por él. Luego él pensó que sería chistoso llenar su forma de inmigración y fingir que estaban casados para saltar la línea de extranjeros. Ella no pudo contraatacar por la seguridad ahí y se sintió forzada a seguir la farsa. Sólo esperaba que no hubiese cometido una felonía seria con la seguridad nacional de Estados Unidos por albergar extranjeros ilegales en el país.

Ahora su última gran idea era tomar un taxi dentro de la ciudad que costaría por lo menos $60 dólares. Era un desperdicio total de dinero considerando que ella podría tomar el *AirTrain* y metro por $7.50 total.

"¿Estás yendo al apartamento de tu hermano, verdad?" la voz suave de Max penetró por su pensamientos irritados.

"No, necesito pasar por la oficina de Alex para recoger las llaves," ella refunfuñó.

"Está bien, podemos dejar nuestras cosas en el hotel primero."

"No me voy a quedar contigo, Max. Tú puedes ir al hotel y yo seguiré en el taxi."

"No lo creo, querida."

"¡Max! ¿Puedes dejarme hacer las cosas de mi manera? No deberías estar aquí, ¿recuerdas?"

"Mira, sé que no te vas a quedar conmigo. Sólo me quiero asegurar que llegues a salvo. Además, ¿vas a subir esa cosa cinco pisos de escaleras tú sola?"

Dios, ¿por qué siempre tenía que tener razón sobre todo? "Está bien. Pero después de eso, nos vamos por nuestros caminos separados."

"Lo que tú digas, Em."

Emma se bajó rápidamente del taxi una vez que llegaron a la oficina de Alex. Ella pensó que Max se quedaría en el coche, pero claro que fue con ella. Ella giró los ojos por al menos la décima vez ese día y se dirigió hacia la recepcionista de la oficina para preguntar por su hermano.

Para ser honesta, ella estaba muy emocionada de verlo pero también estaba un poco nerviosa. ¿Qué pensaría de ella apareciéndose con Max? Ciertamente no lo aprobaría. Por otro lado, él y Roy nunca se habían llevado muy bien.

"Em, ¡llegaste!" Alex gritó del otro extremo de su oficina. Él era experto en hacer notar su presencia.

Ella sólo se rió y fue hacia él toda sonrisas. Él la levantó rápidamente y le dio un abrazo de oso grande y la apretó fuertemente. Por alguna razón, él olía diferente y lo empujó ligeramente de ella y arrugó su nariz.

"¿Qué?" él preguntó riéndose.

"Supongo que algunas cosas nunca cambian," ella se rió al reconocer el aroma claro de una mujer en él. "En serio, ¿estás enganchándote con mujeres hasta en la oficina?"

"Es el mejor lugar para hacerlo, Em."

"Demasiada información, no quiero saber," ella dijo.

"Aliviánate. Tú me preguntaste. Sólo porque has estado pegada al mismo tipo por los últimos dos años no significa que el resto de nosotros no nos podemos divertir," él dijo dándole un golpe suave en el brazo.

"Sí, bueno creo que tú te diviertes demasiado."

Alex de repente miró detrás de ella con curiosidad. "¿Él está contigo?"

"Ah, sólo lo puedes ignorar."

"Ey, soy Alex," él dijo extendiendo la mano a Max.

"¿No escuchaste lo que te acabo de decir?" Emma preguntó contrariada.

"Hola, es un placer conocerte. Soy Max. Emma y yo vamos a la universidad juntos."

"¿En verdad?" él dijo mirando a Emma entretenido.

"Relájate. Sólo coincidimos en el mismo vuelo a Nueva York," Emma dijo tratando de quitarle importancia antes de que se hiciera ideas.

"Qué bien. ¿Así que estás aquí de vacaciones también?"

"Sí. Pensé que estaría bien echar un vistazo a la escena y todo eso," Max dijo.

"Esto en verdad funciona bien. Verás, me acaban de entregar un proyecto matador y voy a estar completamente bombardeado durante los próximos días. ¿Tal vez ustedes se pueden juntar durante la semana? Lo siento Em, pero no voy a estar tan disponible."

"¿En serio, Alex? ¿Esto viniendo del tipo que se acaba de enganchar con una chica en la mitad del día del trabajo?"

"Bueno sí. ¿De qué otra manera se supone que me desahogue?"

Emma hizo un sonido de disgusto. "No te preocupes Alex. Yo puedo cuidarla," Max dijo de repente.

"Qué conveniente para todos," Emma dijo sarcásticamente.

"¿Por qué estás tan gruñona de repente? Espero que el MBA no te esté haciendo esto. Necesitas calmarte, hermanita."

"Tal vez también necesitas desahogarte, Em. Yo te puedo ayudar con eso," Max dijo sonriendo.

Emma se quedó boquiabierta y sus mejillas se pusieron rojas al instante. No podía creer que hubiese dicho eso enfrente de Alex.

"No me parece mala idea, pero les dejaré los detalles a ustedes. Sólo no usen mi cama, ¿de acuerdo? Esas sábanas son sagradas."

"¿Los dos están locos? Eso no va a pasar de ninguna manera. Y no me voy a acercar por ningún motivo a tus sábanas."

"Como tú quieras. Sólo estoy diciendo que no podría hacer daño. Escucha, tengo que regresar a trabajar, así que aquí están las llaves," Alex dijo entregándoselas a Emma. "Que se diviertan." Él le dio un apretón a Max en el hombro. "Bueno conocerte, hermano."

Emma resopló y sin mirar a Max, empezó a caminar hacia la puerta.

"Para el récord, tu hermano es increíble," Max dijo detrás de ella.

"Todavía estoy con Roy, Max. No lo olvides," ella dijo al meterse de nuevo en el taxi.

"¿Cómo me iba a olvidar? Está escrito por toda tu cara. No necesitas recordarme," él contestó fríamente.

No intercambiaron otra palabra hasta que llegaron al apartamento de Alex. Como prometió, Max subió su maleta y la dejó en el living.

"¿Vas a estar bien aquí?" Max preguntó rompiendo el silencio. Su pregunta sonó distante, pero aún así ojeó el pequeño estudio pareciendo preocupado.

"Sí, estaré bien."

"¿Dónde vas a dormir?"

"Alex tiene un colchón de aire. Sólo lo necesito inflar."

Max asintió ligeramente y se dirigió hacia la puerta. Paró por un momento antes de voltear la perilla y abrir la puerta. "Tu nombre está en la reservación del hotel en caso de que cambies de opinión ... y de actitud," dijo tan pronto como se fue.

La puerta se cerró con un clic y ella se hundió contra el mostrador de cocina. ¿Lo había tratado tan mal?

Capítulo 14 – La Intrusa

Tres días. Tres malditos días y todavía no había escuchado ni un pío de ella. Honestamente, ¿qué se esperaba? Ella lo había tratado como mierda durante cada segundo del viaje y luego tuvo que insultarla. Claro que ella no iba a querer salir con él.

El viaje había sido un desastre hasta ahora. Claro, él había hecho bastante turismo durante el día y hasta se había juntado con Teresa un par de veces pero podía soportarla hasta cierto punto. Ella era mejor ver en dosis pequeñas. Para colmo, Leo le había mandado un email diciéndole que estaba yendo a Nueva York con Mia por unos cuantos días al final de la semana. Supuestamente, su viaje le había causado nostalgia a Mia de repente y todos estaban con la idea de tener una maldita reunión. Su único problema es que estaría por su propia cuenta de nuevo. Excelente.

Entró a su hotel después de una larga noche fuera y al insertar su llave en el enchufe eléctrico de la habitación, se dio cuenta que ya había una llave en su lugar. Qué raro. ¿Había dejado la llave extra por equivocación?

Colocando su tarjeta de nuevo en su billetera, prendió las luces y casi se desmaya al ver a Emma durmiendo pacíficamente en su cama. Dios, ella era un regalo para la vista. Su pelo chocolate sedoso caía en contraste con la ropa de cama blanca y se veía tan adorable. Oscureció las luces para no despertarla y revisó su reloj. Era justo después de la medianoche. ¿Por qué de repente aceptó su oferta?

Decidiendo que era mejor no pensarlo demasiado y que sólo estaba perdiendo tiempo precioso, se quitó toda la ropa menos los bóxers y rápidamente se metió a la cama con ella. Una sonrisa enorme atravesó su cara cuando vio que ella traía puesta una de sus camisas para dormir. Era una imagen surrealista que no esperaba ver. Si no estuviera tan sorprendido, casi podría imaginarse que esto era una ocurrencia natural de todos los días. Como si simplemente estuviera regresando a su chica después de salir.

Apagó las luces y se acercó cuidadosamente a ella, dejando que su brazo le envolviera su cintura en la forma más platónica posible. Ella se sentía tan cálida y perfecta que no pasó mucho tiempo antes de que él cayera en un sueño largo y profundo.

Ocho horas después se sorprendió al despertarse completamente descansado en la misma posición exacta con Emma todavía situada con seguridad en sus brazos. No sólo eso, pero sus piernas estaban enredadas y su trasero estaba firmemente apretado contra él. Contuvo el aliento al sentir la sensación dulce y sabía que tenía que retroceder de ella en cuestión de segundos antes de que ella se despertara y cayera en cuenta de su estado matutino.

Ella le ganó cuando de repente se movió en sus brazos y se volteó a enfrentarlo con ojos dormidos. Era la cosa más hermosa que él había visto.

"Hola," ella dijo mirándolo tímidamente a través de esos ojos esmeralda increíbles.

"Hola, tú," él dijo tratando de contener su sonrisa de idiota.

"¿Todavía estás enojado conmigo?" ella preguntó suavemente.

"Nunca estuve enojado contigo, querida."

"Ah," ella dijo y lo dejó en eso. Bajó la mirada, presumiblemente para ver sus cuerpos entrelazados. Hasta antes de eso, él estaba muy consciente de que todavía estaba sosteniendo su cintura y sus piernas estaban dobladas dentro de las de él. Aún más sorprendente, ella no se movió para alejarse de él y en su lugar fijó los ojos en los de él.

"Tomé prestada una de tus camisas. Espero que esté bien."

Dios, él amaba esta versión de Emma. Era tan dulce e inocente y más importante, toda suya por el momento. ¿Estaba soñando? "Está más que bien. Lo que es mío es tuyo."

"No quise quedarme dormida. Estaba esperando a que regresaras y luego vi una de tus camisas y se veía mucho más cómoda que lo que yo traía puesto y luego me quedé dormida," ella divagó explicando.

"No hay problema, Emma. Sólo tienes suerte que no me atrapaste trayendo

108

a una chica aquí conmigo."

Ella abrió sus ojos al instante viéndose un tanto horrorizada. "Dios mío, ni siquiera pensé en eso."

"Estoy bromeando, Em," él dijo riéndose. "Tú sabes que no te haría eso."

Ella suspiró aliviada. "Tonto," dijo dándole un empujón en su estómago desnudo.

Él la agarró de la muñeca al instante y la fijó sobre la almohada entre ellos, deseando que su roce no le hiciera cosas locas. Ella soltó una risa y finalmente le dio esa sonrisa que había estado esperando desde el principio de su viaje. Sí, definitivamente estaba soñando.

"¿Entonces me vas a decir qué te pasó para finalmente honrarme con tu presencia?"

"¿No puede una chica sólo decidir hacer una visita amistosa?" ella dijo con un sonrisa.

"Eso obviamente no es lo que pasó querida, así que suéltalo."

"Es un poco vergonzoso."

"¿Sabes que fácilmente puedo fijar tu otra muñeca a la almohada, cierto?"

Una mancha rosada apareció en sus mejillas. "Me quedé más o menos … media encerrada afuera del apartamento de Alex."

"¿Es así? ¿Y cómo lograste hacer eso?"

"No lo sé. He estado cargando las llaves en mi bolsa todo este tiempo. Creo que las pude haber perdido. Alex me va a matar."

"¿No lo trataste de llamar?"

"Sí, pero no contestó como de costumbre. Probablemente estaba trabajando tarde o salió fuera con alguna chica. Casi no le he visto estos últimos días."

Max frunció el ceño profundamente. "¿Por qué no me llamaste a mí entonces?"

"No te quise molestar y pensé que estabas enojado conmigo. Me acordé de lo que dijiste así que vine al hotel para ver si a lo mejor estarías aquí. Acabaron dándome la llave en la recepción y bueno, tú sabes el resto."

"Querida, llámame a la próxima vez, ¿está bien? En serio, ¿qué hubieses hecho de otra forma?"

"No lo sé. Pensé en rentar un cuarto en algún lado pero no tenía suficiente efectivo."

"Emma, pudiste haber terminado en la calle. Dios, sólo pensarlo …" él se fue apagando y negó con la cabeza. De repente estaba muy enojado. ¿Cómo podría Alex ser tan descuidado con ella? Lo podría golpear ahora.

"Max, estoy bien. No pasó, así que no tienes nada de qué preocuparte."

Ignorando su comentario, él soltó su mano y alcanzó el teléfono en la mesa de noche. Así de enojado estaba que había dejado de tocarla. "¿Cuál es su teléfono?" resopló.

"¿De quién?"

"De Alex. ¿Cuál es el teléfono de Alex?"

"Yo lo manejaré, Max."

"Ni lo sueñes." Él salió enojado de la cama y fue en busca de su bolsa. Su celular tenía que estar ahí dentro en algún lado.

"¿Qué piensas que estás haciendo?" Emma preguntó mientras que él buscó dentro de su bolsa sobre el sofá.

Él se volteó para mirarla una vez que tenía su celular en mano. Sorprendentemente, Emma todavía estaba envuelta dentro de las sábanas en la cama y sus ojos estaban recorriendo su cuerpo en lo que sólo podría ser aprobación. Era una semblanza de la mirada que él había visto antes cuando estaba herido. Pero esta vez no estaba golpeado ni mitad drogado y podía apreciarlo enteramente. Y sí, ella lo estaba admirando.

110

Él le sonrió satisfecho, momentáneamente distrayéndose de la tarea entre manos, y luego buscó rápidamente el número de Alex. Mientras que hacía la llamada, se preguntó por qué ella no lo estaba tratando de parar.

"No tiene caso, Max. No va a contestar," ella finalmente dijo apartando la vista de él.

Escuchó mientras que la llamada entraba al buzón. Odiaba cuando ella tenía la razón. "Alex, es Max. Contesta el puto teléfono y llama de vuelta a Emma. No me importa si estás fuera revolcándote con chicas o lo que sea que haces todo el día, es tu hermana así que llámala, imbécil."

Él tiró su teléfono de vuelta en su bolsa y respiró profundamente. No podía aguantar ver a otra persona cercana a ella, mucho menos su hermano, tratarla como mierda. Alguien tenía que ponerle un fin.

Se fue a sentar junto de ella en la cama. Ella parecía confundida y en shock y él ahuecó su mejilla. "¿Hambrienta?" preguntó lo más despacio posible.

Ella cerró los ojos y asintió titubeando.

"Qué bueno, me estoy muriendo de hambre. Ahora ve a ponerte ropa antes de que saque tu lindo trasero de la cama. Conseguiremos después otra cosa para que te cambies." Antes de que ella pudiera protestar, él se dirigió al baño para darle su espacio y tiempo de procesar el que la había defendido. Claramente no estaba acostumbrada a eso.

Acabaron desayunando en una cafetería cercana. Emma había mencionado que era una de las cosas que más extrañaba y no lo tuvo que convencer más. Además, no te podías equivocar con café ilimitado.

Se dirigieron hacia *Union Square* después para ir de compras. Emma confesó que tenía una entrevista más tarde así que necesitaba conseguir algo apropiado para ponerse. Lo arrastró hacia H&M diciendo que era lo único que ella podía permitirse, aunque él le hubiese comprado con mucho gusto lo que ella quisiera de otra tienda más cara.

Ella encontró una falda negra de tubo bastante rápido y él la convenció de escoger una blusa verde con botones a lo largo que hacían juego con sus ojos. Cuando se lo vio puesto en el vestidor, de repente se sintió celoso del tonto que la entrevistara cuando ella usara ese atuendo.

Si fuese él, pensaría en levantarle la falda y desabotonar su blusa. Diablos, ya estaba en la mitad de esos pensamientos ahora mismo. Estaba seguro que su entrevistador pensaría lo mismo, y sujetó la puerta en la que estaba reclinado hasta que sus nudillos se volvieron blancos. Él gimió, no pudiendo creer que él podría atormentarse tanto de un escenario ficticio de su imaginación.

"¿A qué hora es tu entrevista?" Max le preguntó, tratando de alejar esta basura de sus pensamientos actuales.

"A las 4pm," ella suspiró. "Odio que sea tan tarde. Hubiera preferido tenerla por la mañana y así acabar de una vez. En cambio, tengo que pensar en ello todo el día."

"¿Quieres ir a la piscina del hotel después de esto? Te puede alejar la mente de ello hasta entonces."

"¿Hay una piscina?" ella preguntó emocionada. "Pero no tengo traje de baño," dijo un poco desanimada.

"Conseguiremos uno. Estoy seguro que tienen una sección de bikinis aquí."

"¿Quién dijo algo sobre un bikini?" ella bromeó.

"Yo lo dije. Busca lo que tú quieras. Estoy seguro que te verás bien en cualquier tipo de traje de baño, así que sorpréndeme," él dijo guiñándole el ojo.

"Sin intención de desinflar tu burbuja, no creo tener presupuesto para comprar todo eso."

"Yo te invito, Em. No te preocupes por eso."

"Te pagaré de vuelta, ¿de acuerdo? Si alguna vez consigo entrar al apartamento de Alex de nuevo."

"Sólo ve por el bikini, querida. Te veré en la caja," él dijo dirigiéndose hacia la sección de hombres.

Max se rió a su mención específica del bikini de nuevo y negó con la cabeza. Sólo al pensar en ella en un traje de baño lo tenía agitado de nuevo y con pensamientos caprichosos. Deseó a dios que ella escogiera uno de cordel para fantasear sobre desatar el cordel y desvestirla. Maldición, ¿primero el atuendo de trabajo y ahora esto? Era el peor bastardo.

Encontró unos shorts de baño azul claros para él mismo y ni siquiera se molestó en probárselos. Eran tamaño medio así que definitivamente le iban a quedar. Se dirigió hacia la caja y vio un vestido que Emma había estado mirando antes. Pensó que se veía muy sexy en él así que decidió comprárselo. Sólo necesitaba encontrar una manera de convencerla de que se lo pusiera.

De vuelta en el hotel, se cambiaron y fueron hacia el piso de la piscina. Max estaba contento de ver que estaba bastante vacío con la excepción de un par de otras personas merodeando alrededor. Después de todo, era un día de trabajo a mitad del día así que no esperaba que estuviera lleno con gente de todas maneras.

Encontraron unas sillas de reposo y para su sorpresa, Emma arregló su toalla rápidamente y se acomodó en una. Él apenas se había quitado la camisa, cuando llegó un mesero apresuradamente preguntando si querían algo. Se irritó al ver que estaba mirando abiertamente a Emma, así que se puso enfrente para taparle la vista. Él se volteó a preguntarle lo que ella quería y literalmente sintió su mandíbula caer al verla.

Traía puesto el bikini dorado más sexy que había visto. Se veía impecable en él y se ajustaba en todos los lugares correctos como una segunda piel, acentuando cada curva endiablada de su cuerpo perfecto.

"¿Max?" escuchó en un lugar a la distancia.

"¿Hmm?" dijo en estupor, tratando de forzar su mirada fuera de su cuerpo. Era una tarea imposible. Gracias a dios él traía lentes de sol, de otra forma ella le hubiese dicho algo.

"¿Estás bien?" ella se rió. "Acabo de pedir una limonada. ¿Querías algo?"

"Este, sí. Eso suena bien."

Ella se rió de nuevo y miró hacia el mesero. "Supongo que dos limonadas. Gracias."

Ella se enderezó en su silla, enfrentándolo directamente. De repente sus pechos firmes estaban enfrente y al centro en exhibición. ¿Estaba tratando de matarlo? Imágenes malvadas inundaron su mente, mayormente de él corriendo su lengua sobre y entre ellos, sujetando su pequeña cintura y cavando en su piel.

Max se quitó los lentes y masajeó su sien, tratando de sacar las imágenes de su mente … o al menos guardarlas para después. Mantenlo bajo control idiota, él pensó.

"¿Estás seguro que estás bien? Te ves un poco … enrojecido."

"Estoy bien. Creo que el sol me llegó un poco rápido. Voy a meterme a la piscina," él dijo apartando la mirada de ella levantándose. Realmente esperaba que estuviera helada.

"Iré contigo," ella dijo. De repente ella estaba a su lado tomándole la mano. "Vaya, estás tan caliente." Ella alzó su mano para tocar su frente y luego su cuello, presumiblemente revisando por una fiebre. Él cerró los ojos, casi con dolor. Su roce era chisporroteante y se estaba acalorando exponencialmente.

"Ahora no, Em," él dijo roncamente, quitando su mano de su cara. ¿Cómo podía ser tan despistada del efecto que ella tenía sobre él? Prácticamente corrió el resto del camino y saltó en la piscina, jalándola con él.

El minuto que sintió el agua rodearlo, sintió que finalmente pudo respirar de nuevo. Sí, esto estaba mil veces mejor.

"¡Max! Avísame con más tiempo a la próxima, ¿quieres?" Emma dijo salpicando agua fuera de su cara.

Él se rió. "Esa es tu culpa por enredarte a mí. ¿Qué pasó con tu regla de

114

afecto en público?"

"Ah, supongo que me olvidé. Parecías enfermo así que me preocupé. Lo siento."

"Entonces supongo que yo me olvidaré también. Sabes, sólo para que estemos parejos," dijo jalándola hacia el lado menos profundo.

Ella salpicó agua en su cara juguetonamente cuando se acercó demasiado. "¿Sintiéndote mejor?"

"Sí, definitivamente." Mientras que las gemelas no estuviesen en su cara y se quedaran ocultas debajo del agua donde pertenecían, él estaría bien.

"Qué bueno, me asustaste por un minuto," ella dijo tímidamente.

"Estoy bien ahora," dijo sonriendo con seguridad. No pareció funcionar, así que tomó su mano y la apretó contra su cuello que ahora estaba varios grados más frío. Le dio un beso rápido en su palma antes de soltar su mano.

Ella apartó la vista de él cuando el mesero llegó con sus bebidas. Él trató de no lanzarse sobre él cuando lo pilló mirando a Emma de nuevo. ¿No podía ver que estaba apartada? Bueno, técnicamente no por él, pero aún así el mesero no sabía eso. En verdad quería decirle que se largara cuando firmó la cuenta, pero no era su lugar decir nada.

"Tranquilo, chico duro," ella dijo cuando el mesero se fue.

"¿Lo notaste, eh?" él dijo un poco avergonzado.

"Creo que el rugido ligero emanando de tu pecho lo delató," ella dijo sonriendo.

"Lo siento, Em. Después de anoche, me estoy sintiendo un poco … protector. Él no debería estar mirándote así."

"¿Y tú sí?" ella preguntó, sus labios convirtiéndose en una mueca antes de tomar un sorbo de su limonada.

Puta madre. "Este …" él dijo apagándose y corriendo su mano bajo su cara y frotando su barba. ¿Qué diablos se supone que debería decir a eso?

"Sólo estoy bromeando, Max," ella dijo reventándose en risas.

"Dios, Em. Deja de jugar con mi mente. Sólo hay tanto que puedo soportar."

"Puedes mirar todo lo que quieras. Es halagador, en verdad." Como si para llevar el punto más lejos, ella se reclinó hacia atrás contra las escaleras, dejando el agua gotear bajo su pecho.

Mujer escorpión. "Para, Em. Hablo en serio."

"¿O qué?" ella dijo riéndose.

Suficiente es suficiente. La quería intensamente. Se inclinó a ella, agarrando su espalda baja y jalando sus piernas alrededor de su cintura. "O me obligarás a hacerte cosas muy malas." Él egoístamente corrió sus manos alrededor de su trasero, jalándola apretadamente contra de él para que su pecho presionara contra él. "¿Eso es lo que quieres, querida?" él susurró contra su oreja.

La escuchó ligeramente gemir y luego ella tembló ligeramente contra él. Ella colocó sus manos contra su pecho y él casi gimió al contacto hasta que se dio cuenta que ella lo estaba empujando. Él aflojó su agarre sobre ella pero no la dejó ir enteramente. Ella se sentó de vuelta en sus piernas y le echó una ojeada con cautela. Su corazón martilló contra su pecho a su escrutinio y podía jurar que ella también lo sintió.

Ella lo miró confundida, como si no entendiera lo que estaba pasando, y luego su expresión se volvió suave y casi hasta triste.

Él esperó en anticipación por algún tipo de respuesta, pero nunca vino. ¿Lo había llevado demasiado lejos? Quizás él debería disculparse por actuar como un cavernícola. "Em, yo …"

"Probablemente me debería regresar a la habitación," ella interrumpió como si nada hubiese pasado. "Necesito empezarme a arreglar."

Él alcanzó hacia ella y colocó un mechón de pelo detrás de su oreja. "Está bien, guapa," él suspiró. "Sólo dame un minuto." Con pocas ganas él la puso de pie y se ajustó, tan discretamente como fuera posible. Lo bueno es que el agua estaba bastante fría.

Eventualmente la tomó de la mano, dirigiéndola fuera de la piscina. El aire parecía más fresco ahora, así que regresó rápido a su lugar y envolvió una toalla alrededor de ella antes de tomar una para el mismo.

Él trató de ignorar el desasosiego que sentía dentro mientras caminaban de vuelta a la habitación en silencio. Realmente lo había hecho esta vez. Seguramente ella se iría a su entrevista y nunca regresaría. ¿Cómo logró joder las cosas tan rápido?

Emma rápidamente se dirigió hacia el baño sin decir otra palabra, así que él se dejó caer en el sofá y prendió la tele, cambiando de canal sin rumbo fijo. Escuchó la regadera prenderse y gimió, pensando en Emma en breve enjabonándose. Dios, se estaba volviendo patético. Cada cosa pequeña sobre ella lo hacía explotar.

Se recostó contra el sofá y trató de prestar atención a *The Real Housewives of Atlanta* en la tele. Aparentemente había un tipo de maratón por el día pero apenas podía seguir lo que estaba pasando con un tal personaje llamada Nene.

Escuchó un sonido de un zumbido venir de la bolsa de Emma. Pensando que podría ser Alex, alcanzó su teléfono para finalmente darle un pedazo de su mente. Pronto se dio cuenta que no era él, pero más bien un email que ella había recibido sobre su entrevista. Parecía importante.

Él tocó la puerta del baño, antes de pasar. "Em, perdón por interrumpir pero te llegó un email de una Sarah Jones."

"Santo dios, ¿qué dice?" ella dijo dando un vistazo fuera de la regadera en alarma. "¿Me lo puedes leer?"

Él respiró profundo, tratando de calmarse al hecho de que ella estaba completamente desnuda detrás de esa cortina de baño. "Dice, Hola Emma. Perdón por el email de último minuto, pero ha sido un día agitado en la oficina. ¿Podrías pasar el viernes en lugar de hoy? Estamos disponibles de 10-2pm. Espero que todavía puedas venir. Gracias, Sarah."

"Ay, ¿en serio? Eso es tan poco profesional. Siento que me están haciendo a un lado," Emma dijo.

"No sabes eso. Sí, es poco profesional, pero a lo mejor estaban ocupados y querían darte una entrevista apropiada."

"¿Crees que debería responder?"

"Claro. Le puedo escribir de vuelta ahora. ¿Qué quieres que diga?"

"Supongo … Hola Sarah. Gracias por contactarme. Estoy disponible el viernes a las 10am entonces iré a esa hora. Nos vemos pronto. Emma." Ella suspiró y dijo algo bajo su aliento. "¿Suena tonto eso?"

"No, está perfectamente bien. ¿Algo más antes de que lo mande?" Max preguntó.

"¿Lo escribiste en inglés americano? ¿Queriendo decir sin U's o Z's raros o algo así?"

Max se rió. "Déjame revisar, pero no lo creo. Nunca pensé que mi educación inglesa resultaría ser un impedimento un día."

Emma sacó su cabeza otra vez. "Ven, muéstrame rápido."

¿Estaba loca? Él caminó más cerca hacia la regadera y sostuvo el teléfono para ella, tratando de mirar en la otra dirección.

"Max, no puedo ver nada," ella dijo agarrando su muñeca y jalándolo más cerca.

"Querida, estoy tratando de ser considerado. Además, me estás mojando todo."

"Todavía estoy con mi traje de baño, así que relájate. No hay nada que ver aquí."

"¿Por qué estás …? Jesús Em, ¿por qué no dijiste eso antes?"

118

"Max, estamos lidiando con cosas más importantes ahora así que guarda silencio."

Esta mujer era increíble. Pero se mordió la lengua, y dejó que leyera el maldito email.

"Okay, se ve bien. ¿Lo puedes mandar? Gracias Max."

"De nada, chica loca." Puso mandar y colocó su teléfono sobre el mostrador junto al lavabo. Estaba por secarse del spray de agua en su brazo, cuando una mejor idea le vino a mente.

Antes de que lo pensara demasiado, estaba empujando la cortina de baño hacia atrás y pisando dentro de la tina con Emma.

"Max, ¿estás loco? ¿Qué demonios estás haciendo?" ella gritó.

"Conservando agua. ¿Qué más parece?" se encogió de hombros, actuando como si no fuese gran cosa. Sí lo era.

"¡Pude haber estado desnuda!"

"Bueno, no lo estás. Me lo dijiste hace cinco segundos."

"Aún así, estás cruzando la línea."

"La última vez que revisé no estaba dentro de tu libro de reglas, así que estamos bien," él dijo indiferente alcanzando por el shampoo y enjabonando su pelo antes que ella lo pudiese parar.

Ella resopló y cruzó sus brazos.

"Sabes cuando haces eso, tus pechos resaltan de muy buena manera," él sonrió satisfecho.

Ella inmediatamente puso sus brazos de vuelta a los lados y lo miró detenidamente. "¡Cuando hice las reglas, no incluí bañarse juntos porque obviamente está más allá de las reglas básicas!"

"Lo siento, debiste de haber especificado. ¿Te puedes mover a un lado? Estás acaparando toda el agua," dijo haciendo un esfuerzo para no sonreír.

Emma se movió a un lado, posiblemente más en shock que nada.

"Gracias, querida," dijo enjuagando el shampoo de su pelo. "¿Por qué te estás bañando con tu bikini puesto de cualquier manera?"

"No lo sé. Costumbre supongo," ella dijo mirándolo intensamente mientras que él enjabonaba su pecho.

"Hmm, bueno." Obviamente no quería hablar sobre ello. "¿Estás desanimada sobre la entrevista?" él preguntó cambiando la conversación.

Ella suspiró y finalmente relajó su postura. "Sí, un poco. Sólo tendré que esperar un poco más hasta el viernes."

"¿Qué te parece si vamos a cenar y luego a ver una película? ¿Sacar esto de tu mente?" él propuso con una mirada esperanzada.

"Eh, claro. Eso estaría bien … y normal por un cambio."

"Bien, es una cita entonces."

"No es una cita, Max. Ni se te ocurra robar un beso al fin de la noche."

"Está bien. Será una cita masivamente aburrida," él dijo con un guiño de ojo.

"Mi tipo favorito," Emma reflexionó.

"Supongo que realmente no me puedo quejar después de pasar la noche y bañarme contigo. Diría que mis probabilidades se están viendo muy bien."

"No te hagas ideas, chico duro."

Más tarde esa noche, Max llevó a Emma a casa renuentemente. Se sintió aliviado cuando Alex finalmente le había mandado un mensaje durante la película diciendo que estaba en casa, pero al mismo tiempo hubiese sido agradable quedársela una noche extra, tan egoísta como era. Además, él había estado en su mejor comportamiento por el resto de la noche, y no cruzó la línea por mucho que se picaba a hacerlo. Merecía algún tipo de medalla de honor a este punto.

"Bueno, ¡mira quien se apareció!" Alex dijo entusiasmado al abrir la puerta.

"¿Dónde diablos has estado? ¡Te estado tratando de llamar desde anoche!" Emma le gritó.

"Te dije que estaba ocupado, Em. No es mi culpa que dejaras tus malditas llaves en el apartamento. Sé más cuidadosa para la siguiente vez."

"¿Están aquí? ¿Entonces no las perdí?" ella preguntó incrédula.

"No, están en la mesa de centro, hermanita."

"Ah, gracias a dios," ella dijo, prácticamente corriendo dentro del apartamento.

"¿Una palabra, Alex?" Max le resopló.

"Dame un minuto. Te veo abajo," él respondió con voz baja y calmada.

Max asintió, desprevenido. Había esperado que Alex lo mandara a volar.

"Nos vemos, Em," él le dijo a ella, tratando de sonar casual. Realmente odiaba dejarla, especialmente después de haber pasado todo el día juntos.

Para su sorpresa, ella caminó de vuelta hacia él y le dio un abrazo seguido por un beso rápido en la mejilla. "Gracias por hoy, Max," ella dijo tímidamente agachando su cabeza.

"Cuando quieras, señorita," él contestó cálidamente y luego volteó hacia Alex, quien estaba sonriendo al ver este intercambio. "Nos vemos, Alex," dijo mirándolo fijamente.

"Nos vemos, hombre," él respondió con un cabeceo ligero.

Cinco minutos después, Alex bajó a encontrarse con Max. Él alzó sus manos de inmediato. "Antes que digas nada, déjame explicar."

"¿Qué te pasa? ¿Así es como siempre la tratas? ¡Estoy harto de que ustedes piensen que la pueden pisotear y tomarlo como si no fuera nada! ¿Se queda afuera del apartamento y no te importa una mierda? Tal hermano que eres."

121

"¿Ya terminaste?" Alex respondió, pareciendo aburrido.

"Ni siquiera cerca. No puedo creer que –"

"Max, yo tomé sus llaves, ¿está bien?" rápidamente interrumpió.

"Tú … ¿qué? ¿Por qué harías eso?"

Alex se encogió de hombros y miró hacia la calle, como si estuviese colectando sus pensamientos. Miró a un taxi amarillo mientras bajaban unos pasajeros y luego dio vuelta a la esquina. "Supuse que ayudaría a acelerar lo que sea que está pasando entre ustedes dos. Ella obviamente quiere contigo, pero no lo admite. Puede ser muy terca a veces."

"¿Entonces lo hiciste al propósito? ¿Para que ella se quedara conmigo?" Max preguntó tratando de procesar la información.

"De nada, imbécil," él dijo adoptando su elección de palabras a su mensaje de voz. "Y sólo para que sepas, amo a esa chica. Es mi hermana menor y haría lo que sea por ella. Así que no me digas que soy un hermano malo. Ya tiene suficiente con que lidiar entre nuestro padre idiota y ese cabeza hueca."

"Mierda, hombre. No me di cuenta … así que tú prefieres que yo … ¿supongo que sí debería darte las gracias, no?"

"No lo menciones. Sólo no metas la pata. Estoy echando porras por ti, pero si acabas lastimándola te juro que volaré a España sólo para darte una patada en el culo."

"Entiendo. Pero sólo para que sepas yo nunca la lastimaría," Max respondió.

"Bien. Entonces mantenlo así," él dijo con una ligera sonrisa.

"Lo haré. Gracias, Alex. Te debo una."

No le dio importancia esta vez. "Para ser honesto, pienso que nos estarías haciendo un favor a todos. Todavía no entiendo qué está haciendo con ese idiota."

"Yo me pregunto lo mismo todo el tiempo. Si lo descubres, déjame saber."

"Sí. Buena suerte, hermano. Me tengo que ir. Le dije a Emma que estaba yendo por algo a la tienda china," Alex señaló, mirando la hora en su celular.

"Está bien, nos vemos hombre," Max respondió, dándole un apretón en el hombro.

Él caminó de vuelta a su hotel con un vigor extra en su paso y sacudiendo la cabeza entretenido. Era reasegurador saber que él tenía a uno de los hermanos Blake de su lado. Ahora si sólo pudiese conseguir que Emma se pusiera de su lado, de alguna manera.

Capítulo 15 – Allanamiento de Morada

Emma rápidamente abrió la puerta de la habitación 1502 y entró. Las luces estaban apagadas así que se dirigió hacia la recámara en la obscuridad, corriendo su mano a través de la pared para mantener su balance. Una vez que sus ojos se ajustaron a la obscuridad, se sintió aliviada al ver que él ya estaba dormido en su cama.

Bien. Esto lo haría mucho más fácil salir por la mañana. Quién sabe, con suerte él ni siquiera sabría que había estado ahí. Estaba bastante segura que él estaría enojado con ella otra vez por evadirlo una vez más durante los últimos dos días. Pero no podía evitarlo. Max había empezado a hacerla sentir y pensar cosas que eran demasiados peligrosas para manejarlas ahora. La distancia parecía la única solución … por ahora.

Ella se sentó en la cama junto a él mientras lo estudiaba discretamente. Él estaba posicionado en la mitad de la cama, lo cual desafortunadamente quería decir que no tendría mucho espacio para ella misma o se vería forzada a acurrucarse contra él. Quizás si se durmiera en el sofá sería mejor idea.

Ella se inclinó sobre él para alcanzar una almohada cuando una mano caliente agarró su brazo y la paró. Con la respiración entrecortada, miró hacia abajo y en efecto él la estaba mirando a través de ojos caídos.

"¿Todavía estoy soñando?" él susurró.

"No," ella se rió. Lo pellizcó ligeramente en el brazo. "¿Ves?"

Él sonrió y frotó sus ojos. "Entonces debo de estar en el cielo. Te ves como un ángel vestida así."

Ella miró hacia su vestido y sonrió. Bueno, sí estaba vestida de blanco. Eso le daría. "¿Estabas soñando conmigo?" No pudo dejar de preguntarle.

"Siempre sueño contigo."

Sus ojos se agrandaron a su respuesta franca. "¿De qué … sueñas?"

Él se sentó contra la cabecera y la miró a sabiendas. "Te irías corriendo si te dijera."

Ella estaba contenta que estuviera oscuro porque un sonrojo enorme cruzó su cara en ese momento.

"¿Qué estás haciendo aquí de cualquier forma? ¿Qué hora es?" él preguntó.

"No podía dormir. Como la 1:30am," ella se encogió de hombros.

"¿La cama elástica no estaba funcionando bien?" él bromeó.

"Es pura tortura. Hace tanto ruido cada vez que hago el movimiento más ligero y se desinfla tan rápido que termino en el piso cada mañana."

Él soltó su brazo que todavía estaba sosteniendo, y corrió sus dedos por su pelo. "¿Así que asumo que quieres dormir aquí?" preguntó entre bostezos.

"Sí, bueno dijiste que podría. ¿Recuerdas?"

"Hmm. No recuerdo haber dicho algo sobre dormir exactamente. Además, esa oferta expiró hace unos días."

"¿Qué? ¿Por qué?" ella preguntó completamente confundida.

"¿Qué te puedo decir, querida? Esta cama es tan cómoda que realmente estoy disfrutando de dormir en ella a solas. Creo que lo quiero dejar de esa manera," dijo estirándose un poco.

¿Estaba bromeando? "¡Max! No puedes decirlo en serio. Por favor no hagas que regrese ahí."

"Serio como un ataque al corazón. No lo sé Em … al menos que me puedas convencer de otra manera voy a volver a dormir. Estaba teniendo un sueño muy agradable antes de que te colaras aquí adentro y me despertaras."

"¿Convencerte? Max, prometo que no haré el más mínimo ruido. Ni siquiera sabrás que estoy aquí."

"Eso no va a funcionar para mí, querida. Piensa en algo mejor."

"¿Mejor? ¿Cómo qué?"

La miró con una sonrisa enorme en su cara. "Me gustó antes cuando me empezaste a rogar un poco."

"Increíble. ¿Quieres que te ruegue?"

"Lo deberías creer."

Ella jadeó en shock. ¿Por qué estaba haciendo esto? Ay, estaba tan cansada y todo lo que quería era dormir decentemente por una vez. Además, ella tenía que estar bien descansada para su entrevista mañana. Lo último que quería era aparecer viéndose como una drogadicta. "¿Si lo hago, me dejarás quedarme?"

"Si me suplicas bonito, entonces sí."

"Dios," ella suspiró empezando a frustrarse. Siguió ojeando la cama imaginándose en ella y lo cómoda que estaría. Todas esas almohadas suaves y sábanas sedosas estaban prácticamente llamando su nombre. La última vez que se durmió aquí había sido lo mejor que había dormido en su vida. Si estaba siendo completamente honesta con ella misma, tendría que admitir que era en parte por Max y no sólo la cama. Este chico realmente era el diablo. ¿Cómo se supone que iba a hacer esto?

"Mira, Emma. No por ser descortés, pero deberías ya decidir. Mi sueño era mil veces mejor de lo que está pasando ahora, así que en verdad me gustaría volver a dormir."

"Está bien, lo haré," dijo a través de sus dientes. Ahora realmente se estaba empezando a enojar. ¿Quién diablos pensaba que era ordenándole así? Sólo porque él resultaba tener la cama más increíble en el mundo, ¿ahora estaba en un viaje de poder por ello? Era un maldito. Bueno, dos personas ciertamente podían jugar este juego.

Respiró profundo, moviéndose más cerca y arrodillándose frente a él. Tan inocentemente como pudo acopiarse, le alzó la vista a través de sus pestañas largas y le dio su mejor cara de cachorro. "¿Max?" ella respiró, mirándolo fijamente en los ojos.

"¿Sí?" él preguntó.

Ella trajo su mano a su pecho y la corrió bajo su playera hacia su estómago, antes de trazar patrones y círculos al azar alrededor de la parte superior de su cuerpo. Ella sintió el estómago de Max encogerse y se contentó en ver que su plan secreto parecía estar funcionando. Parpadeándole sus ojos le preguntó, "¿Me estaba preguntando si me … dejarías quedarme aquí esta noche?"

Él tomó un sorbo grande de aire mientras que la estudiaba en silencio, pero no respondió.

Hmm, iba a tener que acelerar el paso para que esto funcione. Trajo su cuerpo más cerca de él y acabó trayendo una pierna sobre él y sentándose a horcajadas. "¿Por favor, Maximiliano? ¿Puedes compartir tu cama conmigo?"

Él cerró sus ojos y exhaló. Pero aún no respondió. Ella se inclinó en él, apretando su pecho contra el suyo y susurrando en su oreja. "Quiero quedarme contigo tanto, Max. Por favor déjame quedarme. Seré una chica buena, lo prometo."

Ella inmediatamente sintió su pecho vibrar con un gemido, y él murmuró algo bajo su aliento. Retrocedió para mirarlo. Sus ojos estaban llenos con tanto deseo, hizo que su cuerpo entero se calentara al instante.

"¿Me puedo dormir ahora?" ella susurró, tratando de ignorar su reacción … y la suya.

Pero él todavía no estaba diciendo nada excepto por sus ojos ardiendo más profundamente en los de ella. "¿Max?"

"No creo que estás listas para dormir todavía," finalmente dijo con una voz ronca. Él lentamente corrió sus manos bajo sus muslos y debajo de su vestido, quemando su piel en el camino. Ella resolló cuando sus dedos rozaron al lado de sus pantis sobre su cadera, finalmente para descansar sus manos en su cintura.

"Max," ella respiró, mirándolo desconcertada.

Él tiró en su vestido levantándolo y de repente lo estaba alzando sobre su cabeza. ¿Estaba demente? Esto iba más allá que cruzar la línea. No que lo que ella hizo antes no lo era … ¿pero esto? *Ay dios*, ella pensó al mirarlo fijamente en nada pero su sostén y pantis. Pero más que nada, ¿por qué no lo estaba parando?

"No te preocupes, querida. Sólo estoy preparándote para la cama," le guiñó el ojo. Se inclinó hacia su oído, deslizando su nariz bajo su cuello. "¿Quieres eso, no es así?" susurró.

Ella se mordió el labio y empezó a respirar fuertemente, su pecho rápidamente subiendo y bajando, mientras que él simplemente continuó sosteniendo su mirada fijamente. Después de lo que pareció una eternidad, él se inclinó hacia delante y se quitó su propia playera con un movimiento rápido. Ella estaba por protestar cuando la vista de su pecho esculpido mantuvo su boca cerrada y babeando en vez internamente.

Lo que pasó enseguida la dejó completamente pasmada. Él tomó su playera y se la puso suavemente a Emma. Su brazo se coló alrededor de su espalda y desabrochó su sostén. Él luego continuó arriba a sus hombros y trajo las tiras bajo sus brazos, quitándole el sostén y tirándolo hacia un lado. Sólo entonces agarró sus brazos y los jaló por los lados de la playera.

Se inclinó de nuevo para sacar su cabello que se había atrapado debajo del cuello y se lo arregló, corriendo sus dedos lentamente a través de él. Justo cuando ella pensó que ya no podía aguantar más, él trajo su mano a su cara y tiernamente ahuecó su mejilla.

"Creo que estás lista ahora," él susurró contra su sien.

Su corazón estaba latiendo en su pecho tan frenéticamente que ella no se podía mover. Él se rió y besó su frente, antes de agarrarla por la cintura y acomodarla fácilmente a su lado en la cama. Mantuvo sus brazos alrededor de ella y la jaló más cerca, mostrándole que no tenía ninguna intención de dejarla ir.

Lo escuchó suspirar profundamente detrás de ella mientras que jalaba las sábanas encima de ellos y se colocó en la almohada junto a ella. "Buenas noches, Emma. Te veré en mis sueños."

Ella cerró los ojos, obligando a su mente a contar ovejas negras en vez de pensar sobre el hombre que la sostenía y sacudía su mundo.

Se despertó a la mañana siguiente, y viendo que él todavía estaba dormido, fue a usar el baño en silencio. Pero cuando salió con la intención completa de salir a escondidas, él ya estaba despierto y mirando las noticias en la tele. Hubiese sido tan fácil salir corriendo de ahí si no se viera tan sexy medio desnudo en la cama, mirándola fijamente con esos mismos ojos penetrantes color avellana de la noche anterior que la deshizo por completo.

"Hola," ella dijo sintiendo sus mejillas calentarse.

"¿Te vas tan pronto? Después de anoche, pensé que al menos te acurrucarías conmigo," él bromeó.

"Eh, yo eh … tengo mi entrevista a las 10am así que me debería ir. Gracias por anoche," dijo, casi avergonzándose a como sonaba.

Él levantó una ceja hacia ella. "¿No te estás olvidando de algo?"

"¿No?" ella dijo sintiéndose incómoda de repente.

Él se salió de la cama y fue hacia ella. Ay dios, ¿qué iba a hacer ahora? Al último momento, se volteó hacia su maleta y sacó una bolsa de H&M. Caminó hacia ella y se lo entregó.

"Tu atuendo … para la entrevista, querida."

"Cierto, gracias Max." No podía creer que casi se le olvida su maldita ropa que había escogido con él.

"También hay algo extra ahí para ti. ¿Quizás lo puedas usar esta noche?" él preguntó, colocando un rizo de cabello detrás de su oreja.

"¿Qué hay esta noche?" ella preguntó con curiosidad, mirando la bolsa.

"Vamos a salir … para celebrar. Es nuestra última noche después de todo," se encogió de hombros.

"Ah vaya, eso es muy lindo Max."

"Todavía llamando lindo, ¿eh? Pensé que ya había logrado cambiar eso."

Ella le dio una palmada en su hombro y le sonrió. "Está bien. Eso es increíblemente sexy de ti."

"Eso me suena mejor. Está bien, entonces nos vemos aquí … ¿como a las 8pm?"

"Claro. Aquí estaré," ella dijo caminando hacia la puerta con la bolsa en mano.

"Ah y una cosa más," dijo viéndola salir. "Leo y Mia están aquí, así que vienen con nosotros, al igual que la hermana de Mia y tu hermano."

"¿Mi hermano? ¿Cómo conseguiste que él viniera?" ella dijo en shock.

"Fácil. Sólo lo llamé."

"Pensé que no te gustaba."

"No, estamos bien ahora."

"Hombres. Bueno, será un milagro si aparece," ella dijo abriendo la puerta.

"Veremos. Ey, dales con todo en la entrevista, ¿de acuerdo?"

Ella lo besó rápidamente en la mejilla y luego no pudo parar de decir, "Te veo esta noche, sexy."

Él le sonrió satisfecho, la imagen quedándose con ella el resto del día. Eso y prácticamente todo lo demás que le había hecho en esa cama renegada.

Más tarde esa noche, lo último que esperaba al caminar de vuelta en la habitación del hotel era escuchar la voz de otra mujer riéndose seductoramente, "Para de moverte, Max. Lo estás arruinando."

¿Qué demonios? Casi retrocede para revisar el número de la habitación.

"¿Emma? ¿Eres tú? En el baño," escuchó a Max llamar.

Dio vuelta a la esquina de la entrada y se dirigió lentamente adentro. No estaba segura si estaba preparada para ver esto.

Max estaba sentado en la tina, y una chica muy guapa estaba sentada prácticamente en sus rodillas y corriendo sus manos a través de su pelo. Después del shock inicial, se dio cuenta que ella aparentemente lo estaba peinando.

"Ey," ella dijo, tratando de actuar como si la escena enfrente de ella no hacía cosas locas a su estómago.

"¿No tiene el mejor pelo para tocar? Es tan grueso, todo lo que quiero hacer es jalarlo," la chica dijo mirándola de arriba abajo.

Emma tragó saliva, sabiendo demasiado bien a qué se refería. Ya se lo había hecho una vez. ¿O eran dos veces?

Max se rió. "Emma esta es Teresa, la hermana de Mia."

"Ah hola, gusto en conocerte," ella respondió.

"¿Ya casi terminas? Creo que usaste suficiente gel para hacerme parecer a uno de los tipos de *Jersey Shore*," Max le preguntó a Teresa.

"Cariño, no sabes con quién estás tratando. Gracias a mí, te verás como el tipo más guapo del lugar. Digo aparte de Leo, pero todos sabemos que ése está fuera de límite." Ella corrió sus dedos por su pelo una última vez y luego se agachó sobre él para agarrar una toalla.

Emma de repente sintió que estaba interrumpiendo algo y se dirigió de vuelta a la recámara.

"¿Te arreglaste el cabello también?" Teresa preguntó detrás de ella unos momentos después.

Se volteó a verla inspeccionándola de nuevo y se sintió extrañamente incómoda. "Rizador," alcanzó a decir.

"¿No tienes a alguien más a quien fastidiar? ¿Como Mia?" Max preguntó al salir del baño.

131

"No voy a regresar ahí. Estaban haciendo su rutina de *te amo y no puedo aguantar estar lejos de ti por más de dos segundos* que me hace querer vomitar," Teresa resopló.

Max sólo le echó una mirada que pareció hacerla repensar lo que acababa de decir. Era obvio que se conocían bien por su comunicación silenciosa.

"Creo que iré a revisar el bar en el lobby. Los veo ahí," dijo al fin.

Una vez que la puerta se cerró, Max se acercó a Emma. "Lo siento por eso, probablemente te debí haber advertido."

"No necesitas disculparte. Tu pelo se ve muy bien, en verdad," le dijo. No sólo bien. Se veía ridículamente guapo. Su pelo ondulado estaba cepillado hacia atrás y traía puesto una camisa de vestir blanca con unos jeans color gris oscuro. Tenía ese aspecto elegante lleno de sofisticación británica.

"Bueno, tú te ves hermosa," él dijo, agarrando uno de sus rulos. "Me encanta el vestido también."

"Un tipo me lo compró cuando no estaba mirando," ella dijo sonriendo.

"Tiene muy buen gusto." Él corrió sus dedos contra la cinturilla de su vestido y su respiración se le trabó. "Esto es interesante," él dijo, notando la separación en su estómago.

"Sí, supongo que es más como un top unido a una falda que un vestido," ella dijo mirando abajo hacia sus manos. ¿Por qué su roce siempre la tenía que afectar de alguna manera?

"Hmm. Me gusta. Acceso fácil," le guiñó el ojo.

"No acabas de decir eso," ella dijo dándole un toque en el pecho.

"Lo siento, no pude resistir querida. Eres un bombón. ¿Me puedes culpar?"

Antes que ella pudiese contestar, él fue a recoger su billetera y ponerse el reloj junto a la mesa de noche. "¿Lista?" él preguntó, ofreciéndole su mano.

"Claro," ella dijo, tomándolo rápidamente.

"¿Entonces cómo estuvo la entrevista?" él preguntó mientras se dirigían al lobby.

"Estuvo bien, supongo."

"¿No quieres hablar sobre ello?

"Sólo fue una de esas entrevistas que realmente pudo ir en cualquier dirección. Entrevisté con este tipo que era un poco odioso pero supongo que todos son un poco así. La oficina principal está en Londres así que eso me pareció interesante."

"Eso es muy interesante. Podrías trabajar en vez ahí," él dijo dándole un empujón. "¿Sabes dónde queda la oficina?"

"Ni idea. Nunca he estado en Londres así que no sabría."

Llegaron al lobby y él soltó su mano inesperadamente. Ella reconoció a Leo instantáneamente, resaltando de la multitud con una rubia bella acurrucada debajo de su brazo. Mira la manera de llamar la atención en la sala, parecían como si fácilmente fueran una pareja famosa.

"Emma," Leo dijo con una sonrisa gigante. "Bueno verte de nuevo. Esta es mi esposa, Mia," dijo con orgullo.

Se inclinó a darle besos a los dos en las mejillas. "Claro. Gusto en conocerte. No esperaba verlos aquí. ¿Pensé que iban a Marbella?"

"Sí fuimos," Mia se rió. "Pero me empecé a sentir nostálgica cuando escuché que ustedes venían aquí, y pensé que sería buen tiempo para visitar a mi hermana por unos días."

"Básicamente, ella es la jefa así que yo hago lo que ella diga. Prepárate Max," Leo se rió.

"Como si no lo supiera, hermano," Max dijo golpeándolo en el hombro.

"Bueno, estoy contenta que pudieron venir," Emma sonrió, riéndose a su intercambio.

"¿Vamos a empezar esta fiesta o qué?" Teresa dijo, haciendo presencia. "Escuché que te hacen esperar en el restaurante así que deberíamos irnos." Ella agarró el brazo de Max y lo empezó a jalar hacia la salida del hotel.

"Supongo que eso quiere decir que nos vamos," Mia sonrió. "Vamos a necesitar dos taxis ya que somos cinco."

Cuando salieron, Teresa ya había detenido un taxi en el cual se estaba metiendo.

"Emma," Max señaló para que ella se metiera también.

"Ve adelante. Iré con ellos," ella dijo volteándose hacia Leo y Mia.

"¿Segura?"

"No te preocupes, Max. Nosotros la cuidaremos," Mia dijo.

"Está bien," él pareció gruñir, metiéndose al taxi con Teresa.

Leo detuvo otro taxi, y se metió atrás con ellos.

"¿Cómo te ha tratado Max?" Leo le preguntó casi de inmediato. Tenía su brazo alrededor de Mia y estaba corriendo sus dedos bajo su hombro, y ella tenía su mano sobre su muslo. Parecían tan cómodos y despreocupados el uno con el otro. En verdad parecían tener la relación perfecta.

"Bien. Ha sido muy bueno conmigo en verdad. No sé por qué me aguanta … o por qué quisiera ser parte del desastre que es mi vida."

"Claro que quiere. Es un chico grande. Sabe exactamente lo que está haciendo," Leo respondió.

"Sólo me preocupo por él … que estaría mejor con alguien que no tuviera antecedentes." *Alguien como Teresa*, ella pensó. Se preguntó si ellos alguna vez tuvieron algo. Al menos, ella parecía estar interesada con él. Haría mucho sentido, en verdad. Dos hermanos saliendo con dos hermanas.

134

"Todos tenemos antecedentes, Emma. Creo que eres perfecta para él, en realidad. Nunca lo hemos visto así antes … como si tuviera un propósito," Mia dijo.

"Todavía no lo sé," ella dijo sacudiendo la cabeza. "Digo, yo tengo un novio loco que lo golpeó como si no fuese nada. Siento que me debería odiar a este punto. Al menos, yo lo haría si fuera él."

"Tonterías. Realmente pienso que es al revés," ella argumentó. "Mira, obviamente no sé mucho sobre tu novio y sé que todas las situaciones son diferentes, pero yo tuve una relación muy mala antes de conocer a Leo. Sé que las cosas pueden ser muy arrolladoras a veces, y parece imposible salirte de la locura o hasta imaginarte con alguien que te trataría mejor porque sientes que no lo mereces. Pero cuando estás con la persona correcta, lo sabes. Sólo se siente bien."

Sus ojos estaban llenos de emoción, y podía ver que había una historia enorme detrás de ellos. Una historia profundamente personal de la que ella le había hecho un pequeño bosquejo. Está bien, así que tal vez todos tenían un poco de locura en sus vidas. Tal vez Leo y Mia no siempre habían tenido la relación perfecta en algún punto, pero la tenían ahora. La evidencia la tenía enfrente.

Leo besó a Mia en su sien y luego susurró algo en su oreja, lo cual hizo que sonriera y sus ojos volvieran a la normalidad y luego a un color vibrante.

"Gracias por eso, Mia. Significa mucho para mí," Emma dijo, casi en epifanía.

Quizás las cosas podrían ser diferentes. Quizás ella podría parar de correr de sus sentimientos … o más ciertamente, de ella misma.

Capítulo 16 – Contra Viento y Marea

Por el amor de dios, ¿cuándo la conseguiré sola de nuevo? Max pensó.

Esta idea de salida en grupo estaba fracasando totalmente por el momento. Era como si su familia quisiera sabotear intencionalmente cualquier momento a solas con Emma. Primero, Teresa estaba actuando muy rara con él por alguna razón. Luego, no le tocó ir con Emma en el taxi y ahora Mia estaba acaparándola durante la cena, conversando con ella como si fuesen amigas de muchos años. Era especialmente extraño viniendo de ella ya que normalmente era reservada con la gente al principio. Sintió que estaba en otra dimensión.

"¿Quién está listo para unos tragos?" Max dijo de repente. Si tenía alguna oportunidad de tan siquiera tener una hora con ella antes de que la noche terminara, tendría que ser ahora. En el bar. Sólo ellos dos.

"¡Bien Maxi quiere tomar!" Teresa exclamó. "¿Por qué no lo sugeriste la otra noche que salimos? Estuviste enfurruñado todo el tiempo."

Él miró hacia Emma, quien parecía curiosa. "Eso es porque el mesero te tiró la onda durante toda la cena, y luego tus amigos franceses se aparecieron."

"Bueno, ¿qué tiene eso de malo?" ella preguntó completamente en las nubes.

"Olvídalo," él dijo volteando los ojos. "¿Nos podemos ir? Ya pagamos la cuenta así que no veo razón de seguir sentados aquí."

"¡Prendido también! Max, tengo que admitir que te amo ahora," Teresa dijo con una sonrisa satisfecha. Ella se paró y corrió sus dedos sobre la parte trasera de sus hombros al pasarlo.

En serio, ¿qué traía esta noche?

Él se volteó hacia Emma y le ofreció su mano para pararse. En vez, ella fingió que no lo había visto y miró hacia otra dirección.

"Voy al baño," ella anunció a todos. "Los veo en el bar."

Perfecto, sólo perfecto. Para la hora que él llegó al maldito bar, sintió que iba a explotar.

"Hermano, necesitas relajarte," Leo dijo, aparentemente notando los humos invisibles saliendo de él.

"¿Cómo me debería relajar? Apenas he hablado con ella en toda la noche y ahora probablemente está enojada conmigo o algo así."

"Ella está bien. Vamos, necesitas unos shots de tequila," Leo dijo, señalando hacia el barman. "Vamos a necesitar cinco shots de Riazul. No, haz eso cuatro pero el de él que sea doble," Leo dijo apuntando hacia Max.

"Hola hombre, ¿qué pasa? ¿Dónde está Emma?" una voz de repente dijo detrás de él.

Se volteó para encontrar a Alex. Sí se apareció después de todo. Tal vez Emma se pondría contenta de eso al menos. "Ey. Qué bueno que viniste," él dijo, dándole la mano. "Acaba de ir al baño pero ha de estar por regresar."

"Eh, ¿con permiso? ¿Quién es él y por qué no me lo han presentado?" Teresa preguntó, empujando a Max atrás con su trasero voluptuoso y poniéndose enfrente de Alex.

Ah dios. Max pensó que Alex se echaría para atrás, pero en vez sus ojos estaban cavando dentro de ella.

"Alex," él dijo, alcanzando su mano y besándola.

"*Enchanté.* Teresa," ella dijo seductoramente, primero en un acento francés y después cambiando a español cuando dijo su nombre. Ella giró un rizo de su cabello alrededor de sus dedos y pestañeó.

Max se contuvo de voltear los ojos esta vez. Aparentemente ellos no necesitaban que nadie los presentara. Él aclaró su garganta, interrumpiéndolos. "Alex, este es mi hermano Leo y su esposa Mia, y Teresa es su hermana. Alex es el hermano de Emma," explicó.

"Max, ¿por qué no nos dijiste que él era tan galán?" Teresa preguntó

137

todavía mirándolo fijamente. Como para enfatizar su punto, ella sacó un abanico japonés de su bolsa y empezó a abanicarse.

"Eh, no creo que ni yo ni Emma pensaríamos algo así," él se rió, poniéndose más y más incómodo. *Qué demonios está pasando aquí*, pensó.

Por suerte, el barman llegó en ese momento y sirvió sus shots.

"Vamos a necesitar uno más," Max dijo. Cuando todos estaban alineados y listos para tomar, él miró alrededor buscando a Emma pero ella no estaba por ningún lado. "Tal vez debería ir a buscar a Emma," dijo empezando a preocuparse.

"Toma tu shot primero," Leo dijo. "Creo que podrías usar el valor líquido."

Alex se rió. "¿Todavía no se deja?"

Max tuvo que hacer un comentario directo. "No puedo creer que eso venga de ti. ¿No se supone que deberías estar cuidando de ella como su hermano mayor?"

"Ey, tú sabes que mis métodos no son tradicionales. Además, ese es tu trabajo ahora. Parece que necesitas mejorar tu técnica, hermano. ¿De qué otra manera estás planeando para que se olvide del cabeza hueca?" él dijo guiñando el ojo hacia Teresa. Max volteó para ver que ella estaba ocupada chupando un limón, aparentemente en preparación para el tequila.

"Está bien. Sólo hay que tomar los shots y fingir que no me estás aconsejando acostarme con tu hermana y robársela a su novio con el que vive," él exclamó.

Todos sonrieron mientras tomaron los shots, excepto él claro. Max acabó tomando el shot de Mia también, después del doble, al ver que supuestamente ella no estaba tomando. Él ya podía sentir el alcohol saliéndose de él. "De acuerdo, los veré más tarde," dijo dejándolos atrás en el bar.

"¡Ve por ella, tigre!" escuchó a Alex decir al alejarse.

Él sacudió la cabeza y se dirigió hacia los baños. Debió haber esperado casi diez minutos antes de que les preguntara a un par de chicas si podían buscar a Emma adentro pero nadie la había visto. Hizo un par de rondas alrededor del antro sin suerte y empezó a preocuparse mucho.

¿Dónde diablos estaba? Finalmente se dirigió afuera como último recurso. Y claro, ella estaba ahí reclinada contra el edificio y mirando a su teléfono, pareciendo una doncella afligida. Dos tipos la estaban cercando tratando de llamar su atención, pero ella parecía ignorarlos. Parándose entre ellos, alcanzó por ella.

"Oye hombre, ponte en línea," uno de ellos dijo.

"Tiene novio idiota," él escupió.

El tipo sólo se burló de él, lo miró de arriba abajo y luego hacia Emma quien también lo estaba ignorando. "¿Tú? No parece."

"Salte, ¿de acuerdo?" él dijo, irritado que no podía decir que sí y callarlo. Volteando a Emma, alcanzó su mano. "Vamos Em."

"Estoy bien aquí, gracias. ¿No tienes un lugar mejor donde estar?" ella dijo, quitando su mano fuera.

"¿Eh no? Te desapareciste. He estado buscándote por todo el maldito antro."

"No te debiste molestar. Me voy a regresar a casa pronto de todas maneras, así que puedes regresar a coquetear con la hermana de Mia."

"¿Qué? Espera. ¿Por eso te fuiste? No hay nada entre nosotros."

"Bueno, parecías muy preocupado con ella y Alex no se molestó en aparecer, así que no hay motivo de estar aquí."

"Te puedo asegurar que no estoy preocupado por ella. Además, Alex está adentro, Em. ¿No lo viste?"

Al escuchar eso, sus ojos se iluminaron. "No … yo …"

"Mira, no seas ridícula. Vamos adentro y puedes hablar con él y pasarla bien."

Ella respiró profundamente y lentamente se fue con él. Trató de no sonreír a la pequeña victoria.

"Ey sexy. ¿Segura no te quieres quedar con nosotros? Te puedo garantizar que la pasaremos mejor," él mismo patán de antes dijo.

Max estaba por decirle algo otra vez cuando Emma le ganó esta vez. "Lo siento chicos, tengo novio," ella dijo simplemente tomándole la mano. Viniendo de ella, esas palabras significaron el maldito mundo para él, aunque no fueran enteramente ciertas. Quizás sólo por esta noche podrían ser.

Él la llevó de vuelta al antro y fueron directo al bar donde habían estado antes. Sólo que todos parecían haberse esparcido y ya no estaban ahí. De cualquier forma, ella claramente necesitaba un trago y él ya estaba muy adelantado con todos esos malditos shots de tequila.

Estaba tratando de llamar la atención del barman, cuando sintió que jalaban a Emma. Él murmuró una maldición debajo de su aliento cuando se dio cuenta que un tipo estaba tratando de conseguir que Emma bailara con él. ¿En serio? ¿No podía ver que él estaba justo ahí? Eso era suficiente.

"No va a pasar, amigo," le espetó y rápidamente la agarró de la cintura. La sentó en un taburete al lado del bar y se posicionó entre sus piernas.

"Jesús, Emma. No te puedo dejar sola por dos segundos. A menos que quieras que acabe matando al próximo tipo que te tire la onda, vamos a hacer esto de mi manera," le dijo mirándola intensamente.

"Oye, no es mi culpa que los tipos aquí estén fuera de control. Normalmente no es así," ella dijo a la defensiva.

Era tan despistada a veces. ¿No podía ver como los tipos babeaban por ella todo el tiempo? Ahora sabía por qué Roy se enojaba tanto. Casi podía simpatizar con él ahora. Lo cual lo convertía en un hipócrita por lo que estaba a punto de hacer.

"Lo dudo mucho, querida," él dijo inclinándose y besándola justo al lado de su boca. "Así que esto es lo que va a pasar. La regla de afecto en público ya no es válida y eres mía por la noche. Estaba tratando de hacer lo correcto y darte espacio, pero ya no lo puedo hacer. No en este maldito lugar. ¿Puedes hacer esto?" dijo corriendo sus dedos a través de su cabello.

Como esperaba, los ojos de Emma se agrandaron. "Este, bueno. ¿Pero qué de Teresa? Pensé que ustedes dos …"

"Ya te dije que no hay nada entre nosotros y nunca lo habrá. Ella sólo es así a veces … le gusta llamar la atención."

Emma hizo una mueca y luego se mordió el labio como si tratando de no decir nada. Un pensamiento repentino se le ocurrió pero era ridículo. "¿No estás celosa, o sí?"

Ella rápidamente apartó la vista de él y lentamente negó con la cabeza. No pudo evitar la sonrisa enorme que se le formó en la cara. Por un momento pensó que el infierno se había congelado. Ella en verdad estaba celosa – por él.

"Está bien, querida. No me importa. Yo me pongo loco de celos de ti todo el tiempo," él dijo levantando su barbilla para que ella lo mirara.

"Dios, Max. Para de decir estas cosas," ella dijo sonrojándose.

"Oye, no me culpes. Tú empezaste," él se rió. "Ven, déjame invitarte un trago," dijo cambiando el tema cuando finalmente apareció el barman. "¿Qué vas a querer?"

"Un *Dark & Stormy* por favor," ella le dijo al barman. "¿Y tú?"

"Buena elección, Em. Nada para mí, gracias," Max dijo.

"¿Estoy en la cárcel? ¿Vas a hacer que tome sola?" Emma preguntó mientras el barman preparaba su trago.

"Leo me hizo tomar un par de shots antes. Estoy bien."

"¿En verdad? ¿Trató de emborracharte? Pensé que esa era una movida que los hombres le hacían a las mujeres," ella dijo entretenida.

"Dijo que me tenía que relajar," se encogió de hombros. "Creo que funcionó."

"Espera, ¿estás borracho?"

"No, querida. Tal vez si sigo tomando lo estaría."

Ella se inclinó más cerca de él y corrió su pulgar bajo sus ojos, inspeccionándolos de cerca. Él mantuvo su mirada, amando la sensación de sus dedos delicados sobre su cara. "Tus ojos están un poco brillantes pero supongo que tendré que creerte. Nunca te he visto borracho así que no podría decir," dijo.

El barman apareció con su trago y lo puso enfrente de ella. "Tenemos una cuenta abierta. El apellido es Durant," Max le dijo sin voltearlo a ver. "Como te dije, sólo me relajé … lo mismo que deberías hacer tú también. Pero si quieres hacer una investigación más profunda, lo cumpliré voluntariamente."

Ella le sonrió. "Quizás más tarde … si te comportas. Tú sabes que soy muy buena con las inspecciones corporales," ella dijo tomando un sorbo sexy de su trago.

¿Qué? Casi se ahoga con ese enunciado. Esas eran las últimas palabras que hubiese esperado que saldrían de su boca encantadora.

Ella lo estaba provocando. Lo tenía que estar. Se le vino la imagen vívida de ella inclinándose sobre su cuerpo desnudo cuidando de sus heridas. O la manera en que sus dedos se habían sentido, lentamente recorriendo su piel, acariciándolo cada centímetro.

De repente se sintió acalorado de nuevo y tuvo que aclarar su garganta. "Bueno acaba el trago entonces. Te faltan muchos para alcanzarme."

Él se volteó hacia el bar, considerando si pedía otro trago después de todo. Necesitaba pensar en otra cosa desesperadamente. Pero lo que llamó su atención inmediatamente lo desvió de ese pensamiento. "Vaya," murmuró.

"¿Qué?" Emma preguntó.

Por un segundo, consideró no decirle. Dios sabe cómo reaccionaría. Pero tal vez funcionaría para su ventaja. "Por favor no te asustes. Encontré a tu hermano. Y sólo digamos que si todavía tenías dudas sobre Teresa queriendo conmigo, esto debe convencerte."

Señaló hacia el otro lado del bar, pero mantuvo sus ojos en ella. No necesitaba verlos besándose de nuevo y en vez prefería ver la reacción invaluable de Emma. Aparentemente, les habían dado unos obsequios de fiesta porque Teresa traía puestos unos lentes de sol reflejantes y un silbato alrededor de su cuello, mientras que Alex bailaba pegado contra ella y su pelo de surfista ondulaba y se mecía a la música.

"Dios mío. ¡Alex!" Emma casi grita e inmediatamente desvió sus ojos agrandados de regreso hacia él pareciendo avergonzada. Ella tomó un sorbo enorme de su trago, casi acabándoselo.

"Tengo que decir, el chico se mueve bastante rápido. Supuestamente ella también," Max dijo riéndose.

"¡No lo puedo creer! ¡Es tan mujeriego!"

"No lo sé, Em. Parecía que estaba bastante interesado en ella."

"¿Después de conocerla cinco minutos? Dios, ni siquiera se molesta en decirme hola y sólo va tras la primera chica que ve."

Ella obviamente necesitaba distraerse. Corrió sus brazos bajo su brazo y apretó su mano. Tal vez pudiese aprender un par de cosas de Alex. "¿Baila conmigo? Puedes reclamar el derecho que tienes sobre mí como aparentemente estoy tan solicitado al momento."

Ella terminó su trago y respiró profundo. Le sonrió y giró sus ojos levantándose con él. "No dejes que se te suba a la cabeza, chico duro."

Él la dirigió hacia la pista de baile, jalándola hacia él y envolviendo sus brazos alrededor de su cintura. Se sentía tan bien tocarla libremente en público y aún mejor que ella no le reclamara. Ella rápidamente se relajó en él y empezó a mecer sus caderas con la música.

Seguro que ella bailaba increíble. Al principio sólo la miró, fascinado por sus movimientos. Era tan fácil perderse en ella. Pero luego empezó a moverse con ella y a acercarla más, olvidándose de todo lo demás.

Él la giró para que su espalda estuviese en contra de él, egoístamente queriendo sentir más de ella. Él puso un ritmo suave aunque la música era más rápida, lentamente guiando sus caderas contra las de él. Su mano pronto se deslizó debajo de su top, lo cual estaba muriendo por hacer desde que había visto esa pequeña apertura alrededor de su cintura, y rozó su estómago con su pulgar. Él la sintió temblar y envolvió su brazo alrededor de su cuello, jalando su pelo. No pudo evitar el gemido que dejó escapar cuando apartó su cabello a un lado y besó su cuello.

Nada podía ser más perfecto que esto. Si sólo pudiese …

"Hola, Emma. Bueno verte disfrutando para variar."

Los dos se quedaron congelados alzando la vista para ver a Alex sonriéndoles, acompañado de Teresa.

"Debería decirte lo mismo. Bueno ver que te apareciste," Emma respondió apuradamente, tratando de desenredarse de Max. Pero él no la dejó, manteniéndola firmemente apretada contra él.

"Bueno sí. No estabas cuando llegué y luego me distraje."

"Me doy cuenta," ella dijo mirando a Teresa, quien estaba colgada de su hombro y jalando su oreja.

"Así que, ¿están bien?" Alex preguntó de repente, sus ojos mirando el brazo de Max alrededor del estómago de Emma.

"¿Qué quieres decir?" Emma preguntó.

Volteándose a Max, le preguntó, "¿Se puede quedar contigo esta noche?" Sonó más como una declaración que una pregunta.

"Claro," él contestó antes que Emma pudiese protestar.

"¡Alex! No puedes sólo –"

"Okay, bueno. Te veo mañana, hermanita," Alex interrumpió. Le dio un abrazo rápido y luego con una sonrisa, le dio la mano a Max. Agarró a Teresa de la cintura, quien rápidamente les dijo adiós con la mano, y así se fueron.

Emma resopló y volteó a ver a Max completamente en shock. "No puedo creer que él me acaba de abandonar así. ¿Qué soy, hígado picado?"

Él se inclinó hacia ella y le dio un abrazo fuerte. "Eres mi hígado picado ahora," él susurró en su oreja. De repente no podía esperar a llevarla al hotel y tenerla toda para sí mismo. Ahora sólo tenía que encontrar la manera para decir algo sin ser tan obvio.

Abrió la boca para preguntarle qué quería hacer, cuando Mia y Leo se aparecieron junto a ellos, los dos sonriendo tanto como Alex lo había hecho. ¿Cuándo lo dejarían en paz?

"¿Fue mi imaginación, o ese era tu hermano saliendo con mi hermana?" Mia le preguntó a Emma.

"Así es," Emma dijo sombríamente.

Una sonrisa enorme se formó en la cara de Mia. "Dios mío. ¡Podríamos ser hermanas ahora!" ella exclamó abrazando a Emma.

"Dulzura. Eso también podría pasar por nosotros," Leo dijo señalando a Max y a él.

Max le dio una palmada a Leo en la cabeza y le echó una mirada.

"¿Qué?" Leo protestó. "Es verdad, hermano. Además, creo que hay más posibilidad que eso pase por nuestra parte."

Max desvió una mirada hacia Emma, quien no parecía muy contenta con todo esto. "No hay que adelantarnos," dijo tratando de apaciguarla, aunque la posición en la que estaban claramente indicaba otra cosa. Sorprendentemente, Emma frunció el ceño aún más.

"Bueno, por mi no importa. Emma, siempre serás bienvenida con nosotros," Mia dijo alegremente. A Max le encantaba como ella podía ser tan positiva. Le tendría que dar las gracias más tarde.

"Gracias, Mia," Emma dijo con una media sonrisa.

"Nosotros nos vamos a regresar al hotel. ¿Quieren regresar con nosotros?" Leo preguntó.

"Sí, claro," Max respondió demasiado rápido. "Al menos … ¿te querías quedar más tiempo?" le preguntó a Emma.

"No, también podemos irnos."

Max la agarró de la mano y la besó en la frente. "Vámonos entonces. Sólo necesito cerrar la cuenta, los veo afuera."

Finalmente.

Capítulo 17 – La Redada

Algo estaba muy mal con Emma. De alguna manera había pasado de actuar como una novia pegajosa y celosa a una chica llena de hormonas en una misma noche. ¿Realmente había coqueteado con él? ¿Bailado seductoramente en sus brazos? Ni mencionar todos los pensamientos locos e inapropiados que estaban volando por su cabeza. ¿Por qué tenía que ser tan atractivo?

De cualquier manera que ella lo mirara, ya no había cómo escapar ahora.

Ella lo quería y lo quería intensamente.

¿Qué diablos estaba haciendo? ¿Y ahora estaba yendo al hotel con él? Una culpa la embargó por lo que debió haber sido la centésima vez ese día. De repente sentía náuseas.

Ella se inclinó para apagar el video que estaban mostrando en el taxi de un manotazo. Trataba de distraer sus pensamientos.

"¿Estás bien?" Max preguntó preocupado.

"Este, sí. Sólo me mareo un poco en los taxis a veces." No era necesariamente una mentira, sino una verdad a medias. Eso sí le pasaba en ocasiones, pero no en ese momento en particular.

"¿Por qué no dijiste nada?" Él rápidamente se cambió de posición en el asiento junto a ella, abriendo la ventana a la mitad y poniendo la ventilación de aire hacia su dirección. "Ven, inclínate hacia delante un poco," dijo moviendo su brazo detrás de ella y asegurándola en su lugar. "Espero que no te muevas tanto de esta manera," dijo besando su frente.

Él era demasiado perfecto a veces. Ella suspiró y recostó su cabeza contra su hombro. "Gracias, Max."

"Cuando quieras, querida," él susurró.

"Bueno, realmente estaba tratando de no decir nada, pero eso fue adorable. Estoy tan orgullosa de ti, Maxi," Mia dijo contentamente en el asiento al lado de él.

"Me estoy muriendo por saber que pasa," Leo dijo, volteándose del asiento del pasajero al frente.

Ah cierto, tenían una audiencia. Una en donde todas sus reglas estúpidas estaban siendo rápidamente olvidadas una por una.

Max se encogió de hombros. "No es nada," dijo suavemente.

Esa era la segunda vez que él había descartado algo entre ellos. Ella debería estar contenta por eso. En vez, ardía como un piquete de avispa. ¿Por qué sentía que la estaba haciendo a un lado?

Por suerte, el taxi llegó al hotel y ella rápidamente se salió al muy necesario aire fresco. Por alguna razón, Max no había soltado su mano y pisó la vereda tan rápido como ella.

Todos entraron al lobby, Leo y Mia susurrando detrás de ellos en conspiración. Emma esperaba que no fuera sobre ellos.

"¿De qué están chismoseando?" Max se volteó para preguntar.

Mia inmediatamente se sonrojó. "Ah, bueno nosotros …" Ella miró a Leo y los dos de repente se sonrieron como un par de adolescentes. Parecían tener algún tipo de conversación silenciosa sólo con la mirada cuando Leo asintió, colocando un mechón de pelo detrás de su oreja.

"Diles," él le alentó.

"Leo … no, tú diles. Es tu hermano. Yo ya pasé por esto con mi hermana," ella respondió.

"¿Eh, chicos? ¿Qué está pasando?" Max dijo alarmado.

"Bueno, está bien. Mia está embarazada," Leo soltó. "¡Estoy muy orgulloso! ¡Lo logré!"

"Ahem, los dos lo logramos. Lo último que recuerdo es que yo también estaba ahí," Mia se rió. "Empezamos a tratar hace unos meses," ella explicó, sus ojos poniéndose ligeramente llorosos.

"En verdad yo he estado tratando desde que la conocí," Leo sonrió con alegría mientras Mia le daba una palmada en el hombro. Él sonrió y la acurrucó debajo de él, besando su frente.

"Qué genial, chicos. Eso es increíble." Max les dio un abrazo enorme de oso y los levantó un poco del piso.

"Cuidado con Mia. Tenemos a un bebé Durant cocinando en el horno ahí dentro," Leo se rió cubriendo el estómago de Mia y protegiéndola.

"¡Dios mío, felicidades! Esas son buenísimas noticias," Emma agregó. Fue a abrazar a Mia primero cuidadosamente y luego a Leo después. "¿Cuántos meses llevas?"

"Justo 12 semanas. Ni siquiera se me nota," Mia dijo acariciando su estómago. "Estábamos esperando hasta los tres meses para decirles a todos oficialmente, pero pensamos que sería mejor decirles en persona. Le dije a mi hermana hoy. Creo que por eso estaba actuando un poco extraña esta noche."

"¡Ja! Sabía que algo estaba pasando. Bueno, realmente no la puedes culpar siendo que ella es la hermana mayor," Max señaló.

Leo se rió. "Bueno, tú también tienes mucha tela que cortar, Max."

"Oye, nunca dije que no estaba trabajando en ello," Max respondió guiñando el ojo hacia Emma.

¿Lo decía en serio? Ella se sonrojó y lo empujó. "Salte de aquí, chico duro."

"Está bien, hablaremos de esto después," él dijo sonriendo.

"Max, odio interrumpir, pero necesitamos ver algo en la recepción y Mia necesita descansar. Probablemente no los veremos mañana – tenemos un vuelo temprano que tomar," Leo dijo.

"Está bien, fue bueno verlos," Max respondió fácilmente. "No puedo creer que voy a ser un maldito tío. Mantenme informado y los veré pronto, ¿de acuerdo?" Ellos se dieron un abrazo fraterno y se volteó hacia Mia.

"Emma, espero verte de nuevo también," Leo dijo, sorprendiéndola con un abrazo fuerte. "Sigue poniéndolo en su lugar," dijo señalando hacia Max.

"Lo haré," ella se rió. "Fue muy bueno conocerlos. Felicidades de nuevo. Van a tener bebés divinos," ella dijo abrazando a Mia.

"Gracias, Emma. Estoy tan contenta que te pudimos conocer. Lo repetiremos, ¿está bien?" Mia le dijo.

Emma asintió pero no estaba tan segura sobre eso. ¿Max realmente quería esto con ella? ¿Qué de Roy? Ella casi no había hablado con él durante la última semana y las veces que habían hablado sonaba raro en el teléfono. Ya no sabía qué pensar.

"¿Lista?" La voz suave de Max cortó sus pensamientos. Asintió de nuevo, dudosa. ¿Cómo se supone que iba a poder estar sola con él sin querer echársele encima?

"¡Oye, Max!" Leo llamó mientras caminaban hacia el elevador. "¡Haz a la familia orgullosa!"

Max maldijo. "Tonto," murmuró debajo de su aliento y luego sacudió la cabeza. "No quieres saber," se rió mirando a Emma.

"Ahora tengo curiosidad," ella dijo nerviosa.

Ellos llegaron a su piso y empezaron a caminar por el pasillo. "Le dije algo parecido una vez, cuando él estaba por viajar con Mia …" él se fue apagando.

"Ah." Estaban por llegar a la habitación, cuando ella de repente se paró en seco.

Al notarlo, Max retrocedió unos pasos hacia ella. "¿Qué pasa?" él preguntó con cautela.

"Yo sólo … no sé si esto … es buena idea," ella dijo mirando al piso.

"¿Qué quieres decir?"

Ella respiró profundamente. "Quedarme la noche … contigo."

Él suspiró y caminó hacia ella. "Emma … nada ha cambiado. Si por eso estás preocupada."

Ella miró dentro de sus ojos profundos color avellana, cuestionando su respuesta. ¿Cómo podía decir eso? Todo había cambiado. La manera en que ella se sentía hacia él, la manera en que lo quería, quería estar con él.

"Mira, será como las otras noches que te quedaste. Lo que tú quieras hacer. Podemos ver una película esta vez si quieres y luego nos dormiremos."

¿Como las otras noches? Lo hacía sonar como si nada hubiese pasado. Una de ellas habían terminado acurrucados la siguiente mañana y bañándose juntos inexplicadamente unas cuantas horas después; y la otra con él desvistiéndola. A ese paso, ¿quién diría que pasaría la siguiente vez? Aún peor, ¿por qué seguía pretendiendo que no era gran cosa? Ella estaba jadeando sólo al pensar en estar en la misma habitación juntos. Solos.

"Prometo que me comportaré," él dijo ahuecando su mejilla. Se inclinó contra su frente e inhaló. Debió de haber sentido su respiración trabarse y su corazón correr en sobre marcha. "No te preocupes, no te voy a besar. Aunque me muero de ganas," él susurró con una voz ronca.

Él retrocedió y le sonrió de la manera más sexy que nunca había visto. Luego le dio un pequeño empujón hacia delante y juguetonamente le dio una nalgada. "Ahora para de ser una gallina y empecemos esta fiesta de dos," dijo en tono completamente normal.

Al tiempo que él abrió la puerta a su habitación y ésta se cerró detrás de ellos, su cabeza giraba fuera de control.

"¿Cómo te estás sintiendo?" él preguntó, dirigiéndose hacia el minibar.

"Este … ¿bien?"

"¿Ya no te sientes mareada?"

Ah eso. Sí, nunca se había sentido tan mareada en su vida, pero por razones totalmente diferentes. "Sí, un poco en verdad," ella dijo yéndose a sentar en el sofá.

Él buscó en el refrigerador. "Ten, deberías tomar agua," dijo tirándole una botella. "En realidad, un Ginger Ale también. ¿Quieres chocolate? Eso deberá ayudar creo. ¿O era sal? ¿Quieres unas papitas?"

"No estoy bien gracias," ella dijo riéndose.

Antes de que se diera cuenta, él había tirado una lata de Pringles sobre la mesa junto con unos pretzels.

"¿Sabes que cada una de estas cosas cuesta como diez dólares cada una, no? Creo que con el agua es suficiente."

"Tonterías. ¿Cuándo fue la última vez que atacaste un minibar?"

"Eso sería nunca. Es un robo total."

"Eso es la mitad del punto. A veces te tienes que consentir un poco. Ah espera, esto definitivamente cambiará tu opinión," dijo tirándole una barra de Snickers.

Ella le sonrió mientras inspeccionó el paquete. "Bueno, está bien," dijo desgarrando el plástico y dando un mordisco grande.

"Dios, eres tan sexy cuando haces eso," Max soltó.

Ella agarró un cojín del sofá y se lo tiró hacia la cabeza. Él lo esquivó a tiempo y en vez pegó a una lámpara detrás de él. Por suerte no se rompió.

"Mejor suerte la próxima vez, querida," él dijo y continuó inspeccionando el minibar.

"Max, creo que tenemos suficiente aquí para una pequeña aldea. ¿Qué más podrías encontrar ahí atrás?"

Él se encogió de hombros y con una sonrisa endiablada, le tiró un paquete sobre la falda sentándose junto a ella.

Ella instantáneamente escupió el agua que estaba tomando cuando se dio cuenta que eran condones. "¿Estás loco? ¡Ponlos de vuelta!" ella gritó tirándoselos de vuelta como si fueran una enfermedad en vez de algo que te protege contra ella.

Max se rió tanto que se doblaba de la risa sosteniendo su estómago. "Dios mío, quisiera haber grabado eso," dijo entre risas.

"¡No es chistoso! ¡Pon eso de vuelta antes que alguien se entere!" ella chilló.

"¿Quién? ¿La policía de condones?"

"No lo sé, ¡la gente en el hotel! Normalmente tienen sensores para saber cuando has usado algo."

"¿Así que me estás diciendo que estás preocupada que la gerencia del hotel pensará que tuvimos sexo?" él se rió. "Creo que tienen mejores cosas de qué preocuparse."

"¡Nunca sabes, okay! ¿Sólo los puedes poner de regreso por favor?" ella preguntó casi suplicando.

Max agarró los condones, pero antes de que ella pudiese empezar a procesar lo que él estaba haciendo, arrancó una de las láminas de la tira y luego la abrió con los dientes. La tiró dramáticamente sobre la mesa, sin quitarle la mirada. "Parece que acabamos de tener sexo. ¿Cómo estuvo, bebé?" dijo seductoramente.

Ella se quedó sin aliento, prendida al instante. Sintió como si fuego hubiese disparado directamente en sus partes más sensitivas, y su cara entera se enrojeció.

"¿Así de bueno, eh? Sabía que agitaría tu mundo," él dijo colocando un rulo de su cabello detrás de su oreja.

Ella saltó del sofá y se alejó de él.

Él se levantó al instante y la siguió. "¿Qué? ¿Tienes miedo que pueda ser verdad?" dijo alcanzándola.

"No te acerques," ella dijo retrocediendo. Ya estaba tan prendida y ni siquiera la había tocado. Si lo hiciera, explotaría a su contacto.

"Vamos, Em. Sólo estaba tratando de demostrar mi punto," él dijo riéndose.

"Sí, lo entendí. Alto y claro, jefe," ella dijo todavía completamente sobresaltada.

"Eres tan fácil a veces. No lo pude evitar," él dijo riéndose de oreja a oreja.

"Tú eres fácil," ella replicó. *Buena*, Emma pensó. Estás sonando como una niña.

"¿Es así?" Antes que supiera lo que estaba pasando, la levantó y acorraló contra la cama. Cuando alzó la vista hacia Max, sus ojos destellaban divertidos.

"Deja decirte una pequeña historia, sólo para que estemos en la misma página. Primero que nada, y todo esto es hipotéticamente hablando, no usaría una de esas cosas contigo," él dijo.

"¿Qué? ¿Y por qué no?" ella gritó.

"Tú estás en la pastilla y yo estoy limpio … así que no tendría caso."

"¿Cómo sabes eso? ¿Y qué, nunca usas protección?"

"Los vi en tu bolsa el otro día. Y no, sólo dije que contigo no lo haría."

"¿Qué está mal conmigo?"

"Absolutamente nada. Tú sabes eso. Sólo que … no quisiera tener nada entre nosotros," él dijo muy seriamente.

De repente el agarre que él tenía alrededor de sus muñecas pareció apretarse más. Ella tragó fuerte y miró dentro de sus ojos caídos. "¿Por qué estamos discutiendo esto?" ella susurró.

"Te dije … es hipotético. Pero deberías saber, estar preparada. En caso de que alguna vez decidas …" su voz se fue apagando mientras miraba profundamente dentro de sus ojos. "Dios bebé, eres tan hermosa. Las cosas

154

que te haría si fueras mía," dijo con añoranza.

"Max, por favor ..." ella cerró los ojos, sin saber qué decir o pensar.

Antes que pudiera responder, el teléfono de la habitación empezó a sonar, perforando sus oídos. Max la miró preocupado y con un suspiro pesado, retrocedió y fue a contestarlo. De repente ella se sintió helada.

"¿Sí?" él contestó. "¿Espera, qué? Alex habla más despacio."

Emma se paró de la cama y volteó a ver a Max con temor. Se había puesto pálido. ¿Qué estaba pasando? ¿Por qué diablos estaba llamando?"

"¿Está viniendo aquí?" Max gritó, frotando su frente ásperamente.

¿De quién estaba hablando? Otro teléfono empezó a sonar entonces. Max buscó dentro de su bolsillo, sacando su celular. Nerviosamente, lo colocó dentro de la mano de Emma y señaló para que ella lo contestara.

Leo aparecía en la pantalla de llamada. "¿Hola?" ella dijo llena de angustia.

"¡Emma! Gracias a dios. Escúchame bien. Roy está en la recepción. Te está buscando. Lo vamos a tratar de parar, pero necesitas sacar a Max de la habitación en seguida. Dile que vaya a nuestro cuarto y que use las escaleras. El número es 1204. ¿Entendiste? Debería llevarse sus cosas con él también. Hazlo parecer como si sólo rentaste el cuarto por la noche. ¿Está bien? ¿Emma sigues ahí?"

"S-sí," ella dijo tragando saliva. Un pánico instantáneo cursó por su cuerpo. Ella escuchaba a Max todavía hablando con Alex al fondo, su conversación entrando y saliendo de su flujo de conciencia.

"No te preocupes, Emma. Lo puedes manejar. Sólo mantente calmada y estarás bien. Repíteme el número de la habitación y te dejaré ir."

"1204," ella dijo, tratando de contener las lágrimas.

"Bien, bien. Aguanta Emma. Vamos a estar aquí por si nos necesitas, ¿está bien? Adiós."

"Ay dios," ella dijo una vez que colgó. Sintió que empezaba a caer cuando unos brazos fuertes circularon alrededor de su cintura.

"Emma, lo siento," Max susurró sobre su cabello, su cuerpo temblando contra el suyo.

Algo dentro de ella saltó en acción. "Max, necesitas ir a la habitación de Leo. 1204. Empaca tus cosas y toma las escaleras. No tenemos tiempo."

"No quiero dejarte. Ven conmigo," él suplicó. Sus ojos color avellana se veían angustiados.

"No, Max. Esa no es una opción. Te tienes que ir. Por favor." De alguna manera, ella salió de su abrazo y se dirigió hacia su maleta, abriéndola casi frenéticamente. Fue al closet, sacando sus camisas de los colgadores y tirándolas dentro. Pronto Max estaba su lado, aventando zapatos y pantalones del tocador. "Ve por tus cosas del baño también."

"Verdad," él dijo corriendo a través de la habitación. Unos segundos después, todo estaba empacado y él caminó hacia la puerta.

Él echó una última mirada llena de remordimiento. "Emma," respiró fuerte.

"Sólo vete. Por favor. Yo lo manejaré."

El teléfono de la habitación empezó a sonar de nuevo, y ella se volteó para contestarlo. Max agarró su brazo, rápidamente jalándola hacia él.

"Por favor ten cuidado. Haz lo que necesites hacer. Échame toda la culpa si se entera, ¿está bien? Esto no es tu culpa."

Ella asintió aunque sabía que habría problemas. Ella sabía que era su culpa. Todo era su culpa. Él apretó un beso contra su sien, sus labios suaves y calientes, y luego se fue, cerrando la puerta detrás de él con un ligero clic.

Ella corrió hacia el teléfono, contestándolo a la cuarta llamada. "¿Hola?" dijo con voz temblorosa.

"Emma," la voz de Roy retumbó por el auricular.

"¿Roy?" ella preguntó, tratando de sonar sorprendida. "¿Qué estás …?"

"Estoy abajo. Estos idiotas no me quieren dar tu número de habitación. ¿Cuál es? Voy a subir."

"Este, es este. Espera déjame conseguirlo," ella dijo tratando de ganar tiempo.

"No ahora, nena. Estoy ocupado," ella lo escuchó decir.

"¿Qué?" ella preguntó confundida.

"No, tú no. Hay una chica aquí que me está haciendo conversación. Aparentemente fue a nuestra universidad también," él dijo pareciendo más entretenido que enojado.

Dio mío. Mia. ¿Estaba loca? "Ah. Bueno ver que estás haciendo amigos." Ella se golpeó la cabeza tan pronto como le salieron las palabras. ¿Qué estúpido había sonado eso?

"El número de habitación, Emma. ¿Cuál es?" él ladró.

"1502." Tan pronto como lo dijo, se cortó la línea. *Tú puedes hacer esto, Emma. Por favor, tienes que hacer esto,* ella pensó.

No habían pasado dos minutos cuando escuchó a Roy golpeando en la puerta. Ella respiró profundo y fue a abrir. Estaba por poner la actuación de su vida.

Roy estaba parado ahí, llenando casi todo el portal con su común ser arrogante. Ella no pudo dejar de pensar lo diferente que era su presencia de su ocupante previo: agresivo, demandante, impaciente. Después de darle una mirada desconfiada, él la rozó al pasarla y entró al cuarto como si fuese el suyo. Aparentemente, un saludo adecuado no estaba a la orden. Él le echó un vistazo rápido a la habitación antes de voltearse hacia ella.

"¿Qué estás haciendo aquí?" él preguntó fríamente.

"Te debería preguntar lo mismo," ella mordió de vuelta.

"Acorté mi viaje. Has estado actuando muy distante últimamente, y pensé que podríamos hablar. Me aparezco en el apartamento de Alex y sorpresa sorpresa no estás ahí."

"Bueno entonces hubieras visto que tenía una chica con él. No me iba a quedar ahí a escucharlos toda la noche."

"¿Así que decidiste rentar el hotel más caro que pudiste encontrar? ¿Cómo estás pagando por ello? ¿Cómo lo puedes pagar?"

Mierda. Ella en verdad no tenía idea cual era la tarifa. ¿$250 la noche? "No te preocupes, Roy. Yo me puedo cuidar sola," en vez decidió decir.

"¿Ah, verdad? ¿Ese es un nuevo vestido también? Pareces Rockefeller de repente."

Esto viniendo de un tipo que en dos años nunca pareció notar lo que traía puesto. ¿Ahora decide darse cuenta? "Relájate, es de H&M. Te aseguro que no quebró el banco."

Bueno, ahora era tiempo de darle la vuelta a esto. Él estaba haciendo demasiadas malditas preguntas. "¿Por qué la interrogación, Roy? Pensé que querías hablar, no entrar en una cacería de brujas."

"Traes algo y quiero saber qué es," él dijo dando un paso adelante cerca de ella. La sospecha estaba escrita por toda su cara.

"No tienes argumento, Roy. No te he importado una mierda desde que aterrizamos en Madrid. No sé lo que haces … ¿adónde vas? ¡Nunca estás en casa! Ya ni siquiera sé quién eres."

"Maldición, Emma." Sus palabras parecieron hacerlo bajar de su pedestal. Se alejó de ella y se dejó caer sobre el sofá. Justo cuando estaba por respirar hondo, él de repente gritó, haciéndola saltar en su lugar. "¿Qué mierda?"

Mirando hacia abajo de la mesa, gritó hasta más fuerte. "¿¡Qué mierda es esto!?"

Él se paró, agarrando un lado de la mesa de centro tirándola violentamente a un lado. Golpeó contra la pared con un sonido ensordecedor. Se acercó hacia ella amenazador. Ella trató de dar un paso atrás, pero él agarró sus brazos y la sacudió fuerte. "¿A quién te estás cogiendo, Emma?"

"¿Qué? ¡A nadie! ¡Estás psicótico!" ella gritó.

"No me mientas, zorra. Acabo de ver la envoltura."

Toda la sensación se salió de su cuerpo al darse cuenta. ¿Cómo se olvidaron de eso? "No es lo que piensas," ella dijo dándose cuenta al instante lo mal que sonaba eso.

"¿No es lo que pienso? Hay una maldita envoltura de condón sobre la mesa, mirándome a la cara. ¿Y me estás diciendo que no es lo que pienso?"

"Era una broma, los tienen en el minibar y sólo ..."

"¿Una broma? ¿Crees que esto es una broma? ¿Quién es? ¡Dime ahora mismo, Emma!"

"¡No hice nada! Verás que no está usado, ¿está bien? Todavía está en la envoltura por el amor de dios. ¡Revísalo si quieres!"

"Eres una puta sucia," él le escupió. "¿Crees que puedes librarte de esta mintiendo? ¿Dejarme en ridículo?"

Él la empujó toscamente y procedió a rebuscar por la habitación entera, revisando todos los cajones y azotando todo en su camino.

"Por favor, Roy. Para de hacer esto," ella suplicó, rezando que él no encontrara nada.

Cuando él se dirigió hacia el basurero, sabía que toda la esperanza se había acabado. Los detectives siempre encontraban todo tipo de cosas en la basura. Ella casi consideró escaparse de la habitación en ese momento. Retrocedió lentamente caminando hacia el baño. Si él hacía una movida hacia ella, podría entrar ahí y encerrarse. Pensó que había visto un teléfono ahí, pero no se acordaba. Con suerte, podía llamar a la recepción y ...

"Ese hijo de puta de mierda," Roy apretó por los dientes. Ella arriesgó una

159

mirada hacia su dirección y vio que estaba viendo un recibo con una mirada asesina. Él agarró el basurero y lo tiró contra un espejo justo al lado de ella, el vidrio rompiéndose en un millón de pedazos y haciendo un eco violento en la habitación.

Emma se cubrió los oídos y se agachó, congelada en su lugar. No se atrevió a mirarlo, pero podía sentir su mirada de hielo quemando su cuerpo y escuchar su respiración saliendo en jadeos lentos.

"Lo voy a encontrar, Emma," él dijo, su voz venenosa y llena de amenaza. "Y cuando lo encuentre, lo voy a matar a golpes. Dile eso a tu pequeño niño rico. Esto no se acaba aquí."

Y luego él se largó de la habitación, azotando la puerta fuertemente detrás de él.

Mierda. Mierda, mierda, mierda.

Ella se paró de inmediato y fue a poner la llave y cerradura de seguridad de la puerta, el miedo cursando por ella al voltearse y apretar su espalda contra la puerta. Dejó caer su cabeza atrás de golpe, sus palmas estrechadas rígidamente contra la madera como si estuviese tratando de impedir que entrara un invasor. ¿Eso era en lo que se había convertido? ¿Un invasor?

Respirando fuertemente y rezando que él no regresara, inspeccionó el daño de la habitación. Parte de la pared estaba dañada donde la puerta se había azotado. ¿Cómo era posible que una persona causara tanto daño tan rápidamente? Intentó deslizar la mesa de centro de vuelta en su lugar pero después de varios intentos se dio cuenta que era demasiado pesada. El espejo sería igual de difícil de arreglar. Había pequeñas esquirlas por todas partes – por todo el piso.

Regresó a la cama, sentándose en la posición fetal y meciéndose lentamente. ¿Cómo pasó esto? Se sentía como una pesadilla. Hace unos minutos se estaba riendo y rodando juguetonamente con Max y ahora estaba mirando a una habitación solitaria y devastada. Exactamente como ella se sentía por dentro.

Tomó el teléfono y marcó a la habitación de Leo. "¿Emma?" escuchó inmediatamente a Max del otro lado. "Por favor dime que estás bien."

"Sí, estoy bien. Se fue. Pero … él sabe Max. Sabe sobre nosotros, que estuve aquí contigo," ella dijo negando con la cabeza.

"Querida, está bien. Lo arreglaré. Arreglaré todo."

"Te amenazó, Max. Piensa que nos acostamos juntos. Encontró la maldita envoltura," ella dijo cerrando los ojos.

"Dios. Emma, lo siento tanto. Soy un idiota. Nunca debí hacer eso … haberte arrastrado a esto," dijo con remordimiento.

"Tengo … tengo miedo Max," ella dijo queriéndose dar una palmada por ser una chica tan vulnerable.

"¿Em? ¿Te lastimó?" él de repente preguntó muy seriamente.

"No. Digo él sólo … tiró unas cosas y luego se largó."

"Jesús. Emma, ¿estás segura que estás bien? Puedes bajar al cuarto de Leo o yo puedo regresar ahí contigo, ¿o nos cambiamos a otra habitación? Podemos ir a otro hotel si quieres."

"No, Max. Esa no es buena idea. Deberías quedarte ahí. Necesitas tener cuidado. Creo que es mejor si sólo nos vemos en el aeropuerto mañana."

"Está bien, si eso es lo que quieres. No te preocupes por mí, estaré bien."

Ella dejó escapar un suspiro que no se había dado cuenta que estaba guardando. "Está bien, lo trataré. Me debería ir."

Ella lo escuchó maldecir, seguido por silencio. "¿Em?"

"¿Sí?"

"Lo siento mucho. No puedo empezar a explicarte lo apenado que estoy. Por favor perdóname."

Ella tragó fuerte, sintiendo el nudo en su garganta endurecerse. "Está bien, Max. Sólo hay que … podemos hablar sobre esto después, ¿de acuerdo?"

Él suspiró en el teléfono. "Llámame si necesitas algo. Cualquier cosa. Te veré mañana."

"Está bien, buenas noches Max."

"Buenas noches, querida."

Ella escuchó el clic, seguido por el tono de llamada. De alguna manera no pudo lograr colgar el teléfono, y sólo se quedó así inmóvil y mirando al espacio. Algún tiempo después la señal de ocupado se encendió y tiró el teléfono al piso. Su corazón empezó a latir fuertemente y lo reconoció como el principio de un ataque de pánico inminente. Empezó a respirar profundo de inmediato, justo como Max le había dicho, y se sorprendió al ver que se fue disipando. Se metió debajo de las cobijas, con vestido de fiesta y todo, y apagó las luces, deseando que se pudiera despertar al día siguiente de este terrible sueño que se había creado por sí misma.

Todo era su culpa.

Capítulo 18 – Espera, Nos Vamos a Casa

Max sintió su corazón tambalearse en su pecho al ver a Emma sentada junto a la ventanilla en la última fila del avión. Su cabello chocolate caía bajo en ondas contra su piel bronceada y traía puesto un suéter beige suelto, ocultando la curvas de su cuerpo que ahora conocía a la perfección.

Y claro que un adolescente joven estaba sentado junto a ella, tratando de hacerle conversación mientras miraba por la ventana.

Él alcanzó dentro de su bolsillo por su boleto de primera clase y lo puso enfrente de la vista del chico. "Es tu día de suerte, amigo," le dijo.

El adolescente agarró el boleto, sus ojos agrandándose al centrarse en el 2A. "Ojalá puedas cambiar de asiento conmigo," Max explicó.

"¿Cuál es el truco?" él preguntó sospechosamente.

"No hay uno. Considéralo un regalo."

El chico se volteó a mirar a Emma, como si considerando los pros y contras de dejar su asiento junto a ella. En otra vida Max se hubiese burlado de él, pero con toda honestidad no podía culparlo. Él hubiese hecho lo mismo cuando era un adolescente.

"¿Qué va a ser, amigo?" él preguntó, alzando una ceja. Le pagaría si tuviera que, pero aún no estaba por revelar todas sus cartas.

Por suerte el chico se levantó entregándole su boleto. Max le dio la mano y le agradeció antes de que se alejara por el pasillo. Nunca sabrá cuanto había hecho por él en ese entonces. Él hubiese dado todas sus posesiones con mucho gusto sólo para tener este único momento con ella.

Emma alzó su vista hacia él, sus ojos verdes hermosos reluciendo, llamándolo. No se pudo haber sentado más rápidamente en su nuevo asiento, el cual ahora era mejor que cualquier asiento de primera clase. Estar sentado al lado de ella era todo lo que le importaba. Levantó el reposabrazos entre ellos e instantáneamente la trajo a su pecho, una mano envolviendo alrededor de su cabello y la otra circulando su cintura.

Se sintió como si no hubiese visto el sol en días y de repente podía disfrutar de su gloria y respirar otra vez. Nunca la había querido tanto como en este momento, besarla, sentirla, y decirle cuanto ella significaba para él. Un temor paralizante disparó a través de él al darse cuenta que esta podía ser su última vez juntos.

"Emma, bebé. Lo siento. Lo siento tanto," susurró contra su cabello. Él sintió lágrimas mojadas deslizar por su cara y la alejó para mirarla.

"No es tu culpa. Para de decir eso," ella susurró, tratando de limpiar sus lágrimas.

Él sacó su mano, secándolas con su pulgar. Ella era tan preciosa, aún cuando lloraba. Mirando dentro de sus ojos, él reconoció esa tristeza subyacente en ellos y sintió su pecho comprimirse. No la había visto en ella en toda la semana, pero ahora estaba de vuelta y en pleno auge. Casi lo mata. Él besó su frente, sus mejillas, su nariz, su barbilla. En todas partes excepto donde quería más, sus labios. Todavía estaban en Nueva York y no estaba por romper la única regla que de alguna manera había logrado mantener en el último segundo.

"Max, nosotros … dios, estoy tan confundida," ella respiró.

"Lo sé. Lo sé. Está bien, lo resolveremos," él la confortó, deslizando su mano bajo su espalda.

Ella respiró con calma y lo dejó todo salir. "Dios, esto es mucho más difícil de lo que pensé. Cuando primero llegué a Madrid, sentí que tenía mucha seguridad y confianza, pero ahora sólo me siento vencida y débil. Algunas veces ya no sé lo que estoy realmente haciendo. Es como si estuviera perdida o algo así."

Él respiró profundo y la estudió por un momento antes de contestar. "Emma … por favor no pienses eso. Muchas cosas han pasado desde entonces, pero todavía eres la misma chica increíble que conocí hace algunos meses que pateó mi trasero fuertemente durante ese evento de creación de equipo. Eres increíblemente inteligente y desenvuelta, y todavía tienes todo ese fuego y competitividad dentro de ti. Quizás esté escondido ahora, pero todavía está ahí. Sólo dale tiempo, ¿de acuerdo?"

"Ya no sé qué hacer, Max. Parte de mí ni siquiera quiere regresar. Pero no puedo hacer eso. Esta semana contigo … me sentí libre por primera vez desde que mi mamá murió. Y Alex, apenas y pasé tiempo con él. Parte de la razón que vine aquí era para estar con él y ni siquiera pude hacer eso, él estaba siempre tan ocupado. Y Roy apareciéndose de la nada, no sé lo que está pensando o queriendo hacer. Arruiné las cosas tan gravemente y no sé cómo arreglarlas ahora."

"Querida. No te preocupes sobre Alex. Sé que no pensarás esto ahora, pero él te adora," él dijo corriendo sus dedos por su pelo. De repente se sintió culpable por pasar más tiempo con ella que con Alex, ¿pero eso no es lo que él había querido? De cualquier manera, ella merecía saber lo que había pasado. "Él me pidió que te cuidara, y estaba muy preocupado por Roy."

"Tiene una manera muy rara de mostrarlo entonces," ella murmuró y luego arrugó su frente adorablemente. "¿Así que sólo pasaste tiempo conmigo porque él te lo pidió?" ella dijo en voz baja.

"Claro que no. Eso no fue hasta después de que te quedaste fuera de su apartamento." Él cambió su posición en el asiento, de repente sintiéndose muy nervioso. Sobando su pulgar contra su nuca, dijo, "No creo que a estas alturas sea un secreto lo que siento por ti. Sólo que …" él paró a mirarla en los ojos y encontró calidez y un poco de curiosidad.

"No necesitas decidir nada ahora. Todo esto está pasando muy rápido y no quiero que te sientas presionada … no por mí al menos. Toma tu tiempo para pensar las cosas y una vez que regresemos a la realidad puedes decidir lo que quieres. Te esperaré el tiempo que sea, si quieres estar conmigo. Yo haría lo que sea por ti, Em. Tienes que saber eso."

Ella puso una mano sobre su mejilla y cerró los ojos. "Max, no te merezco. Esto sólo va a acabar mal y los dos terminaremos lastimados. No te quiero lastimar más de lo que ya lo hice."

Él alcanzó su mano y entrelazó sus dedos con los suyos. "Eso no es verdad, bebé. Esta fue la mejor semana de mi vida, y todo fue por ti. Desde la primera vez que te vi en esa cancha de baloncesto … las cosas cambiaron para mí. Me pasó instantáneamente. No importa lo que pase, yo lucharé por ti y todo valdrá la pena aunque me lastime al final."

Ella suspiró y descansó su cabeza contra su hombro. "Algunas veces desearía que te hubiese conocido antes. Cuando era más joven e ingenua y las cosas no eran tan … complicadas."

"Probablemente te hubiese perseguido, tratando de robarte un beso," él se rió. "Supongo que no suena tan diferente de ahora," dijo sacudiendo la cabeza. "Tal vez las cosas estaban destinadas a pasar de esta manera."

"Si lo es … entonces la vida es bastante jodida."

"Eso lo es," él dijo levantando su mano para besarla. "¿Qué te parece si vemos la película que no alcanzamos a ver anoche? Quiero disfrutar cada momento que nos queda juntos en este viaje."

"Eso suena bastante increíble, Maximiliano," ella sonrió.

"Me encanta cuando me llamas así."

Él agarró una cobija y la envolvió alrededor de ellos después de escoger la película más reciente de *Iron Man*. Era la opción más trivial y no dramática en la que podía pensar. Cuando se acurrucaron juntos y ella eventualmente se quedó dormida en sus brazos, era tan fácil imaginar que ellos estaban juntos. Una pareja como cualquier otra, yendo de regreso a casa después de una semana de vacaciones. En el fondo sabía que estaba muy lejos de ser el caso.

Tantas veces durante el viaje él había sentido que eran sólo ellos dos y que Roy no existía. Él había visto momentos de todo lo que ellos podrían ser y como sería tenerla. Se sintió tan estúpido por dejarse llevar por un sueño imposible. Roy apareciéndose no sólo fue una llamada de atención que le había dado sentido, era un maldito golpe en el estómago y una patada directa a las bolas que lo dejó vacío. Era la realidad. Emma no era suya. Ella tenía un buey fuerte por novio y él tenía una sentencia de muerte en sus manos. Las cosas ahora sólo se pondrían más complicadas.

Cuando el avión finalmente aterrizó horas después en Madrid, él sabía que era tiempo de comportarse como un hombre. Él la miró con ojos cansados y angustiados y le ofreció una salida.

"Querida, me gustaría ser egoísta y decirte que te regresaras a casa conmigo. Obviamente puedes si quieres, pero creo que será mejor que nos separemos por ahora. Tú necesitas tiempo para averiguar lo que quieres sin mí, y quizás puedas hablar las cosas con Roy ahora que ha tenido un par de días para calmarse."

"Lo sé. Tienes razón. Todavía no he escuchado nada de él. Se supone que él iba a llegar mañana originalmente, pero ahora no lo sé. Digo, todo lo que sé es que tiene que aparecer en la universidad el lunes."

"Tal vez eso es mejor, para que tengas un poco más de tiempo para ti misma. Ve a casa y trata de relajarte, ¿de acuerdo?"

Ella asintió y volteó a ver a los pasajeros que estaban lentamente saliendo del avión. "Tú deberías salir primero," ella dijo con un nudo en la garganta.

"¿Vas a estar bien? Te dejé efectivo para el taxi en tu bolsa. ¿Sabes dónde están verdad? No debería ser más de 20 euros y le deberías decir al taxista que –"

"Max, estaré bien," ella interrumpió.

Él respiró profundo y cerró los ojos. "Ven aquí," dijo jalándola hacia su pecho una última vez. Ella lo sujetó fuertemente, sus brazos apretándose alrededor de él. Una emoción como nunca había sentido antes estalló en él.

Amor. Él la amaba. Lo había sentido crecer lentamente dentro de él, pero ahora lo sabía de todo corazón. Le quería decir tantas cosas. Pero cada vez que abría su boca para decírselas, su garganta se cerraba y sentía que se iba a quebrar.

Cuando la sintió temblar contra él, finalmente acabó haciendo lo que estaba anhelando hacer el viaje entero. La besó. Las reglas ya no valían, se habían terminado y encerrado en una cueva oscura en el fondo del mar. Rozó sus labios contra los suyos, besándola en la boca una y otra vez. Esos labios perfectos que lo habían torturado por tanto tiempo, en los que constantemente soñaba, estaban finalmente apretando suavemente contra los suyos. Todo en el mundo parecía perfecto.

Ya se estaba imaginando todas las posibilidades. Profundizando el beso y envolviéndola alrededor de él y cargándola fuera del avión. Escapándose con ella en un taxi y acostándola en su cama tan pronto llegaran a su apartamento. Confesando que estaba enamorado de ella y prometiendo que la amaría para siempre. Pero no podía hacer nada de eso. Ella no lo merecía.

Compórtate como un maldito hombre, Max.

Sabía lo que tenía que hacer antes de que hiciera algo hasta más estúpido de lo que ya había hecho. Él se alejó de ella y dio gracias a dios que sus ojos todavía estaban cerrados. Si los hubiese visto abiertos, visto esas pecas radiantes de verde, seguramente hubiese sido su fin. Él besó su sien, inhalando su dulce aroma, memorizándola, y luego salió apresurado por el pasillo.

Capítulo 19 – No Hay Infierno Tal Como …

Esto era una mala idea.

De hecho, Emma estaba bastante segura que la frase *mala idea* había estado escrita en ella desde el momento que había salido por su puerta. La vio en cada paso que había tomado durante la caminata de 20 minutos, en cada esquina que había cruzado por las calles oscuras, y definitivamente en el edificio de apartamentos en el que justo había entrado.

Oficialmente se había vuelto loca. No, más bien patética. ¿No podía pasar un día sin que necesitara verlo? Se había vuelto completamente desesperada.

No paró al alzar su mano y tocar su puerta y oficialmente convertir esto en una mala decisión.

La puerta de repente se abrió y se quedó con la mano colgada en el aire.

"Emma," Max respiró.

"¿Cómo supiste …?"

Antes que pudiera terminar ese enunciado, la jaló dentro de su apartamento y la reclinó contra la puerta al cerrarla.

"Me estaba volviendo loco. Pensé en ir allá un millón de veces. ¿Estás bien? ¿Ya regresó?"

"No, no está. Sólo … no pude dormir y ya limpié el apartamento entero tres veces y ya no sabía qué más hacer. Estoy tan cansada, Max," ella dijo sintiéndose avergonzada.

Él de repente sonrió y la recogió, envolviendo sus piernas alrededor de su cintura. Antes que supiera qué estaba haciendo, la cargó hacia su cuarto y la sentó al borde de su cama, acuclillándose entre sus piernas.

Corrió su pulgar bajo sus ojos, mirándola fijamente. "Deberías dormirte entonces. Has venido al lugar correcto."

Ella asintió, queriendo nada más que hacer exactamente eso. "Sólo por esta noche," ella dijo. "Hasta que hable con él."

Él asintió también, entendiendo el significado escondido de lo que ella le estaba diciendo. Él alcanzó silenciosamente su sudadera gris, lentamente bajando la cremallera y tirándola bajo sus hombros, antes de echarla a un lado.

Ella sintió su corazón saltar, y trató de mantener su respiración normal. Era un gesto simple hasta ahora, pero inmediatamente supo hacia donde estaba dirigido. Se acordaba de la misma mirada compenetrada de la última vez que él había hecho esto en el hotel.

Él estudió su reacción por un momento y luego sus ojos bajaron a su cuerpo, como decidiendo que debería seguir. Eventualmente alcanzó sus tenis, desatándolos y sacándoselos de sus pies, seguidos por sus calcetines.

"¿Necesitas una playera?" él preguntó suavemente.

Ella lentamente sacudió la cabeza. Traía puesto un top de espalda cruzada y fácilmente podría dormir en él, aunque no la cubriera enteramente. Las convenciones obviamente habían desaparecido hacía mucho tiempo.

Él luego alcanzó sus pants de yoga, tomando su tiempo en correr sus manos por la tela. "Me encantan estos," dijo antes de resbalarlos bajo sus caderas. "Pero me encantan tus piernas increíbles aún más." Corrió sus manos bajo sus pantorrillas, acariciándolas por un momento, y a ella le encantó la sensación.

Ella debería odiar lo familiar que esto se sentía, odiar que él ya conociera su vestuario tan bien, odiar que sabía cómo le gustaba dormir, odiar sus palabras, su roce. Pero la verdad era que le encantaba. Le encantaba lo cuidadoso que era con ella, lo atento. Como tomaba su tiempo en desvestirla, como si adorando cada momento. La hacía sentir querida como nunca antes.

Max levantó las sábanas de la cama y señaló para que ella se metiera. Él se desvistió rápidamente, sacándose la playera y pantalones antes de acomodarse junto a ella. Apagó las luces y se acostó sobre su espalda.

170

Cuando notó que no se volteó para sostenerla, se sintió extrañamente desalentada. ¿No era eso parte de la rutina? Ella no se atrevió a decir nada y trató de ponerse cómoda pero no podía. Después de que pasaran unos minutos durante los cuales él seguía rígido en su lugar, ella tenía que saber. Se volvería loca esperar toda la noche.

"No quieres …" ella se fue apagando, no estando segura de cómo explicarlo sin que sonara extraño o mal.

Él suspiró. "No puedo, Em."

"¿Qué quieres decir?"

"Sólo puedo aguantar hasta cierto punto. Traes puestos esos sexy shorts cortos y me están volviendo loco."

"Ah. Lo siento," ella dijo, sin pensar en otra cosa que decir.

Él respiró hondo. "No deberías disculparte. Es sólo que … no puedo tocarte ahora que … sin querer …" tragó fuerte, mirando al techo. "Sólo duérmete, Em. Necesitas descansar," susurró.

"Está bien. Buenas noches, Max," ella dijo poniéndose a su lado.

"Buenas noches, querida."

Las palabras le daban vueltas en su cabeza y estaba segura que no podría quedarse dormida ahora. Podía escuchar su respiración suave detrás de ella, pero él nunca se movió, ni siquiera un centímetro. Si él tenía la voluntad de mantenerse alejado, entonces ella también podía, aunque anhelaba quedarse dormida en sus brazos. Aún así, ella se sintió tan cómoda simplemente acostada junto de él, sabiendo que estaba ahí junto de ella. Era como se había sentido las otras noches con él también, y nunca había dormido mejor que con él a su lado. Ella suspiró y cerró los ojos, agradecida aún por esta pequeña intimidad.

Para su asombro, se despertó a la mañana siguiente con su cabeza firmemente sobre el pecho de Max. Su brazo estaba envuelto alrededor de su cintura y sus piernas estaban dobladas dentro de las suyas. Ay dios.

¿Ella había hecho eso? Debió haber gravitado hacia él durante la noche. Eso era vergonzoso.

Alzó la vista y se sorprendió al ver que él estaba totalmente despierto, mirándola pensativamente y perdido en sus pensamientos. "Perdón, no quise despertarte. Vuélvete a dormir, querida," dijo besando su sien. Ella notó que sus dedos estaban hilando su cabello en contra de la almohada. Tal vez eso es lo que la había despertado sin darse cuenta.

"No, está bien. Me siento muy descansada. ¿Qué hora es?"

"Justo después de las 8am," él respondió. Mirándola tristemente preguntó, "¿Cuánto … tiempo tienes?"

"No sé. Me debería ir en una hora."

"Está bien," él susurró, pero de repente sus ojos color avellana se pusieron tristes y apartó la vista.

"¿Qué tienes?"

"Nada," él dijo rápidamente. "Estoy bien."

"Max. Por favor dime."

Él trajo un brazo sobre su cara, cubriendo sus ojos. Sacudió su cabeza en frustración.

Ella rápidamente se inclinó sobre él, despegando su brazo. Sus ojos estaban cerrados fuertemente. "Habla conmigo, Max. No me dejes fuera."

Él suspiró y lentamente abrió los ojos, revelando lágrimas en ellos. Alcanzó un rulo de su cabello que estaba desparramado sobre su pecho y lo cepilló una y otra vez con sus dedos, como si tratando de recobrar su compostura. "No sé como dejarte ir," dijo. "Dios, nunca pensé que sería así de difícil."

Su corazón se rompió por él en ese instante. "Ah, Max," respiró. Ella lo alcanzó, pero se alejó de ella.

"No lo hagas," él dijo sentándose rápidamente al borde de la cama y dándole la espalda. Bajó su cabeza, cubriéndola con sus manos y sus brazos sobre sus rodillas.

¿Cómo no iba a hacerlo? Ella corrió una mano bajo su espalda y él tembló. "No lo hagas, Emma," repitió. "Por favor, no."

Ella no podía escuchar esas palabras contenidas de dolor. Necesitaba desesperadamente quitarle ese dolor. Ella lo necesitaba. Fue una reacción automática, sin una astilla de segundo pensamiento. Se salió de la cama, circulando alrededor de él y se tiró sobre sus piernas. Lo agarró con tal sorpresa, que él no tuvo tiempo de pararla.

Ella se empujó contra su pecho y trajo su boca a la suya. Lo besó fieramente y sin abandono, olvidándose de todo lo demás en ese momento.

"Querida, no tienes que hacer esto. No deberíamos hacer esto. Está mal," él susurró dolorosamente.

No, eso no podía ser verdad, dado todo lo que estaba sintiendo ahora. Era una emoción tan poderosa y que la consumía que sabía que tenía que ser real. Ella continuó besándolo mientras que él permanecía inmóvil, lamiendo y mordiendo su labio inferior. Pronto se movió a su garganta, mordisqueando hacia su oreja y de regreso. "¿Entonces por qué se siente tan bien?" ella susurró de vuelta. Cuando ella alcanzó su boca de nuevo, la encontró abierta y rozó su lengua contra la suya. Ella pronto escuchó un gemido profundo, seguido por una maldición, antes que él tomara su cara y asaltara su boca.

Él la besó fuertemente y con pasión, como si estuviese tomando su última respiración. Parecía que acababa de salir de una célula durmiente, de repente entrando en acción y dejando todo lo que había estado dormido detrás.

Él apretó su cuerpo firmemente, agarrando sus piernas y envolviéndolas alrededor de su cintura. Con sólo sus shorts y bóxers entre ellos, ella lo sintió tan duro apretando en donde más lo necesitaba.

Ella se movió contra él con respiración entrecortada, queriendo sentir más de él, prendiéndose al instante. Dios, él se sentía tan grande.

"Emma," él gimió. Besó su cuello, provocando un largo y extenso gemido de ella. "Sí, bebé," susurró, meciéndola lentamente contra él.

Sus manos se deslizaron por sus costados y sacó su top por encima de su cabeza. Su respiración se hizo pesada con sus dedos acariciando sus costillas y luego moviéndose hacia arriba. Palmeó sus pechos sobre su sostén, y ella se alegró haber decidido ponerse un encaje suave. Sus pezones se endurecieron contra la capa delgada de su roce y él pronto estaba alcanzando abajo y besando el oleaje justo arriba de ellos. "Tan hermosa," él gruñó.

"Max, por favor," ella dijo, de repente queriendo nada más que sentir su boca en ese mismo lugar exacto.

En vez, sus labios corrieron hacia arriba, besando su clavícula y garganta con veneración. "Quédate conmigo," él susurró. "Quiero hacerte mía."

"Ah dios," ella dejó escapar, sintiendo la presión crecer entre sus piernas. *Sí*, ella quería ser suya. No había duda sobre eso. Lo quería desesperadamente.

Él tomó su boca de nuevo, como si queriendo persuadirla. "Por favor, bebé. Dime que quieres esto tanto como yo," dijo entre besos.

Ella sintió que una ola de calor le sobrevenía. "Sí, quiero ser tuya," ella finalmente respiró. "Estoy tan cerca, Max."

Un retumbo de aprecio emitió de su pecho y la jaló más fuerte contra él, si eso aún fuera posible. Sus dedos acariciaron su nuca, ligeramente empuñando mechones de su cabello. "Déjate llevar, bebé. Quiero ver que te deshagas por mí," dijo roncamente.

Le pegó entonces con fuerza alarmante, su cuerpo entero ardiendo en fuego, y ella tembló sobre sus piernas. Max mantuvo su mirada mientras que ella lo llevó a cabo, sus ojos extáticos y centellando con deseo.

Cuando ella empezó a regresar en sí, no pudo creer que había acabado de esa manera y sintió que le entraba vergüenza. Max, sin embargo, parecía tener otras ideas. Él corrió su pulgar sobre sus labios hinchados y luego acarició su mejilla, la cual tenía una sombra profunda roja. Su expresión estaba completamente extasiada y satisfecha.

"Esa es mi chica," él dijo con satisfacción pura, acercándola más. Mordisqueó su oreja y susurró. "Mía. Sólo mía."

La volteó de nuevo sobre la cama con determinación renovada, sus manos corriendo bajo su estómago y todo el camino hacia sus piernas. La trajo a un lado, acariciando su espalda y sus hombros y rozando sus dedos en círculos alrededor de su trasero y trazando su línea de pantis.

Ella sintió que iba a explotar de nuevo si la seguía tocando así. Nunca en su vida se había sentido tan prendida por alguien y exponencialmente ansiar más. Era como si su cuerpo hubiese estado hambriento por él todo este tiempo.

Ella trajo sus manos a su pecho, disfrutando de sus músculos definidos que eran tan fáciles de tocar. Se recordó como había querido poner sus manos así sobre él cuando primero se conocieron. Sus dedos se hundieron hacia su estómago, el cual automáticamente se encogió cuando ella empezó a explorar hasta más abajo.

Max agarró su mano y la trajo de vuelta a su pecho. "Todavía no, querida," sonrió ampliamente.

"Te quiero tocar," ella se quejó, frunciendo su labio.

Él rápidamente lo besó, sonriendo alegremente. "Eres tan sexy y demandante. Me encanta."

Estaba por quejarse de nuevo cuando él dejó caer su cuerpo sobre el suyo. "Te he querido por tanto tiempo, Emma. Déjame hacerte sentir bien. Puedes hacer lo que quieras conmigo después, lo prometo."

Él empezó a apretar besos apasionados por todo su cuerpo. Al tiempo que estaba haciendo masilla de su estómago, su nariz rozando su ombligo, ella se estremeció totalmente. ¿Por qué insistía en provocarla tanto? "Max, te necesito," ella le rogó.

Él se hundió contra su piel y pronto lo sintió jalar su sostén, finalmente desenganchándolo y desnudándola. Tomó un momento para mirarla, murmurando, "Tan perfecta," antes de hundir su cabeza y besar sus pechos.

Ella chilló y estaba tan metida en las sensaciones que estaba haciendo su boca perfecta, que apenas registró cuando le quitó los pantis. Al menos debió haber sentido el aire más fresco contra su piel sensible. No fue hasta que sintió un dedo rozar contra ella que se dio cuenta de la enormidad de lo que estaba por pasar y ella inesperadamente retrocedió debajo de él.

"Lo siento, bebé," él dijo, respirando fuerte de repente.

Su mano instantáneamente retrocedió hacia su cintura, sujetando su cadera. Ella miró dentro de sus ojos y en vez de ver algo parecido al deseo que había visto en ellos hacía unos momentos, todo lo que ella podía ver era un miedo y pánico absolutos. ¿Por qué se había retractado? ¿Lo había asustado?

"¿Max?" ella respiró. "Lo siento, no quise hacer eso."

Él cerró sus ojos y sacudió la cabeza. "Lo siento, Emma. No puedo hacer esto. No de esta manera," habló muy rápidamente. Prácticamente saltó de la cama, agarrando sus pantalones del piso y azotando la puerta detrás de él al salir de la habitación.

Para su confusión completa y horror, ella se dio cuenta que la dejó desnuda y sin aliento. ¿Qué diablos acababa de pasar? Unos escalofríos atravesaron su cuerpo cuando finalmente volvió en sí. Una ola de rechazo profundo la invadió y rápidamente salió corriendo a vestirse de vuelta. ¿Acababa de ofrecerse a él y de esta manera le respondía?

Nunca se había sentido tan avergonzada y humillada en su vida. Como una mujer desdeñada. De repente se quedó sin habla y sin poder respirar.

Después de amarrar sus tenis descuidadamente y ponerse la sudadera, trató de cepillar su cabello y deseó que los temblores dolorosos que atravesaban su cuerpo pararan. Ella abrió temblando la puerta de la habitación y se dirigió directamente hacia la puerta principal. No fue hasta que empezó a abrir el cerrojo que se dio cuenta que Max estaba sentado en el sofá con su cabeza entre sus piernas.

Él alzó la vista tan pronto como escuchó el clic de la cerradura. "No, Emma. Espera," dijo corriendo hacia ella preocupado.

Ignorándolo, ella jaló la puerta, pero se trabó en contra de la cerradura de seguridad que se había olvidado de desencadenar con la prisa de salir. *Mierda.*

La puerta se azotó antes de que ella tuviera la oportunidad de quitarla. "Emma. Para. Necesitamos hablar de esto," Max dijo, posicionándose enfrente de la puerta.

"No hay nada de qué hablar. ¡Déjame ir!" ella dijo exasperadamente.

"Emma, escúchame. Tuve que parar, ¿de acuerdo? No debí hacerte eso. No estuvo bien," dijo con remordimiento y arrepentimiento.

"Me rechazaste después … ¿después de que me pediste que me quedara? ¡Pensé que querías esto!"

"No te estoy rechazando, Em. Te quiero. Te quiero tan intensamente … aún más después de eso," tembló señalando hacia la habitación.

Ella suspiró, sin creerle.

"¿Realmente piensas que hubiese podido llevarte a casa después de eso? Quiero que sea sobre nosotros cuando eso pase," Max continuó.

"Eso era sobre nosotros," ella le refutó. Cada roce, cada beso había sido sobre ellos. ¿No había sentido eso? "¿Después de todo lo que hemos pasado, todo lo que dijimos y compartimos?"

"No, no lo era. No lo es cuando todavía no has hablado con él. ¡Todavía vives con él, Emma!"

"¿Y cuál es el problema?" ella gritó.

"¿Cuál es el problema? ¿Cómo termina esto? ¿Me toca cogerte y luego mandarte de vuelta a él para que tenga su turno?"

Ella le dio una cachetada cruzando su cara, paralizada más allá de la razón que él le dijera eso. "¡Es lo que piensas de mí, idiota! ¿Piensas que yo haría eso?"

Él corrió una mano bajo su cara y la miró de cierta manera arrepentido. "¿Qué esperas que piense? Tú eres su novia, él obviamente todavía quiere contigo. Va a querer tocarte."

"¿Así que de repente yo no tengo opinión sobre esto? ¿Me debería entregar atada y hacer lo que él quiere? ¿Y lo que yo quiero? ¿No has pensado en eso?"

"Em, no lo quise decir así. Todos sabemos como él es … lo peligroso que puede ser."

"No puedo creer que pienses que sólo me iría corriendo de vuelta a él. ¡Me entregué a ti! ¿Crees que eso fue fácil para mí? ¿Eso no significa nada para ti?"

"Claro que sí. Significa todo para mí. Tú sabes eso," él dijo enojado.

"Siempre vas a pensar eso, ¿no es así? Pensar lo peor sobre mí. Tener resentimiento por esto de alguna manera," ella dijo dándose cuenta e ignorando lo que él acababa de decir. "No importa lo que pase, vas a pensar que voy a salir corriendo o hacer lo mismo que hice contigo pero con alguien más."

Max resopló, sus ojos vacíos. "No, no pensaré eso. Te estás adelantando y poniendo palabras en mi boca. Confío en ti."

"En verdad, confías en mí. ¿Después de lo que acabas de decir? Increíble. Por eso es que esto nunca va a funcionar entre nosotros. Dios, fui tan estúpida en pensar que sí."

Algo pareció romperse dentro de él. "No. ¿Sabes por qué esto nunca va a funcionar? ¡Porque todavía estás con él!" le gritó, enunciando cada palabra. "¿Qué piensas que esto es, un hotel? ¿Crees que puedes entrar y salir cuando se te dé la gana? No soy un perro obediente con el que puedes jugar cuando estás aburrida. Las relaciones no funcionan así, Emma."

"¿No lo entiendes? ¡Estaba lista para dejar todo por ti! Y sé cómo funcionan las relaciones, Max. No necesitas recordarme," dijo cruzando los brazos.

Él suspiró, alcanzándola. "Em, tú sabes que quiero estar contigo. Sólo quiero que sea de manera correcta," él dijo ahuecando su mejilla.

Ella se alejó de él, no pudiendo manejar la muestra de afecto.

Él se congeló y retrocedió de nuevo. "Mira, todo lo que sé es que necesitas tomar una maldita decisión de una vez. O es él o soy yo. Ya no puedo seguir en este maldito limbo. ¿Entonces qué va a ser, querida?"

Ella negó con la cabeza, odiando la manera como él había usado querida de forma condescendiente. "¿Cómo puedes ser tan denso? ¡Te había escogido a ti, tonto! ¿Pero sabes qué? Obviamente necesito repensar mi decisión."

Él la miró con exasperación y se movió a un lado de la puerta, señalando que ella ahora estaba libre para irse. "Llámame una vez que lo hayas decidido entonces. Ya no tengo tiempo para esta mierda," dijo fríamente.

Ella abrió la puerta y dio un paso hacia el umbral, sin poder creer su cambio drástico de comportamiento. Estaba actuando como una persona diferente, como si ya no le importaba.

Estaba actuando como Roy. Su corazón se encogió en su pecho al pensarlo.

"Por qué no te digo de una vez … para evitar más demoras como esto es tan inconveniente para ti," ella dijo furiosa. Respiró profundamente, tratando de preparar sus siguientes palabras sin titubear. "Esto se acabó. Lo debí haberlo terminado hace mucho tiempo. No me contactes de nuevo, Max."

Sus ojos se agrandaron desolados, pero luego se redujeron con la misma rapidez. "No te hagas ilusiones, Emma. Créeme, no lo haré."

179

Ella dio un paso atrás mientras que él abría la puerta, agarrándola fuertemente. Abrió la boca para decir algo, pero luego sacudió la cabeza cambiando de parecer. "Buena suerte con el cabeza hueca. Estoy seguro que tendrán una vida maravillosa juntos," dijo apretando los dientes.

Y luego azotó la puerta en su cara.

Capítulo 20 – El Robo

Max esperó ansiosamente para que ella llegara al salón de clases. Las últimas veinticuatro horas habían sido un infierno total y sólo la necesitaba ver.

Todavía podía sentir el sabor de su piel increíblemente suave, y esa mirada de placer absoluto cuando ella se deshacía en sus brazos ahora estaba permanentemente incrustada en su cerebro. Lo atormentaría por el resto de su vida. Sabía que nunca iba a ser el mismo hombre después de eso.

Había repasado la pesadilla que siguió después un sinnúmero de veces, tratando de averiguar lo que había salido mal, tratando de entender cómo había pasado. Había dicho tantas cosas en el calor del momento que no eran ni remotamente ciertas y ahora no la podía culpar por odiarlo. Miró sin comprender su asiento vacío mientras que un nudo en su garganta crecía más y más.

No se había dado cuenta de ello hasta entonces, pero en realidad sentía un gran consuelo verla sentada ahí todos los días. Aunque fuese sólo la parte trasera de su linda cabeza, se podía perder fácilmente en la manera que ella jugaba con su cabello cuando estaba nerviosa, sólo imaginándose que era él corriendo sus dedos a través de esas mechas sedosas. O la mirada en su cara cuando trataba de concentrarse o encontraba una clase interesante. Hasta la manera en que ella jugaba distraídamente con su pluma y hacía dibujos en su cuaderno era de lo más adorable.

No importaba que ella nunca fuera suya – lo había dejado claro como el cristal, pero simplemente viendo su lindo trasero plantado en la segunda silla de la tercera fila cinco días a la semana lo hacía feliz porque sabía que ella estaba bien.

Pero hoy no.

Le echó una ojeada al reloj de la pared viendo que la clase estaba por empezar en dos minutos. Ciertamente ella ya debería estar aquí. Siempre era una de las primeras en llegar y nunca faltaba.

Todavía estaba viendo los segundos pasar en el reloj cuando vio movimiento en el pasillo. Empezando a sentirse aliviado, su respiración se atoró en su garganta cuando vio que no era ella sino él.

Roy caminaba casualmente hacia su salón, pero había algo en su expresión que hizo que su corazón parara. Sus ojos eran fríos pero cuando él volteó a mirarlo, el rastro de una sonrisa apareció en su cara e iba dirigido directamente a él. Como si estuviese guardando un secreto enorme que sólo él sabía y se moría por decir.

Max rápidamente apartó la vista, tratando de descartarlo, pero inmediatamente supo que algo estaba mal. Lo podía sentir por instinto.

Dios. Emma.

Miró al reloj de nuevo y vio que se acercaba la cima de la hora. El tic tac de los segundos se hicieron más y más fuertes en su oído hasta que sintió que golpeaban dentro de él. Su respiración se volvió irregular cuando el profesor inició su presentación del día. Era ahora o nunca. Con dos segundos para la hora, alcanzó por su mochila, casi tropezándose con ella, y salió corriendo de ahí.

Al tiempo que llegó al edificio de Emma, estaba seguro que había cometido al menos diez diferentes violaciones de tráfico y estaba al borde de perder la puta cabeza. Había prometido que no la iba contactar más, pero esa promesa se estaba yendo al infierno ahora mismo. La había llamado numerosas veces durante el camino, más todas sus llamadas se iban directo al buzón.

Estacionándose en doble fila, corrió dentro de su edificio y pasó acelerado por el portero como si fuese su propia casa. Se dirigió directamente a la sala de correo, frenéticamente buscando los nombres en los buzones hasta que vio *Samson 3F*. Odiaba ver ese nombre y que Emma estuviese junto a él. Dejando ese pensamiento a un lado, se echó a correr por el pasillo y subió corriendo por las escaleras a su apartamento.

Tocó el timbre, golpeó la puerta y gritó su nombre simultáneamente, pero de alguna manera sabía que eso no iba a funcionar. ¿Cómo diablos iba a entrar? ¿Tumbar la puerta? ¿Quizás le podría preguntar al vecino?

Sacudiendo la cabeza, alcanzó por su billetera y sacó una tarjeta de metro que todavía tenía de Nueva York con manos temblorosas. Lo deslizó por el lado de la puerta, esperando que al menos empujara la cerradura. Sabía que era estúpido, pero era el truco más viejo del libro y se estaba quedando sin opciones. Respiró profundamente ya que no funcionó al principio, pero luego sintió un ligero clic y la puerta se abrió casi milagrosamente ante sus ojos.

Bingo.

"¿Emma?" trató de decir con una voz calmada mientras que entraba. Estaba espeluznantemente silencioso y parecía que no había nadie en casa cuando miró rápidamente alrededor del apartamento ordenado. Se dirigió hacia la recámara y se sintió aliviado al instante cuando vio el cabello familiar chocolate caer en cascada bajo una almohada.

Se sentó en silencio junto de ella y la estudió por un momento. Se veía tan pacífica, durmiendo profundamente. Parecía una eternidad desde que había estado tan cerca de ella aunque sólo habían pasado menos de 24 horas.

"Emma," susurró mientras corrió su mano bajo su hombro liso. Ni siquiera se movió.

Cepilló su cabello atrás y trató otra vez. "Querida, despiértate."

Fue entonces que se dio cuenta que su mejilla estaba hinchada y que un moretón empezaba a formarse alrededor de ella. ¿Qué diablos? La sacudió con más fuerza esta vez. "Em," respiró, tratando de controlar su ira creciente ya que se estaba imaginando lo peor.

Ella se movió ligeramente y cubrió su cara con su brazo. "Déjame tranquila, Roy. Por favor," ella murmuró.

"Emma, soy yo. ¿Estás bien?" él preguntó, lleno de preocupación.

Ella inmediatamente se puso rígida y se volteó a mirarlo con ojos dormidos e hinchados. "¿Max?"

"Sí, querida. ¿Qué pasó? ¿Por qué no estás en la universidad?"

"¿Cómo pudiste … estás loco? ¡No deberías estar aquí, Max!"

"Estaba preocupado por ti, Emma. ¿Estás bien?"

"Necesitas irte ahora. Dios, si te encuentra aquí …" ella dijo empezando a entrar en pánico. "¿Qué hora es, de todos modos?"

"No lo hará. Lo vi. Estaba yendo a clase. Son las 9:15am."

"Ah … yo," ella empezó a decir y apartó la vista. "Realmente no deberías estar aquí de cualquier forma. Por favor vete," ella susurró y se volteó a dormir otra vez.

"Emma, mírame," él dijo alcanzando su brazo y volteándola de nuevo. Corrió su pulgar suavemente sobre su pómulo y la miró con tristeza. "Él te pegó, ¿no es así?"

Ella lo miró sin expresión, sin decir nada por un tiempo y cerró los ojos.

"Emma. ¿Sabes que puedes confiar en mí, cierto?"

Ella sólo negó con la cabeza.

"Por favor, háblame," él suplicó.

"Estoy muy cansada. Déjame dormir, por favor," ella murmuró.

Fue entonces que notó un frasco de medicina abierta sobre la mesa de noche junto a la cama. Lo recogió y vio que eran pastillas de dormir.

"Dios, Emma," respiró. "¿Cuántas tomaste?"

Nuevamente ella no contestó. Mierda, esto no estaba bien. Deslizó sus dedos fuertemente por su propio pelo sopesando qué hacer. ¿Qué tan malo era?

Recorrió las sábanas para inspeccionarla más. Contuvo el aliento cuando encontró que sólo traía puesto una camiseta de encaje sin mangas y pantis, pero eso sólo duró un momento hasta que sus ojos recorrieron su cuerpo que estaba morado y azul, cubierto con moretones.

184

No. ¿Él le había hecho esto? No, no, no.

Ahogó un sollozo mientras la miraba, pero rápidamente se convirtió en ira feroz. La cubrió de nuevo apresuradamente, no pudiendo verla de esa manera. ¿Cómo podía alguien hacer algo tan horrible a ese cuerpo precioso que alababa como ningún otro? "Lo voy a matar, lo juro."

La agarró de los brazos y la subió a una posición sentada para enfrentarlo. "Emma, te tienes que despertar ahora," dijo levantando su barbilla. "Bebé, abre los ojos."

Sus ojos parpadearon momentáneamente y su visión estaba fuera de enfoque.

"¿Cuántas pastillas tomaste, Emma?"

"No lo sé. No tantas," dijo encogiéndose de hombros.

"Dame un maldito número," él comandó.

"No recuerdo. Tres o cuatro, pienso. Relájate, ¿de acuerdo? Estoy bien."

"¿Quieres que me relaje? ¿Te has visto? ¡Jesús Cristo, Emma!"

"Estoy bien, Max. Para de gritar. Estás exagerando," ella dijo calmadamente.

¿Estaba delirando? No podía creer lo que estaba escuchando. Queriéndola traer a la realidad, le preguntó lo que estaba temiendo desde el principio.

"¿Te … forzó?"

Ella respiró fuertemente a la pregunta. Finalmente reaccionó. "No," ella susurró.

"No me mientas, Emma. Te llevaré al maldito hospital ahora mismo si tengo que."

"No lo hizo. Él quería … pero no lo dejé."

"¿Así que en vez te golpeó? No eres su propiedad, Emma. No puede hacerte eso. No mereces esto … nada de esto. ¿Entiendes?"

"Sí … lo entiendo, Max."

"No, no lo entiendes. ¿Qué va a pasar la próxima vez?"

"No pasará."

"Dios, Emma. No voy a dejar que hagas esto." Tomó la decisión justo ahí. "No habrá una próxima vez. Esto se acaba ahora mismo."

"¿Qué?" su voz se fue apagando, pero él ya estaba marchando hacia el living. Dirigiéndose a un closet de la entrada, rápidamente encontró unas maletas adentro. Jaló dos de ellas y regresó de nuevo a la recámara.

"¿Qué estás haciendo?" ella preguntó alarmada.

Sin parar para contestarle, abrió una de las puertas del closet y empezó a sacar su ropa y tirarla dentro de una de las maletas.

"¿Max, estás demente?"

"No … tú lo estás. Si no vas a tomar la decisión, entonces lo haré por ti," dijo mientras que vaciaba sus cajones.

"No hay manera que me pueda ir, Max."

Él se paró en sus pasos y la miró. "¿Estás en el contrato de arrendamiento?"

"No, yo …"

"Entonces todo lo que tienes que hacer es salir por esa puerta. Es así de simple," él la interrumpió.

Ella cruzó los brazos en respuesta, y él continuó trabajando en su closet, dándole tiempo de procesar la información. Terminó una de las maletas bastante rápido y abrió la siguiente. Le tiró unos pants y una playera. "Ponte eso. Nos vamos pronto."

Fue al baño y aventó todos los artículos de tocador que determinó que eran de ella en una bolsa plástica y luego fue al living para ver si había algo más. No había mucho excepto un par de fotos de ellos juntos, las cuales volteó enojado. Definitivamente no se iba a llevar esos. Las quemaría si tuviese el tiempo.

Regresó a la recámara y guardó lo último de sus cosas, mayormente abrigos y zapatos. Se sorprendió al ver que tan poco tiempo le tomó guardar todas sus pertenencias – no tenía mucho después de todo.

Él se volteó a mirarla que permanecía sentada en silencio perpleja y aún no se había vestido. Pero no le importaba, la sacaría de ahí desnuda si fuese necesario.

"¿Hay algo más que debería empacar?"

Ella negó con la cabeza de nuevo y parecía determinada a no irse. Suspirando, fue a sentarse junto de ella y acarició su cara. "Necesito que te enfoques, Emma. Esta es la última vez que vas a poner un pie en este apartamento. ¿Me falta algo? No vamos a regresar, bebé."

Ella lo miró perpleja, como determinando si hablaba en serio. ¿Realmente pensaba que él bromearía sobre algo así? Sus maletas ya estaban empacadas por el amor de dios.

"Em, por favor no hagas esto más difícil. Te arrastraré fuera si es necesario. Por favor, nos tenemos que ir. Se nos está acabando el tiempo."

"Esto no va a funcionar, Max. Él sabrá que me fui contigo, y luego sólo va a ir a buscarme y traerme de vuelta."

"Eso no va a pasar. Él no sabe donde vivo y no se enterará. Me aseguraré de ello. No voy a dejar que se te acerque más. Nunca."

Su expresión se suavizó y sus palabras finalmente parecieron hacer efecto. Él se inclinó hacia delante y apretó su frente contra la de ella. "Querida, por favor. Te lo suplico. Déjame cuidarte."

"¿Qué de ayer? Las cosas que dijiste …"

"Emma, querida," dijo cerrando sus ojos por un momento. Se sintió como

187

el idiota más grande del planeta por hacerla pasar por eso. "Sé que los dos dijimos cosas que no quisimos decir. Por favor olvídate de eso ahora. Podemos hablarlo después todo lo que quieras." Miró fijamente dentro de sus ojos. "Te estoy diciendo esto como un amigo, como un ser humano a otro. No estás a salvo aquí y necesitas irte."

"No creo que pueda hacer esto, Max," ella susurró mientras que lágrimas empezaron a deslizarse por sus mejillas.

"Shh, bebé. Sí puedes y lo harás. Vas a venir conmigo. Todo va a estar bien. Lo prometo," dijo limpiando sus lágrimas. Él besó su frente. "Ya regresaré, ¿de acuerdo? Sólo por favor vístete."

Sin esperar que contestara, cerró sus maletas y salió con ellas. Prácticamente salió corriendo otra vez y las metió en su coche.

Cuando regresó al apartamento, se sorprendió de ver que ella estaba vestida completamente y sentada sobre el sofá en el living. Estaba sujetando una taza de café que tenía un dibujo de un elefante que decía *no dejes que los pavos te aplasten*. Dentro de la taza había una caja pequeña que claramente significaba algo para ella. Le rompió el corazón verla así, pero de alguna manera le regaló una sonrisa reaseguradora al arrodillarse frente de ella.

"¿Lista?" susurró sin aliento. Todavía no podía creer que esto estaba realmente pasando. Pero ella asintió ligeramente y eso finalmente selló el acuerdo. Finalmente le estaba diciendo que sí. *Gracias señor.*

Sacó sus Ray-Bans de su bolsillo y se los puso después de besar su frente. No quería que nadie la viera así aparte de él.

"Vamos." Tomando su mano libre suavemente, la sacó del departamento y de esa vida.

El viaje en coche fue borroso para él, y todo en lo que podía pensar era llevarla a un lugar seguro. Al entrar al estacionamiento de su edificio, se dio cuenta que ella se había quedado dormida otra vez. Estacionó el coche y fue a su lado para recogerla y llevarla dentro de su casa – de su nueva casa. Se sentía tan natural tenerla en sus brazos y cuando cruzó el umbral de su puerta se sintió aliviado.

Entró a su recámara y la colocó en su cama después de correr las sábanas. Entró con ella y la jaló cerca de él, sus cuerpos moldeándose y alineándose perfectamente. Envolvió uno de sus brazos firmemente alrededor de su cintura y apretó sus labios a su cabello. Respiró profundamente inhalando su aroma dulce, dando un gran suspiro de alivio después.

No pudo evitar los escalofríos que sacudieron su cuerpo cuando la descarga de adrenalina empezó a asentarse. Tuvo que seguir recordándose que no estaba soñando y que la mujer que él amaba con todo lo que poseía ahora estaba aquí con él y que ahora estaba a salvo.

Las lágrimas se asomaron a sus ojos, y no podía determinar si eran de felicidad o de tristeza. Probablemente de los dos, pero la emoción subyacente era algo que no había sentido en mucho tiempo y eso era una esperanza. Sí, aquí es exactamente donde ella pertenecía.

Capítulo 21 – Después de la Tormenta

Emma se despertó con un dolor de cabeza asombroso. Le dolía tanto que apenas podía abrir los ojos. Peor aún, sentía su cuerpo como si la hubiese atropellado un camión. Su estómago inmediatamente gruñó y un pinchazo de hambre se disparó dentro de ella, haciéndola sentir náuseas. Trató de tragar, ya que su boca y garganta estaban completamente secas.

Una mano agarró su brazo y ella saltó al contacto. De repente las imágenes empezaron a inundarla y lloriqueó, queriendo olvidarlas y pensar que eran partes de una mala pesadilla. La realidad era que había pasado y el recuerdo la hizo querer llorar de nuevo.

"Shh, Emma. Estás a salvo. Estás completamente a salvo," una voz suave dijo.

Max. Su salvador y ángel guardián. Realmente esperaba que no hubiera soñado esa última parte porque la destruiría si no fuese cierto. Ella frotó sus ojos, sintiendo presión contra su pómulo, y casi sollozó cuando encontró su hermosa cara mirándola de vuelta. Sus ojos hundidos parecían sin fin y estaban llenos de preocupación y ojeras por debajo.

"Hola, dormilona," dijo cepillando su cabello hacia atrás. "Me empezaba a preguntar si te debería despertar."

¿Cuánto tiempo había estado fuera? Por la manera en que su cabeza le estallaba, no se sorprendería si hubiesen sido días.

"¿Tienes hambre, querida? Te traje comida. Deberías comer," él dijo tratando de sonar optimista.

Ella asintió y él la ayudó a sentarse, sus ojos ajustándose a la recámara que le era familiar. A pesar de que él estaba siendo extremadamente delicado, cada hueso en su cuerpo parecía protestar, especialmente sus costillas.

"Ten," él dijo dándole una botella de agua destapada.

Ella la alcanzó con manos temblorosas y casi la deja caer, apenas teniendo la energía de sostenerla. Por suerte, Max dejó una mano sobre la botella, inclinándola mientras que ella bebía lentamente.

"Bien," él dijo una vez que había tomado la mitad de la botella. "Espero que te guste la sopa de fideos con pollo," agregó, abriendo una tapa de un contenedor blanco. Le sirvió con una cuchara acercándola a su boca.

Ella lo miró incrédula. "Puedo hacer eso," dijo roncamente.

"Dame el gusto," contestó simplemente, colocando la cuchara frente a ella.

Abrió la boca y casi gimió cuando el líquido caliente llenó su garganta. La sopa de fideos de pollo nunca había sido tan rica. Él continuó alimentándola a cucharadas hasta que ella se lo terminó todo.

"¿Galletas saladas?" él preguntó agarrando un paquete.

Ella asintió y él se las entregó después de abrirlas. Se las comió rápidamente también y él le entregó otro. De alguna manera el masticar parecía aliviar su jaqueca.

"¿Cuándo fue la última vez que comiste, Em?" él preguntó preocupado.

"No sé. ¿Qué día es?" ella preguntó. Todavía había luz del día afuera, pero parecía ser el sol de la tarde.

"Es lunes, alrededor de las 5pm. Dormiste unas ocho horas sólidas."

"Ah. No recuerdo la última vez. El avión, pienso," ella dijo contestando su pregunta honestamente.

Él maldijo fuertemente. "Emma. Eso fue casi hace dos días. No puedes hacer eso, bebé. Necesitas comer."

"Lo sé. Sólo que no tenía hambre y no pude comer después de que nos … peleamos."

Él tragó fuerte y sacudió la cabeza. "Lo siento tanto, querida. Nunca debí decirte esas cosas … dejar que regresaras ahí. Nunca me perdonaré."

"No. Para, Max. No dejaré que te eches la culpa por esto."

Él alcanzó su cara, su pulgar trazando su mejilla hinchada. "¿Cómo no me puedo culpar?" preguntó.

"Max," ella dijo agarrando su mano. "Me salvaste en más maneras de lo que te imaginas. Eso es todo lo que quiero escuchar."

Él exhaló y apartó la vista de ella, probablemente no creyéndole todavía. "Te conseguí unas cosas de la farmacia," dijo alcanzando una bolsa sobre la mesa de noche. Empezó a sacar todo tipo de medicamentos diferentes. Abrió una de las botellas de medicina y colocó dos cápsulas blancas en su mano.

"Deberías tomar dos de estas cada seis horas para el dolor de cuerpo," dijo colocándolas en su mano. "También hay pastillas para la hinchazón y unos ungüentos para los … moretones. Ya te puse un poco sobre tu mejilla, pero el de la farmacia dijo que deberías aplicarlo de nuevo cada ocho horas y también vamos a tener que ponerlo sobre el resto de tus moretones. Te puedo ayudar más tarde si quieres. Sólo no quería hacerlo mientras que estabas durmiendo."

"Gracias," ella dijo sintiéndose un poco abrumada. Obviamente él había pasado por la molestia de pensar y preparar todo esto mientras ella dormía durante el día. Agarró la botella de agua, ya sintiéndose con más energía por la comida, y tragó las pastillas. "Lo siento que estuve fuera tanto tiempo."

"Está bien, Em. Obviamente lo necesitabas. Me mantuve ocupado, hice un par de cosas por la casa y luego fui al gimnasio por unas horas después de que vi que estabas profundamente dormida," se encogió de hombros. "¿Todavía tienes hambre?" preguntó.

"No, estoy bien por ahora. Pero podría usar el baño," dijo sintiéndose mugrosa por decir lo menos.

"Claro. Déjame preparártelo." Salió de la recámara por un momento regresando con toallas limpias y un cambio de ropa, los cuales puso en el baño.

Emma deslizó los pies sobre la cama, lista para pararse.

"¿Quieres que te cargue?" Max preguntó preocupado.

"No, creo que lo puedo manejar. ¿Me ayudas a levantarme?"

Él fue a su lado en un instante. El movimiento dolió muchísimo, pero una vez que se levantó y sus costillas estaban en una posición vertical, era mucho más manejable.

La ducha fue nada menos que gloriosa. Max tenía una de esas regaderas de cascada y el agua cayendo bajo sus hombros y espalda se sentía como un masaje personal. La única cosa eran los malditos moretones. Trató de no mirarlos mucho. Era más fácil fingir que no estaban ahí si no los miraba directamente, pero desafortunadamente la sensación de dolor que sentía por todas partes era un recordatorio suficiente.

Cuando se salió de la regadera, Emma se sorprendió de ver que Max le había dejado una muda de su propia ropa y hasta encontró unos de sus artículos de tocador en el baño. Él debió de haberlos sacado de una de sus maletas.

Ella se dirigió de nuevo a la habitación. Max ya había ordenado el área y estaba esperándola pacientemente, leyendo uno de los paquetes de curso de clase. Siempre le asombraba lo detallado que era. Ella se acomodó sobre las almohadas y suspiró con satisfacción, ya sintiéndose mucho mejor que cuando primero se había despertado.

"Puse la mayoría de tus cosas en la otra recámara por el espacio del closet, pero deberías quedarte en este cuarto. La cama es mucho más cómoda que el futón ahí adentro, entonces yo usaré la otra habitación," Max explicó.

"Max, no estoy entendiendo," ella dijo. "¿Quieres que me quede aquí?"

"Claro. ¿Dónde más irías?"

"No lo sé. Quizás debería encontrar una habitación para rentar en alguna parte."

"Eso no hace sentido, Em. Sólo quedan unos meses de la universidad y tengo una habitación desocupada aquí."

"Sí, pero no quiero imponerme."

"Eso es lo último que estarías haciendo. Te quiero aquí, querida."

"Te pagaré renta entonces."

"No hay necesidad. Está bien. Tengo más que suficiente para cubrir este sitio con el arriendo de mi apartamento en Londres."

"No puedo vivir aquí de gratis, Max."

"No sé, le puedes dar una propina al portero o algo así. No voy a tomar tu dinero."

"¿El portero? Eso no es nada. Tiene que haber algo que pueda hacer," se encogió de hombros.

"Sólo tu presencia es más que suficiente para mantener mi cordura, ¿de acuerdo? Puedes invitarme a salir o cocinarme un día pero eso es todo lo que permitiré. Emma, en serio no te preocupes por esto ahora."

Ella suspiró. "Entonces qué, ¿vamos a ser compañeros de cuarto ahora? ¿Amigos?"

"Siempre hemos sido amigos, Em. Tal vez podemos ser amigos que también son compañeros de cuarto y quizás podamos agregar algo extra en el camino," él sonrió.

"¿Estás diciendo que quieres ser compañeros con beneficios?" ella preguntó curiosamente. No pudo dejar de reír al pensarlo.

"Estoy bromeando. Yo no estoy … esperando nada por esto. Ahora sólo me importa que te recuperes y que te sientas mejor, ¿está bien? Eso es todo lo que me importa."

"Está bien," ella dijo, sorprendiéndose que hubiera estado de acuerdo con todo esto.

"Bien. Ahora hay que ponerte esta mierda encima," él señaló hacia la bolsa de medicina.

Ella inmediatamente hizo una mueca. "¿Tenemos que?"

"Sí, levanta tu camisa, mujer," él instruyó.

Ella lo miró, pensando en lo mal que eso sonaba, pero sabía que él sólo estaba tratando de mantener el ambiente ligero.

"Vamos Em, no hay nada que no he visto antes."

Ella se cubrió la cara con vergüenza. ¿Tenía que recordarle? Lentamente subió su camisa, alzándola hasta justo debajo de sus pechos. No se atrevió a mirar su cuerpo, pero en su lugar fijó sus ojos en Max. Sería más fácil de esta manera.

Él dejó escapar una exhalación fuerte y rápidamente se puso a trabajar, colocando el ungüento del tubo sobre su dedo. "Dime si te duele," él susurró.

"De acuerdo," ella respondió de vuelta.

Trató de concentrarse en su expresión solemne, en vez de la sensación de sus dedos pero era demasiado imposible. Se sintió estremecer, y se acordó de cuando ella le había hecho lo mismo para él.

"¿No es un poco irónico?" ella dijo.

"¿Qué cosa, querida?"

"¿Cómo terminamos los dos en el mismo lugar que el año pasado, sólo que al contrario?"

"Mucho ha cambiado desde entonces, pero sí. No creo que irónico sea la palabra adecuada," él respondió enojado.

"¿Cuál es la palabra adecuada entonces?"

Paró lo que estaba haciendo y la miró fijamente, concentrándose. "No sé. ¿Inhumano? ¿Cruel? ¿Maligno? Hay una larga lista en la que puedo pensar, pero no creo que haya una palabra sola que lo pueda resumir todo."

Él sacudió su cabeza y regresó a lo que estaba haciendo. "¿Voltéate hacia

195

mí? Tienes moretones también en tu espalda desafortunadamente."

Ella hizo lo que le dijo, pensando en cuánto de esto había sido resultado de sus propias acciones. Creía que ella tenía la culpa de las dos ocasiones que esto había pasado.

"¿Em?" Max preguntó suavemente detrás de ella. "¿Vas a … digo, estás planeando en presentar cargos?"

Ella inmediatamente negó con la cabeza. "No. No puedo. No sería correcto."

Él suspiró, bajando su camisa y volteándola cuidadosamente. "¿Quieres hablar sobre lo que pasó o todavía no? Entiendo, si no quieres."

"Max," ella respiró, sus ojos llenándose de lágrimas al instante.

"No, bebé. Está bien, olvida lo que dije. Fue estúpido tocar el tema." La trajo a su pecho, besando su cabeza una y otra vez.

"Hay que ver un programa o algo así. Tengo el DVD de *Homeland*," él sugirió.

"¿Está bien si te doy la versión simplificada primero?" ella dijo, armándose un poco de valor.

"Sí, lo que sea que quieras o no decirme. Depende de ti."

"Sólo prométeme que no harás algo estúpido después de lo que te diga." Ella tenía miedo que Max fuera a enloquecer y salir detrás de Roy. No quería que se pelearan por ella otra vez y no quería ver que nadie más saliera lastimado. Era lo último que ella quería. También era completamente egoísta, pero realmente necesitaba a Max ahora.

"Lo prometo. Ya pasé por todos los escenarios en mi mente y por más que quiera, romper sus piernas no va solucionar nada. No te quiero empeorar las cosas. Estoy aquí por ti, Em," dijo con calma.

"Bueno, entonces ahí va," ella dijo respirando hondo. "Él no llegó al apartamento hasta temprano esta mañana. Supongo que acabó tomando un vuelo de noche. Yo ya había despertado y estaba vestida para ir a la universidad cuando llegó. Era obvio que había estado tomando, debió haber puesto un poco de *Jack* en su café o algo así. Entramos en una pelea bastante rápido, y sin entrar a los detalles de lo que dijimos, él eh … me dio una bofetada en la mejilla."

Ella le echó una ojeada y aunque su expresión parecía horrorizada, por ahora parecía estar bien. Bueno, al menos él sabía que eso había pasado. La evidencia era bastante clara.

"Nos gritamos más y luego fui a agarrar mi bolsa que estaba en la recámara. Me quería salir de ahí lo más rápido posible. Pero luego empezó a llamarme nombres y más cosas, y me empujó contra la cama. Se subió encima de mí, tratando de quitarme los jeans. Traía puestos unos skinny jeans y aparentemente estaban demasiados apretados para su gusto y no me los pudo quitar, probablemente porque estaba borracho. Supongo que también se dio cuenta lo que estaba por hacer y paró después de que le grité. Terminé empujándolo y me fui corriendo."

La mano de Max estaba sujetando la suya fuertemente y él siguió negando con la cabeza una y otra vez. Ella podía ver que él estaba realmente tratando de controlar sus emociones, pero sus ojos estaban llenos de furia y lo delataban. Finalmente tragó fuerte y señaló para que ella continuara.

"Ya había pasado la puerta y llegado al pasillo cuando me di cuenta que él me estaba siguiendo. El resto es borroso, pero recuerdo que él trató de agarrarme y forzarme a regresar al apartamento de nuevo. No sé si fue un accidente o de alguna manera me empujó, pero acabé cayéndome por las escaleras y creo que ahí fue donde me lastime más. Estaba bastante fuera de sí, pero él me recogió y me trajo de nuevo al apartamento. Me colocó sobre la cama y se fue, dejándome ahí como si nada hubiese pasado. Mi cuerpo me dolía mucho y ya no quería sentir más dolor. Quería dormir. Era demasiado el dolor. Así que tomé las pastillas para dormir y bueno … supongo que me encontraste un tiempo después de eso."

Sin decir una palabra, él agarró sus piernas suavemente, trayéndolas sobre las suyas en la cama. La acercó lo más posible a él y la acurrucó debajo de sus brazos. Estaba respirando fuerte y podía sentir su cuerpo temblando ligeramente contra el suyo. Besó su cabeza, alternando entre jugar con su cabello y deslizar sus dedos por su espalda. Pareció relajarse después de repetir los mismos movimientos en silencio.

"Eres la persona más valiente que conozco. Nunca más, bebé. Lo prometo," él susurró. "Necesito que sepas lo valiosa que eres para mí. No dejaré que pase de nuevo. Te protegeré. Siempre," juró.

Ella lo besó en la mejilla, y sabía que su corazón adolorido pertenecía a él en ese momento. Casi podía sentir las palabras salir, pero sabía que no era el momento o lugar para decirle algo así. No quería recordar este día por el resto de su vida y echar a perder algo tan puro en él.

"¿Estás enojado conmigo por no querer presentar cargos?" ella preguntó.

"No, no estoy enojado contigo, Em. Creo que entiendo lo que piensas. Sólo pienso que está mal que él pueda hacer algo así sin tener que lidiar con las consecuencias. Como si de alguna manera lo hace que esté bien o que le pueda hacer lo mismo a otra persona. ¿Qué lo va a parar?"

"No lo sé, Max. Siento que soy responsable por provocarlo. Nunca había sido así antes. Claro, en los años que lo conozco tomaba a veces como un chico de una fraternidad o tiraba algunas cosas cuando se enojaba, pero nunca así. Las cosas se deterioraron acá."

"Emma, bebé. Es un borracho y es un abusivo. Es un maldito póster para la violencia doméstica. No hiciste nada para merecer esto. ¿Me entiendes?"

Ella asintió titubeando y él suspiró. "Sólo estoy contento que estás aquí ahora. Estás a salvo y te puedo proteger. Hay que enfocarnos en eso, ¿de acuerdo?"

"Está bien," ella dijo apretando su mano sobre su pecho. Podía sentir su corazón latir firmemente, y se preguntó cómo había tenido la suerte de encontrar a este hombre maravilloso. "¿*Homeland*?"

"Sí," él sonrió. "Nada como Carrie Mathison para hacer tus problemas reducirse en comparación."

Capítulo 22 – Juez, Jurado y Ejecutor

Max finalmente estuvo de acuerdo en llevar a Emma a la universidad tres días después. Le hubiese gustado demorar su regreso, pero ella no estuvo de acuerdo. Se había despertado temprano esa mañana con una mirada muy determinada y después de ponerse maquillaje que apenas dejó un trazo del moretón en su mejilla, realmente no tenía otro argumento que darle. Su pequeña dinamita no era una para darse por vencida muy fácilmente.

Los últimos días con ella habían sido un sueño. A pesar de todo, habían realmente logrado conectarse y se habían acercado mucho. Pudieron hablar de la pelea que tuvieron al regresar de Nueva York, y hasta habían discutido sobre ello varias veces. Pero al final los dos se entendieron mejor y eso los acercó más.

El vínculo que él tenía con ella era tan fuerte que hacía difícil dejar su cama cada noche y dormirse en el futón en la otra recámara. Siguió recordando que ella necesitaba su espacio, y a pesar de sus ansias, dormir en la misma cama con ella era lo último que ella necesitaba. Sabía demasiado bien qué pasaría si compartieran la misma cama. Además, ella todavía estaba lastimada y necesitaba tiempo para curarse.

Así que cuando entró a la universidad con ella firmemente asida a su lado, pensó que nada lo podía bajar de su pedestal. Ella estaba usando lentes de sol para cubrir su pómulo y su cabello sedoso cubría sus hombros. Traía puesta una camisa blanca de algodón de mangas largas con botones y su par favorito de jeans ajustados. Se veía increíble con siempre.

A simple vista, no se notaría que ella había pasado los últimos días encerrada en cama o que tenía docenas de moretones debajo de su ropa. La única cosa que remotamente alertaría a alguien era que sus movimientos todavía eran muy controlados y él también estaba cargando su bolsa, pero claro que eso podría ser descartado de ser un caballero.

Cuando dieron vuelta a la esquina de la entrada de la universidad, lo último que se esperaba era chocarse de golpe con Roy. Su alto inmediatamente se derrumbó al piso. Era casi incomprensible cómo una persona era capaz de causar un cambio tan instantáneo y dramático en él. Después de parar momentáneamente a un alto afilado, él agarró a Emma por la cintura y la posicionó a su lado.

Roy se veía como mierda. En serio se veía muy mal, como una sombra de una persona. El idiota obviamente no había dormido en días o estaba en algún tipo de juerga. Max había pensado sobre confrontarlo tantas veces durante esa semana, especialmente ese primer día cuando Emma había estado dormida. Una y otra vez había fantaseado sobre aparecer a su puerta golpeándolo a muerte para que pudiese sentir algún tipo de sufrimiento.

Simplemente lo había querido matar y se imaginaba planeando su asesinato incontables veces. Un disparo de francotirador … un golpe doble en su nuca, asfixiándolo con una almohada mientras estaba dormido, echar veneno de rata en su whisky …

Pero esa era la manera fácil de salir. Este resultado era mucho mejor, viéndolo dolorido, la culpa claramente carcomiéndolo. Max encontró algo redimible en eso. Era lo menos que él merecía.

"Si no es la pareja feliz," Roy bromeó. "Aww, ¿está cargando tu bolsa también? Qué dulce," dijo mirando a Emma.

"Jodete, Roy. Es dos veces el hombre que tú nunca serás," ella respondió enojada.

"¿Es así?" él paró a mirar a Max de arriba a abajo, y luego dobló sus brazos musculosos en su forma habitual. Pero parecía fingido, él obviamente estaba poniendo una fachada y revirtiendo a sus tácticas estúpidas. "No parece desde donde estoy parado. En serio Emma, descendiste a un nivel más bajo que nunca."

Max no esperó que Emma contestara en su defensa, así que habló rápidamente antes que ella lo hiciera. "Vámonos, Em. Es un pinche cobarde. No vale la pena," dijo mirándolo fijamente a su cara despreciable.

La apartó de él, no queriendo darle más satisfacción. Él no merecía nada más de su tiempo. Y si se quedaba ahí más tiempo, ciertamente lo golpearía en la cara aún en plena luz del día en la universidad.

Sintió un ligero tirón, y se dio cuenta que Emma se había detenido. Se volteó para ver que Roy la había sujetado por la muñeca. "¿Cuándo vas a parar esto, Emma? Ya jugaste a la casa con el niño rico por unos días. Estoy seguro que tus ansias rebeldes ya están satisfechas."

"¡Quita tus malditas manos de encima de ella!" Max le gritó. Lo empujó usando una técnica que Leo le había mostrado y se sorprendió de verlo tropezar unos pasos atrás y soltar a Emma. La posicionó detrás de él, completamente fuera de su alcance. No iba a cometer ese error de nuevo. "En caso que no lo has notado, ya no es tuya y tampoco va a regresar contigo. Así que mantente bien alejado."

Emma escogió ese momento para pararse enfrente con él y entrelazó sus dedos con los de Max. "Para contestar tu pregunta, la respuesta es no, no he satisfecho mi ansia todavía y nunca lo haré. Verás, quise decir lo que dije antes cuando dije que Max es dos veces el hombre que tú … en el sentido más literal posible. Tu pene ya es pequeño, pero comparado a él, es minúsculo. Max es un chico grande y me mantiene satisfecha todo el día. Quizás deberías revisar eso por tu propio bien. Adiós, Roy."

Max no pudo decidir qué ojos se habían puestos más grandes. Si los de él o Roy. No tuvo mucho tiempo de analizar su reacción porque Emma lo estaba jalando hacia el edificio de la universidad. Pronto entraron al lobby donde la recepcionista tomaba asistencia, y se mató de la risa.

"Dios mío, Emma. No puedo creer que dijiste eso. ¿Estás bien?"

Ella le sonrió satisfecha y se quitó los lentes de sol. Sus ojos se veían traviesos y llenos de vida. "Lo estoy ahora."

"¿Por qué dirías eso? ¿Estás tratando de hacer que me maten?" él se rió.

Ella se encogió de hombros. "Bueno es verdad. ¿Por qué crees que trata de probarse?"

Él se cubrió la cara con su mano, frotando su mandíbula mientras que la estudiaba. Bueno, eso en verdad haría mucho sentido. "¿Qué de mí? No es como si en verdad lo has visto," señaló. "Lo hiciste sonar como si –"

"Ay por favor. No necesito. Ya lo he sentido y eso es confirmación suficiente. ¿Ya te has olvidado?" ella preguntó seductoramente.

"No bebé. Créeme, no le he olvidado. Pero estoy contento que apruebas. ¿Tal vez podemos confirmarlo visualmente después? Sólo para que sepas con quién realmente estás tratando," le guiñó el ojo. Ya podía sentir sus pantalones apretarse al pensarlo.

"Me parece justo. Digo, ¿por qué te toca a ti verme desnuda pero a mí no?" ella le refutó inocentemente.

"Dios, pequeña descarada. Me desnudaré por ti a cualquier hora que quieras bebé," susurró.

No podía creer el cambio de su conversación, pero al mismo tiempo estaba totalmente extático. No sólo era más grande que el imbécil de Roy Samson, pero Emma se lo había restregado en su cara y ahora aparentemente quería probar la mercancía. Se lo cumpliría bien y se aseguraría de que disfrutara cada momento.

Luego tuvo que recordar por milésima vez que ella estaba herida y que estaba fuera de límite por el momento. No podría lastimarla así. Se esperaría hasta que ella estuviese lista.

"Sr. Durant y Señorita Blake. Veo que han logrado poner sus diferencias a un lado. ¿Espero verlos a los dos en clase hoy?"

Max se volteó para ver al profesor Davis inspeccionándolos de cerca. Emma se sonrojó mientras que él tenía sus manos alrededor de su cintura, y seguía cargando su bolsa encima de todo. No tenía nada que ver con la última vez que él los había visto juntos. Chistoso como eso sólo había sido dos semanas atrás.

"Sí señor. Estábamos en el intento," Max respondió.

"Bien. Eso es lo que me gusta escuchar. No lleguen tarde o no los dejaré entrar. Pregúntale a tu hermano, él sabe de primera mano," sonrió. Luego sacudió la cabeza como si recordando algo entretenido y subió por las escaleras.

Max miró hacia Emma. "Terminaremos esta conversación después," dijo jalando su mano para ir a clase, su risa resonando maravillosamente en su oreja.

Más tarde ese día, él estaba en la mitad de su sesión de grupo de estudio, cuando la recepcionista que había tomado su asistencia lo llamó. Ella probablemente le iba a dar problema por haber faltado a clase los últimos días. Les había hecho saber que Emma estaba enferma, pero él realmente no tenía excusa para faltar excepto por querer cuidarla y pasar el mayor tiempo posible con ella.

"Pase por aquí, Sr. Durant," la recepcionista le dijo.

Fue una grande sorpresa cuando en realidad no pararon en su oficina, sino que se dirigieron a la oficina del decano. Mierda. ¿En qué problema estaba? Sólo había faltado a un par de clases el primer semestre, así que todavía tenía que estar dentro del límite de 90 por ciento de asistencia. ¿Correcto?

La recepcionista tocó en una puerta grande de madera y señaló para que él pasara. Inmediatamente notó la habitación enorme, detallada con muebles de caoba y decoraciones espléndidas. Pinturas de Goya y Picasso colgaban de las paredes, junto con cartografías precolombinas.

El decano estaba sentado estoicamente detrás de su escritorio vistiendo un traje a la medida, comandando la habitación con su presencia intimidante. A su lado estaba el director de su programa, el Profesor Davis, y otro profesor que Max reconoció pero no conocía por nombre.

Se quedó boquiabierto cuando vio a Emma sentada silenciosamente en una silla del otro lado del imponente escritorio, descansando su cabeza sobre su mano.

Sentado al lado de ella estaba Roy.

Santa mierda.

"Sr. Durant, gracias por venir. Por favor tome asiento," el decano señaló hacia una silla vacía junto a Emma.

Se sentó tratando de hacer contacto visual con ella, pero ella estaba viendo directamente hacia el frente. No podía imaginar lo que estaba pasando por su mente. Él ni siquiera podía pensar en forma coherente.

"Ahora que todos están presentes, podemos empezar," el decano continuó. "Estamos aquí reunidos hoy desafortunadamente debido a un incidente que se llevó a cabo el lunes por la mañana, del cual estoy seguro que ustedes tres tienen muy conscientes. Hago notar que todos los procedimientos y acciones disciplinarias que se están llevando a cabo el día de hoy están dentro de la jurisdicción de la universidad. Cualquier otros reportes se llevarán a cabo por separado por la ley española."

Las palmas de Max empezaron a sudar al instante, al realizar que la gravedad de la situación se amplificaba al minuto. Inmediatamente se arrepintió de no haber tomado la iniciativa antes, pero él había estado tan involucrado con Emma y su bienestar que nada más parecía importar en ese momento.

Poniéndose los anteojos, el decano empezó a leer un archivo grueso que tenía sobre su escritorio. "Profesor Bernabe aquí presente reportó un altercado viniendo del domicilio del Sr. Samson y de la señorita Blake, el cual ocurrió la mañana en cuestión. Para aquellos que no lo sepan, el Profesor Bernabe es su vecino de al lado en la residencia de la universidad. Nosotros tomamos todos los reportes de incidentes muy seriamente y como tal hemos conducido una investigación a fondo durante los últimos días."

Paró un momento, principalmente para mirar a Roy con desaprobación. "Sr. Samson. De la mañana en cuestión, tenemos un video de vigilancia de la residencia en donde se ve que asalta verbal y físicamente a la señorita Blake en el pasillo, y la empuja por las escaleras," él declaró. "¿Deseas negar estas acusaciones?"

Roy pareció encogerse en su asiento y la habitación se llenó de un silencio en el que se podía escuchar la caída de un alfiler. Él eventualmente aclaró la garganta. "No," dijo roncamente.

"También tenemos un reporte del Profesor Davis indicando que parecías estar embriagado durante la clase esa misma mañana. También es de la opinión que ha habido otras ocasiones donde has llegado a clase en un estado similar. Estas alegaciones también han sido corroboradas por algunos de tus compañeros. ¿Deseas negar estas acusaciones?"

"No," él rápidamente repitió.

"Por último, tenemos testimonio de un estudiante que quisiera permanecer anónimo que vio atacar físicamente al Sr. Durant durante un evento del fin de año patrocinado por la universidad en diciembre. ¿Deseas negar estas acusaciones?"

Max escuchó a Roy burlarse y luego sacudió la cabeza. "No."

"Muy bien. Hágase notar que el Sr. Samson ha aceptado las tres acusaciones," dijo archivando los documentos.

Su mirada cambió hacia una nueva pila de documentos y se dirigió a Emma. Su postura pareció suavizarse y la miró con simpatía. "Señorita Blake, la oficina de registro muestra que ha cambiado su domicilio y que ya no está residiendo en la propiedad de la universidad con el Sr. Samson. También aparece que ha terminado su relación con él. ¿Es correcto?"

"S-sí," Emma contestó.

"¿Podemos asumir que su nueva situación de vivienda ha sido adecuadamente atendida y que ahora está viviendo en un ambiente seguro?"

Max notó que la cabeza del decano había girado ligeramente hacia él durante esa última pregunta. Ellos obviamente sabían que ella estaba viviendo con él ya que ahora compartían la misma dirección de domicilio.

"Sí," Emma repitió con más confianza esta vez.

"Señorita Blake, también le quisiéramos hacer saber que tenemos servicios de asesoramiento disponibles en el campus. Le recomendaríamos altamente que aproveche esos servicios. La señorita Rodríguez aquí le puede dar la información necesaria."

"Sí, gracias."

"Muy bien. ¿Alguien más quisiera hacer alguna otra declaración ahora?" el decano preguntó, levantando sus anteojos y mirando alrededor a cada individuo.

El mismo silencio de antes impregnó la habitación. El decano exhaló y se dirigió a Roy de nuevo.

"Sr. Samson. Como sabe, cada estudiante en esta universidad tiene el deber de ser un embajador de nuestros valores más allá del campus y adherirse a una serie de principios en todas las facetas de la vida de estudiante. Teniendo en cuenta estas acusaciones y su testimonio contrario a estos principios, es mi deber expulsarlo de *Madrid Business School*, efectivo inmediatamente. Como tal, su visa de estudiante de extranjero también será revocado y ha de regresar a su país de origen dentro de 14 días. Puedes contactar a la oficina de registro para llevar a cabo cualquier trámite y en caso de transferencia de créditos a otra institución. En este momento, también le recomendaríamos buscar asesoramiento por sus problemas flagrantes con abuso y alcohol. Le deseamos mejor perspicacia en sus actividades en el futuro y esperamos que aprenda algo sobre esta ocurrencia."

"Eso será todo por hoy. Tienen licencia para irse," dijo con una cierta finalidad en su voz.

Max se paró, esperando a Emma mientras que la multitud en la habitación se dispersaba. Ella permaneció en su lugar como si estuviese en shock. Roy se levantó de su asiento, calmadamente caminando hacia ella. "Lo siento, Emma. En verdad lo siento," susurró al pasar frente a ella y dirigirse hacia la puerta. Asintió ligeramente a Max al salir como diciendo que lo sentía también, y luego sin más ceremonia, se fue.

Max fue a arrodillarse junto a Emma, su cara pálida y sus ojos reluciendo. "Querida. Déjame llevarte a casa," dijo suavemente. *Casa.* A su casa. Era la única cosa que le podía ofrecer al momento.

Ella asintió y la ayudó a levantarse, tomando su bolsa y colocándola sobre su hombro. Al salir de la habitación, Davis los alcanzó. Les sonrió y le dio la mano a Max.

"Ánimo, Emma. Si alguna vez necesitas hablar, házmelo saber."

"Gracias, Profesor. Agradezco su ayuda," ella respondió.

Max estaba por salir cuando Emma lo detuvo. "Hay alguien más a quien necesito agradecer. ¿Podemos esperar un momento?"

"Claro, lo que necesites."

El Profesor Bernabe salió rápidamente de la habitación en ese momento y los ojos de Emma volaron hacia él. "Samuel," ella llamó detrás de él.

Él apenas se había volteado cuando ella se inclinó hacia él y le dio un abrazo fuerte. Le vino de sorpresa y él lentamente envolvió sus brazos alrededor de ella con una mirada confundida.

Max se quedó atrás, dándoles espacio. Ella obviamente lo conocía bastante bien al saludarlo de nombre y él parecía significar mucho para ella.

"Gracias," ella le dijo al Profesor Bernabe.

"Era lo menos que podía hacer, Emma," dijo negando con la cabeza. "No sabía que las cosas estaban así de mal. Sólo escuché gritos y conmoción ese día. No quise entrometerme pero me quería asegurar que estuvieses bien."

Ella asintió. "Supongo que yo tampoco me di cuenta de lo mal que estaba. Gracias por estar pendiente de mí. Estoy contenta que lo reportaste cuando obviamente yo debí hacerlo."

"Estoy contento que no soy el único que te cuida," él dijo señalando a Max detrás de ella. "Creo que es mejor pareja para ti," sonrió.

"Sí, yo también lo pienso," ella dijo tímidamente.

"Cuídate, Emma. Sabes dónde me puedes encontrar."

"Lo sé. Adiós, Samuel."

Él saludó a Max antes de irse, y le regresó el saludo. En ese momento, nunca había estado más agradecido con un extranjero.

Se fue a encontrar con Emma, y ella tenía una mirada de alivio. "Estaba tan equivocada sobre él. Si alguien me hubiese dicho que esto iba a terminar pasando, nunca lo hubiese creído," ella reflexionó. "Recuérdame de invitarlo a mi boda."

"¿Ya te casas?" él bromeó.

"Sí, eventualmente. Algún día," se encogió de hombros.

"Bueno espero que yo también esté ahí," él sonrió.

En el altar, justo al lado de ti, él pensó.

Capítulo 23 – Saliendo

"Deberíamos salir en una cita."

Ellos habían estado haciendo trabajo escolar juntos en la sala cuando Max de repente lo propuso.

"¿Perdón?" Emma preguntó.

"Una cita. Tú y yo. Creo que eso es lo que necesitamos," él explicó.

Emma lo miró fijamente, intrigada. La última semana había sido bastante solemne después de la expulsión de Roy. Ella no pudo evitar sentirse culpable, a pesar que sabía que lo merecía. Tenía un sentimiento sombrío sobre todo y estaba preocupada como él terminaría. ¿Podría transferir los créditos a otro lugar y graduarse de otra universidad? ¿Buscaría asesoramiento? Ella misma todavía no había hecho cita con la asesora de la universidad. Sentía que aún necesitaba procesar sus propios sentimientos antes de poder discutirlos con otra persona. No se podía imaginar a Roy entre todas las personas yendo a terapia.

Luego estaba Max. Ella también había notado un cambio en él. Él parecía … distante. Quizás distante no era la palabra adecuada, pero durante la última semana él no la había mirado de la misma forma que antes. Normalmente tenía un destello en los ojos que le decía que la quería, pero ahora parecía estar ausente. Su aparente falta de interés en ella sólo la hacía quererlo más, pero no sabía cómo tocar el tema. ¿Ya no la veía como antes por lo que había pasado? O tal vez finalmente tuvo tiempo de repensar todo y tardíamente se dio cuenta del desastre colosal en el que se había metido.

"Una cita … ¿como compañeros de apartamento dices?"

"No. Como una *cita*, cita. Como dos personas que se gustan y salen para pasar tiempo juntos lo más incómodo posible," él bromeó.

"Hemos hecho eso antes," ella señaló. "Como cuando fuimos al mercado esa vez o cuando fuimos al cine en Nueva York."

"Eso fue diferente. Esta vez sería una cita que potencialmente podría significar más citas y eventualmente dirigirse a otra parte."

"¿Quieres eso conmigo?" ella preguntó arrugando la frente.

"Claro, querida. Es todo lo que siempre he querido. Tú sabes eso," él dijo muy serio. "Mira, sé que las cosas han sido complicadas y ahora siento que estamos atorados en este lugar sin saber cómo actuar con el otro o avanzar hacia adelante. Creo que si sólo tratamos de empezar de nuevo podría ser más fácil esta vez."

"Eso hace sentido," ella dijo de repente sintiéndose mucho mejor que en toda la semana.

"¿Así que te animas?"

"Sí," ella trató de no sonar demasiado entusiasmada. "¿Qué quieres hacer para nuestra primera cita?"

"No sé. Podríamos ir por un helado," él sugirió.

"Está bien, entonces algo casual para empezar."

"Sí, ¿no es como los chicos lo hacen estos días? ¿Hacen algo simple como un café o algo así?"

"Helado suena mejor. Será más lindo … pienso. Chispas y todo eso."

"Listo," Max dijo levantándose.

"Ah, ¿dices ahora?"

"Sí, ¿cuándo más?"

"Está bien, déjame ir por mi bolsa," ella dijo yendo a su habitación con emoción.

Cuando regresó a la sala, Max extrañamente ya no estaba ahí. Revisó su habitación y el baño pero estaban vacíos.

"¿Max?"

De repente escuchó un golpe en la puerta y ella abrió con curiosidad. ¿Trató de irse y se olvidó de las llaves?

"Hola, Emma," él dijo fingiendo como si no la acabara de ver, y se inclinó a darle un beso en la mejilla. "Te ves muy hermosa hoy."

Ella se rió, sintiéndose inexplicablemente aturdida. "¿Qué estás haciendo?"

"¿Qué parece? Recogiendo a mi cita linda."

"Ah bueno. Supongo que no vas a tener la experiencia completa de esperarme en la sala unos 15 minutos mientras finjo que me estoy terminando de arreglar y estás obligado a tener una pequeña conversación con mi padre."

"Tal vez podemos organizar eso la siguiente vez," él sonrió.

Dos helados de caramelo después y una hora más tarde, ellos caminaron de vuelta al apartamento inocentemente tomados de la mano. Max se detuvo a la entrada del edificio.

"Te debería dejar aquí," dijo. "Este, me la pasé muy bien contigo Emma. Gracias por salir conmigo," dijo apropiándose del personaje. "¿A no ser que … quieras invitarme a entrar a tomar un té?" preguntó con esperanza.

"Quizás la próxima vez," ella sonrió. "Estoy un poco ocupada esta noche. Tengo que reorganizar mi cajón de calcetines," bromeó.

"Calcetines. Claro. No puedo pensar en algo más importante que eso."

"Sí. Bueno, me debería ir entonces," ella alzó la vista tímidamente.

Él dio un paso adelante y lentamente se inclinó hacia ella. Agarró su mejilla y hundió su cabeza para susurrar en su oreja. "Esta es mi parte favorita de lejos." Le robó un beso en los labios que la dejó sin aliento. "Te llamaré, guapa."

Ella se dirigió tambaleando adentro del edificio y miró atrás para ver si él iba a entrar con ella también. En vez se quedó ahí parado, con una sonrisa en su cara y una pequeña despedida con la mano.

Él entró al apartamento 15 minutos después mientras ella leía un caso de estudio en el sofá. Se sentó junto a ella y con un suspiro de ensueño la miró intensamente. "¿*Homeland*?"

"Sí, por favor," ella contestó riéndose.

Él mejoró la apuesta en la segunda cita, y casualmente acabaron yendo a ver a los mellizos jugar una práctica de fútbol. No era broma cuando le comentaron que eran adorables. Max definitivamente estaba tratando de obtener puntos con presumirlos.

"Emma es bonita," Sofía de repente dijo en el viaje de vuelta a la residencia Durant en el carro. "Es bonita como Mia, pero diferente."

Max alcanzó la mano de Emma desde el asiento del conductor y la besó. "Eso es verdad," dijo.

"¿Vas a casarte con ella, como Leo se casó con Mia?" Nico preguntó después.

"Si me deja algún día, entonces sí," Max rápidamente contestó. "Ya tenemos a una persona confirmada en la lista de invitados," él le guiñó el ojo.

Emma se sonrojó y miró por la ventana.

"¿Eso significa que me toca ser la damita de nuevo y llevar las flores?" Sofía preguntó con emoción.

"Este … claro princesa."

"¡Yo puedo llevar los anillos!" Nico agregó con orgullo.

Max sólo se rió. "Lo siento, debí advertirte que tienden a preguntar cosas inapropiadas sin darse cuenta," él susurró a Emma.

Una vez que llegaron a casa y cada quien se retiró a sus habitaciones respectivas, él decidió torturarla con numerosos mensajes de texto detallando sus supuestas nupcias inminentes. Ella se quedó boquiabierta un sinnúmero de veces y simplemente lo quería matar cada vez que escuchaba su risa haciendo eco de su habitación.

En la tercera cita, Emma propuso cocinarle una cena.

"Vaya, esto se está poniendo serio, ¿eh?" Max bromeó. "Conociendo a los mellizos, cocinando ... diría que esto va por buen camino."

"No te hagas expectativas todavía, chico duro," Emma dijo mirando dentro del refrigerador. "Bueno, parece que vamos a necesitar ir al supermercado pronto. Todo lo que realmente hay es yogurt, granola y plátanos," ella dijo volteándose a mirarlo.

"Pensé que te gustaban los plátanos," él dijo guiñando el ojo hacia sus shorts.

"Sinvergüenza," ella jadeó y luego continuó su búsqueda en el refrigerador.

"Lo siento, bebé. No lo puedo evitar cuando estás doblada de esa manera. Lo juro que tu trasero podría ganar mejor *derrière* y efectos especiales en un premio de cine."

"Vaya, estás muy travieso esta noche," ella dijo inmediatamente y se irguió de vuelta fingiendo estar ofendida. Secretamente, le encantaba cuando él jugaba así. "¿Tomaste una doble dosis de jarabe de tos o algo así?"

"No, sólo una doble dosis de ti. Revisa el congelador, debe haber alguna comida congelada por lo menos."

"Parece que sólo será pizza esta noche. Lo siento Max, te cocinaré algo mejor cuando vayamos de compras. ¿Suena bien?"

"Suena delicioso. Iré por el vino."

Terminaron en el sofá después de la cena, acabando la botella de vino y escuchando música indie.

Max empezó a jugar con su cabello, una ocurrencia que se estaba volviendo más y más común. Casi se había vuelto un hábito para él.

"Sabes que haces eso mucho," ella sonrió.

"Lo sé. No puedo tener suficiente de este cabello sedoso. Me relaja," confesó. "No te molesta, ¿o sí?"

"No, me encanta. Se siente bien."

Él sonrió. "Nunca pensé que podría ser así," dijo bajando sus dedos a su cuello. "Veía a Leo y Mia así todo el tiempo, cómo estaban juntos, y parecía imposible sentir ese tipo de intimidad. Pero ahora sé lo que se siente … por ti."

"¿Estás tratando de tener suerte esta noche? Porque está funcionando."

Él se rió. "Bueno, es nuestra tercera cita. Se supone que es un rito."

Su sonrisa de repente se volvió seria mirándola fijamente a los ojos. "¿Qué te parece un beso y nos despedimos?"

"Eso suena … apropiado," ella dijo de repente sintiéndose un poco nerviosa y mordiendo su labio.

"Me haces sentir como un adolescente," él susurró.

"Sólo bésame, Max," ella respiró.

Tan pronto como dijo las palabras, sus labios estaban en los de ella. Eran suaves y delicados como los recordaba. Él abrió su boca con su lengua y pudo probar el ligero sabor de Tempranillo en ella. Lentamente profundizó el beso, tomando su tiempo en explorar su boca, hasta que sus lenguas finalmente se encontraron. Ella ronroneó de satisfacción.

"Tan bien," Max murmuró ladeando la cabeza. "Tu boca es tan dulce. Sabes tan increíblemente bien, bebé."

Él mordisqueó el lado de su boca antes de moverse a su cuello y continuar su dulce tortura. Su respiración rápidamente aumentó al acercarla a él. Encontró sus piernas colocadas sobre sus rodillas, casi sentada sobre él. La había llevado justo al borde y dejó que ella tomara el siguiente paso y envolverlas alrededor de él.

No pudo evitar recordar la última vez que habían estado en una posición similar y cómo eso había escalado rápidamente. Especialmente su mini orgasmo vergonzoso. Mientras que la continuaba besando, ella se preocupó que no habría nada para pararlos esta vez si lo llevaban más lejos.

Max pareció sentir su duda y lentamente trajo el beso a un fin. Todavía plantó besos suaves alrededor de su boca y finalmente descansó su frente contra la suya.

Emma cerró los ojos, sólo su respiración rápida llenando la sala silenciosa. Ella sabía que pronto debería retroceder, pero quería quedarse así para siempre.

"Debería irme," él finalmente susurró.

Ella asintió, aunque todavía estaba enredada alrededor de su cuello. Él se rió y lentamente quitó sus manos de sus hombros, apretando besos suaves sobre sus muñecas cuando las soltó. Le dio un último beso ligero sobre sus labios antes de regresar sus piernas a su sitio y levantarse.

"Buenas noches, querida."

"Buenas noches, Max."

Lo miró caminar a su habitación, cerrando la puerta rápidamente detrás de él. Ella inmediatamente se dejó caer sobre el sofá respirando profundamente en frustración.

Capítulo 24 – Hecho para Amar

Max estaba teniendo otro de sus sueños con Emma. Ella era protagonista en ellos durante noches interminables, pero éste en particular se sentía muy real.

"Max," ella susurró seductoramente. Su cuerpo tibio se apretaba a su lado y sus dedos viajaban por su pecho desnudo.

"Más abajo, bebé," él murmuró, empezando a sentir la adrenalina correr por su cuerpo. Hasta en sus sueños ella siempre lo provocaba.

Sus dedos se quedaron inmóviles por un momento, antes de continuar el camino bajo sus abdominales.

"¿Estás seguro?" ella preguntó.

"Sí, Emma. Tócame. Sé que quieres," él respiró.

Su mano rozó la cintura de sus bóxers, antes de correr sus dedos precipitadamente sobre la tela de algodón.

Él se sacudió tan fuerte a su roce que supo en ese momento que tenía que estar despierto. Sobó sus ojos y ciertamente encontró a Emma observándolo con una mirada traviesa en sus ojos.

"Dios, Max. Definitivamente no decepcionas," ella susurró.

"Emma. ¿Qué estás haciendo, bebé?" él preguntó, trayendo su mano de regreso a su pecho cuando se dio cuenta de la realidad.

"No podía dormir," ella se encogió de hombros. "Pensé que estabas despierto. Decías mi nombre."

"Mierda." ¿Qué más había dicho?

"Sí, seguías diciendo eso también," ella sonrió satisfecha.

"Vamos pequeña pícara," él dijo jalando sus piernas alrededor de su cintura y saliendo de la cama. "No deberías estar aquí. Este futón no es lo suficiente cómodo para ti."

"Pero, Max ..." ella trató de protestar mientras caminaba a través del apartamento hacia la otra habitación. Su habitación.

La colocó encima de la cama acogedora, inmediatamente cubriéndola con las sábanas. "Duérmete, querida," dijo levantándose para irse.

"No te vayas. Quédate conmigo," ella dijo envolviendo sus dedos delicados alrededor de su brazo.

"Bebé, tú sabes que no puedo."

"Max, quiero que te quedes. Te quiero," ella respiró, lentamente sacándose las sábanas de encima. Estaba oscuro en la habitación pero la luz de la luna resplandecía sobre la cama y entonces fue cuando realmente la vio por primera vez.

Santo dios. Pensó que todavía estaba soñando al verla en el negligé más sexy que había visto. Era negro transparente con un corpiño que resaltaba sus pechos llenos y acentuaba su pequeña cintura y caderas y hasta incluía una tanga que le hacía juego.

"Emma," casi se atragantó e instantáneamente se acercó a tocar el material alrededor de sus costillas.

Ella se rió con satisfacción. "Mia me dijo que tendrías esa reacción."

"¿Ella te metió en esto?"

"Dijo que ayudaría," comentó encogiéndose de hombros.

"¿Ayudar a qué?"

"A que te fijaras en mí," ella dijo con desaliento.

"Emma, siempre me fijo en ti. Te puedo decir dónde están todos tus lunares, empezando con el que tienes en tu cuello, justo debajo de tu oreja izquierda."

Ella pareció conmovida por sus comentarios, pero luego sacudió la cabeza. "No me miras como antes. ¿Por qué no me quieres?"

"Sí te quiero. Te quiero más que nada," él aseguró rápidamente.

"¿Pero?" ella preguntó.

Él suspiró y corrió sus dedos por sus brazos, y paró para colocarlos sobre uno de sus moretones. "Te estoy dando tiempo para que te recuperes. No quiero lastimarte."

"No lo harás," ella protestó.

"No lo sabes."

"No estoy rota. Te juro que ya no me duelen. Se ve peor de lo que realmente es. Estoy completamente bien."

Él dudó y miró bajo su cuerpo otra vez. Fue un gran error cuando un diluvio de deseo desgarró su cuerpo.

"Max," ella suplicó. "Haz que me olvide de él."

Todo se perdió con esas simples palabras. Primero atacó su boca, queriendo hacer exactamente eso. Inmediatamente trajo su cuerpo sobre la cama, inclinándose sobre ella. Él besó su cuello y luego bajó a su pecho, tocando las tiras de su negligé.

"Dios, no sé si quiero quitarte esto o dejártelo puesto," él dijo mientras que su boca rozaba sus pechos. Acabó jalando la parte de abajo por encima de sus muslos, besando su estómago en el proceso.

"Quítamelo, Max. Te quiero sentir más cerca," ella dijo.

En segundos le quitó la prenda preciosa y tenía sus pechos en su boca. La estaba devorando ahora. Ella tenía una piel perfecta, respiraciones acaloradas y gemidos maravillosos y no podía ir más despacio aunque quisiera.

Él trajo dos dedos debajo de sus pantis y los apretó dentro de ella enseguida. Ella estaba tan mojada y lista que él gimió al contacto mientras ella chillaba.

"Lo siento bebé, prometo ir más despacio la próxima vez. Te quiero demasiado ahora," él susurró contra su cuello.

"No, no vayas más despacio. Necesito esto," ella dijo.

Empezó a masajearla con su pulgar, mientras besaba sus pezones con el mismo movimiento circular. "Hmm, Max," ella dijo sin aliento.

"¿Quieres venirte para mi, bebé?"

"Sí, Max por favor."

Él sacó sus dedos de ella y ella inmediatamente gimió. "Necesito probarte. Quiero verte llegar al clímax."

Ella se retorció bajo de él en respuesta mientras que le quitaba los pantis y se colocó sobre ella. Besó el interior de sus muslos, tomando su aroma, antes de abrir sus piernas un poco más. Olía deliciosa y estaba seguro que sabría igual de bien.

Ella saltó cuando su lengua la rozó por primera vez y él sintió que moría y se iba al cielo. Era mejor de lo que había imaginado.

"Tan dulce," dijo mientras que continuaba en el mismo lugar exacto.

"Dios," ella respondió aferrándose a las sábanas de la cama.

Agarró sus manos y las colocó detrás de su nuca. Quería sentir esas manos aferrarse en vez contra su pelo. "Guíame, bebé. Enséñame lo que te gusta," dijo mientras que iba más rápido.

Sus dedos rápidamente se entrelazaron en su pelo, jalándolo como él quería, pero apenas moviéndolo de su lugar. Sus gemidos se hicieron más fuertes, los sonidos angelicales alimentando su cuerpo.

"Max … ya estoy ahí," ella lloró.

"Eso es. Quiero hundirme en ti."

Ella explotó ahí mismo. Claro que sí, a su chica le gustaba que le hablaran sucio. Él regresó a relajarla lentamente mientras que se sacudía temblando.

Él se movió de vuelta hacia ella, besando su estómago, su ombligo, sus costillas. Sintió contraerse en anticipación y se dio cuenta que nunca había estado tan duro como una roca en su vida.

Emma de repente se paró y empezó a besar su pecho mientras le quitaba los bóxers. Su mano se deslizó bajo él con impaciencia y lo agarró de la base.

"Dios sí," dejó escapar mientras lo empezó a tocar. Sentir sus manos así encima de él era una sensación inexplicable. Ella empezó a acelerar sus movimientos y él sabía que iba a tener que parar pronto antes de que la fiesta se acabara demasiado rápido.

"Emma, bebé. Quiero estar adentro de ti." Ligeramente la empujó de vuelta a la cama, alineando su cuerpo flexible debajo de él.

Él miró dentro de sus ojos verdes hermosos antes de besarla. Empezó a frotarse contra ella, justo arriba de su entrada donde más quería estar.

"¿Recuerdas lo que te dije, bebé? ¿Sobre no tener nada entre nosotros?"

"Sí. Por favor, Max. Te necesito ahora," dijo levantando sus caderas, buscándolo.

Deslizarse en ella fue la cosa más perfecta de este mundo. Ella recostó su cabeza hacia atrás mientras que él la estiró y ella lo tomó adentro, sus ojos agrandándose.

"Vaya," ella casi grita. "Eres tan grande," dijo mordiendo su labio.

"Me haces sentir como un dios, Emma. ¿Sabes eso, bebé?" dijo empujando más profundo dentro de ella. Dios, era tan increíblemente estrecha. Se sentía mejor que nada.

Aprovechó ese momento para apreciar la verdadera belleza debajo de él. Era tan perfecta. Él había soñado esto desde la primera vez que la había visto, y tantas otras veces que pensó que nunca sucedería esto. Tantas veces había esperado este momento más allá de su imaginación salvaje sólo para darse vuelta y descartarlo de nuevo. Esto lo hacía mucho más dulce.

"Max. Si no te mueves pronto, voy a gritar," ella susurró.

Él se rió. Peleadora como siempre. "No te preocupes bebé. Te tendré gritando enseguida."

Se salió de ella y entró de nuevo, lentamente creando un ritmo para ellos. Maldita sea, sí que era receptiva. Sus cuerpos estaban perfectamente en armonía, conectados sin una astilla de espacio entre ellos. Era un tango puro mientras que se movían en contra en un abrazo cercano, barriendo juntos a través del piso. Ella seguía sus movimientos de una manera impecable como un gato y un ratón. Era como si estuviesen bailando la misma canción de una orquesta privada y se había atorado en el solo del acordeón.

Él alcanzó sus piernas y las deslizó alrededor de su cintura, profundizando su ángulo. Sus talones se apretaron contra sus muslos mientras que sus dedos se enterraban en su espalda. Él buscó su boca de nuevo, más desesperadamente. Necesitaba más de ella aún cuando ya le estaba dando todo lo que tenía.

"Dime que eres mía, Emma," él susurró en su oreja.

Su mano alcanzó entre sus cuerpos y empezó a rastrear alrededor de sus pechos.

"Sí, soy tuya. Siempre he sido tuya. Me salvé para ti," ella contestó entre jadeos.

Él gimió a su respuesta, tratando de evaluar exactamente lo que había querido decir con esa última parte. Ella se sentía tan flexible a su roce, realmente anhelaba que significara una cosa.

"¿Desde cuándo, bebé?"

Él bajó su mano hacia su estómago, hasta que empezó a frotar su parte más sensitiva. Él ya estaba empezando a acercarse y la necesitaba con él.

"Desde la primera vez que me besaste. Eres el único que me ha tocado," ella dijo lentamente entre respiraciones.

Algo se arrebató dentro de él ante esa confesión. Hizo que su cuerpo se enloqueciera por ella e intensificó todos y cada uno de sus movimientos. "Mía. Sólo mía," él cantó.

"Max," ella gritó, de repente apretándose alrededor de él. Su orgasmo le pegó fuerte e inesperadamente, trayéndolo al suyo. Se hundió dentro de ella unas veces más mientras que su nombre salía de sus labios con adoración y terminó dentro de ella.

Él miró dentro de sus ojos saciados que ahora eran dueños de cada parte de él y siempre lo serían. "Te amo, Emma. Estoy tan enamorado de ti."

Ella le sonrió con ojos brillantes. "Estoy tan enamorada de ti también."

Él besó su frente, corriendo sus dedos por su cabello. "¿Estás bien? ¿Te lastimé?" preguntó, de repente preocupado.

"No, Max. Fue increíble."

"Tú eres increíble," él sonrió con alegría. Besó sus labios y con un suspiro, lentamente se salió de ella, con una última respiración entrecortada de Emma.

La trajo a su pecho, corriendo sus dedos bajo su espalda y besando la parte de arriba de su cabeza. Se quedaron así un tiempo, hasta que ella se movió en sus brazos.

"Vamos al baño," él dijo recordando que no habían usado un condón. La jaló de la cama y la dirigió hacia el baño.

Abrió la llave de la regadera y revisó la temperatura del agua. "No quiero que estés adolorida mañana," explicó.

Se volteó a ver a Emma moverse nerviosamente en la esquina, tratando de cubrir su cuerpo.

"¿Qué tienes, bebé?" preguntó yendo a ella. Bajó sus brazos, enderezándolos a sus lados. "Es un pecado cubrir este trabajo de arte," dijo

222

contemplándola un momento para apreciar su belleza perfecta.

La llevó dentro de la regadera, dejando que el agua caliente cayera sobre ellos mientras abrazaba su cuerpo. Alcanzó el jabón y la enjabonó, ocasionalmente plantando besos sobre su piel suave.

Ella actuaba increíblemente tímida. Se dio cuenta que no había dicho nada por un tiempo. De hecho, las últimas palabras que ella había dicho fueron en la recámara. "¿Por qué te estás poniendo tímida, querida?"

"Lo siento, supongo que no estoy acostumbrada a todo esto," ella dijo silenciosamente.

"¿Todo esto?" preguntó confundido. "Sólo nos estamos bañando, Em."

"Lo sé," ella dijo cerrando los ojos. "Roy sólo se daba vuelta después, así que no estoy acostumbrada a este … trato."

Él no podía creer lo que ella estaba diciendo. "Bebé, mereces esto, ¿de acuerdo? Te estoy diciendo ahora que siempre voy a consentirte después. No lo puedo evitar. Te quiero más ahora que ya te he tenido y no me podría alejar aunque tratara."

Ella asintió con la cabeza. Le maravillaba lo inocente que ella era con ciertas cosas. Agarrando su cara, él hundió la cabeza y la besó significativamente, sólo en caso de que no hubiese recibido el mensaje todavía.

Él agarró el jabón y rápidamente empezó a sobar su pecho. Ella lo alcanzó titubeante. "¿Puedo hacer eso?"

"Siempre," él le sonrió, colocando el jabón en su mano. Ella empezó a enjabonarlo, sus dedos delicados haciendo trazos sobre él con asombro. No pudo evitar la piel de gallina que estalló sobre su piel mientras que lo tocaba.

Ya podía sentir la necesidad empezar de crecer de nuevo, así que los enjuagó rápidamente y apagó la regadera. No quería presionarla más esta noche. Tendrían suficiente tiempo para eso después.

Tomó una toalla, la envolvió con ella y la ayudó a secarla antes de colocarse una alrededor de su cintura. Regresaron a la cama, acomodándose juntos.

"¿No quieres buscar tu ropa?" ella preguntó.

Él negó con la cabeza. "Voy a dormir desnudo contigo esta noche. Quiero sentir tu cuerpo tibio contra el mío."

Ella tragó saliva y lentamente se sacó la toalla debajo de las sábanas. "Está bien," acordó, llenándose de valor. Esto obviamente era nuevo para ella también. Estaba siendo más y más obvio que tenía muchos malos hábitos que romper. Él le quitaría cada uno de ellos.

Él se quitó su propia toalla y la acercó para que estuviesen frente a frente, sus cuerpos unidos juntos. Su aroma lo envolvió y respiró con satisfacción. Era como si ella estuviese hecha para él. Se sentía entero así. Ahora entendía el significado de cuerpo y alma. Era esto … este momento.

"Em, ¿te puedo preguntar algo?" preguntó mirando dentro de sus ojos. "No necesitas contestar si no deseas, ¿pero cuándo fue la última vez que tú y Roy estuvieron juntos?"

"Está bien. En realidad estaba pensando lo mismo antes. Honestamente no recuerdo. Fueron muy pocas veces desde que llegamos a España. Quiero decir octubre, tal vez."

"Me puse loco tantas veces pensando que tú … olvídalo," dijo soltando un respiro hondo.

"¿Por qué crees que me enojé tanto cuando nos peleamos? Eso ya ni siquiera era una posibilidad."

"Lo siento, Em. Nunca debí acusarte de eso."

"No sabías. Roy y yo … terminamos hace mucho tiempo. Las cosas se deshicieron cuando llegamos aquí. Supongo que los dos estábamos sosteniéndonos a algo que ya no existía. Si hubiese sido completamente honesta conmigo, debí de haber terminado la relación con él en diciembre."

"Bebé. Siento que tuvieses que pasar por todo eso. Me siento como un idiota. Probablemente te hice las cosas mucho más difíciles."

"No, Max. Si no fuese por ti … no sé qué hubiese hecho. Probablemente llorar todos los días hasta quedarme dormida. Estaba hecha un desastre."

"Eso ahora se acabó. Estamos juntos ahora y no te voy a dejar ir."

"¿Lo prometes?"

"Sí, lo prometo con cada fibra de mi cuerpo. Vamos a hacer que esto funcione."

Ella suspiró contenta, descansando su cabeza en el hueco de su hombro. Él la rodó para colocarla encima de él.

"No puedo creer que esto era todo mío durante los últimos cuatro meses y ni siquiera lo sabía," dijo mientras corría sus dedos bajo su espalda. "En retrospectiva, debí de haber sido más descarado contigo."

Ella cruzó sus brazos sobre su pecho, descansando su cabeza sobre ellos mirándolo a los ojos. "Supongo que lo hice inconscientemente. No me di cuenta en ese entonces, pero en mi mente Roy y yo habíamos terminado y sólo quería que tú fueras él que me estuviese tocando. Tú eres a quien quería."

Su pecho se llenó de orgullo con sus palabras. "Gracias," él susurró, realmente sin saber cómo expresar su gratitud por lo que ella había hecho por él. La quería besar sin fin, pero ella estaba demasiado lejos. Acabó rodándola debajo de él para que pudiese probar esos labios increíbles.

Ella se rió y lentamente rompió el beso. Lo miró fijamente a los sus ojos, con una mirada de asombro.

"¿Qué?" él preguntó curiosamente.

"Nada," ella se encogió de hombros. "Sólo que es muy fácil rodar contigo. Siempre me he sentido un poco … sofocada así. Los kilos de más y eso," dijo pareciendo avergonzada.

"Hmm. Nunca pensé que tendría esos puntos a mi favor," él se rió.

Ella lo alcanzó para besarlo y él sintió sus manos empujar contra su pecho. Él se dejó caer de lado y la miró con curiosidad otra vez.

Sus ojos estaban grandes llenos con sorpresa, y su sonrisa nunca había sido más feliz. "Eso fue asombroso," ella dijo.

"En serio que estás sobre inflando mi ego, querida," él dijo acercándola de nuevo.

Ella sólo se rió acomodándose fácilmente junto a él.

"¿Em?"

"¿Sí?"

"¿Realmente eres mía?" Su pregunta era en voz tan baja que apenas la podía escuchar.

"Claro. ¿Por qué tienes que preguntar?" ella respondió de inmediato.

"Me mataría si cambiaras de opinión. Tengo miedo que tal vez necesites más tiempo o que sólo soy un reemplazo," él admitió. Inmediatamente se sintió estúpido por el comentario y posiblemente arruinar el momento.

"Max, no lo haré," ella dijo con expresión muy seria. "Tengo miedo también ... sobre muchas cosas. Pero estoy segura de lo que siento por ti. Nada de esas cosas van a cambiar, lo prometo."

"No tengo duda. Sólo es que ... he querido esto por tanto tiempo y ahora parece demasiado bueno para ser verdad."

"Créeme, esto es real. Es la cosa más real que he sentido. ¿Tenemos que recrear esta noche de nuevo para que te cerciores?" ella preguntó jugando.

"Quizás mañana. Y el siguiente día. Y cada día después de eso," él sugirió.

"Es un trato. Te amo, Max."

"Te amo, Em."

Capítulo 25 – La Recta Final

Emma se despertó con un nudo en su estómago. Hoy era el día de su presentación final y luego su maestría acabaría oficialmente. Trató de atribuir el sentimiento de inquietud al hecho que estaba nerviosa por la presentación, pero ciertamente no era eso. Ella era muy buena al presentar, siempre lo había sido. Se sabía de memoria todo y probablemente lo podría recitar en su sueño.

Además, no podía negar que ella y Max hacían un gran equipo. Cuando él primero había sugerido que fueran compañeros para la presentación, pensó que sería una mala idea mezclar trabajo con romance. Pero luego él le recordó que habían obtenido la única A en clase cuando trabajaron juntos en el proyecto de economía el primer semestre. Al final, prefería no trabajar con alguien que no quería y decidió pasar el poco tiempo que les quedaba junto con él.

Había salido todo muy bien en realidad. Como tenían una semana para presentar después de que las clases terminaron, Max acabó llevándola a la casa de playa que tenían en Marbella y trabajaron en el proyecto desde ahí. Él se había asegurado que nadie más estuviese ahí, así que tenían la casa entera para ellos mismos. En las mañanas se despertaban, tomaban un desayuno sin prisa mirando el mar, y luego pasaban las tardes trabajando juntos en su reporte con descansos ocasionales en la playa. Cocinaban una cena juntos en la noche y pasaban el resto del tiempo entre las sábanas.

Había sido simplemente perfecto. Nunca se hubiese imaginado en un millón de años que el final del MBA sería tan divertido y sin estrés. Habían sido seguramente una de las mejores y más relajadas semanas de su vida. Por otro lado, nada en su año entero en España había sido planeado o esperado.

Pero ahora todo eso se había terminado y estaban de vuelta en Madrid. Max estaría yendo de regreso a su trabajo en Londres en un par de días y ella todavía no había decidido qué diablos iba a hacer. Él la había estado tratando de convencer que se regresara con él durante el último mes, pero no se podía decidir. Pensaba que no sería lo mejor para ella. Ahora que el día estaba justo a la vuelta de la esquina, tenía un sentimiento de desasosiego y estaba absolutamente aterrorizada de su partida. La presentación hacía que todo pareciera tan final.

La alarma en su teléfono sonó y ella se inclinó sobre la mesa de noche para apagarla. Justo había empezado a revisar sus mensajes cuando Max inmediatamente la alcanzó y la trajo de vuelta contra su cuerpo. "Debería ser ilegal que te alejes de mí," él murmuró en su sueño.

Ella todavía no se había acostumbrado completamente al hecho que él quería estar cerca de ella a todas horas. Era afectuoso y cariñoso con ella. Algo que Roy nunca había sido.

Ella se volteó en sus brazos y hundió su cabeza en su pecho. Suspiró profundo, pensando que esto sería una de las últimas mañanas que despertaría con él. Este pensamiento inmediatamente la sobrecogió. Tal vez si se volvía a dormir, esto desaparecería.

Max trazó sus dedos lentamente bajo su espalda y luego rozó su trasero, como él rutinariamente hacía en las mañanas. Después de gemir con satisfacción dijo, "Buenos días, guapa."

Empezó a besar su hombro y bajo su brazo mientras cepillaba su cabello hacia atrás y empezó a correr sus dedos por él. Se sentía tan bien que no quería moverse y en vez disfrutó de la sensación.

"Bebé, nos deberíamos despertar. Tenemos la presentación."

Ella inmediatamente sacudió la cabeza. "No quiero ir a la universidad. ¿Tenemos que?" se quejó.

Max se rió. "Solamente es la presentación final de nuestra maestría que cuenta muchísimo, pero oye, no es gran cosa."

"MBA estúpido," ella contestó. Salió de las cobijas y se paró aún atontada para ir al baño. Apenas había prendido la perilla del lavabo para cepillarse los dientes, cuando sintió a Max detrás de ella.

"¿Por qué estás siendo un gato gruñón?" él preguntó.

"Porque sí," se encogió de hombros, su estado de ánimo sólo

228

empeorándose.

"¿Porque sí qué?"

"Porque es la mañana. ¿No es razón suficiente?"

"Bueno, sí. Pero además de eso. ¿Qué tienes, querida?"

"Nada. Sólo estoy nerviosa por la presentación."

Max se rió fuerte. "No creo eso ni por un segundo."

"Entonces no lo creas."

Antes de que se diera cuenta, Max la agarró por la cintura y la acorraló contra la pared. "Háblame, bebé."

"Se está haciendo tarde. Nos deberíamos ir."

"No parecía importarte hace un minuto."

"Bueno, tienes razón. Además, necesito más tiempo para alistarme hoy."

Max suspiró fuertemente. "Está bien. Cualquier otro día y no me gustaría esto. Pero tan pronto como terminemos vamos a regresar aquí y me vas a contar todo. Y después de eso, estoy planeando hacerte el amor toda la tarde. No trates de discutir conmigo, no voy a tomar no como una respuesta."

Emma hizo un puchero por un segundo, pero luego sonrió. Realmente le gustaba la idea de la segunda parte. "Eres tan sexy cuando me ordenas, Sr. Durant."

Él se inclinó a besar su cuello y luego susurró en su oreja. "Ponte algo sexy para mí. Eso también es una orden, Señorita Blake," dijo antes de irse y cerrar la puerta detrás de él.

Cuando llegaron a la universidad 30 minutos más tarde, Emma se sorprendió al ver que había un pequeño grupo de estudiantes esperando afuera del salón. ¿Qué estaba pasando?

"¡Oye, Max!"

Se volteó para ver a Tony acercarse a ellos por detrás.

"Te ves bien, hombre," él dijo señalando primero hacia su traje ajustado y luego a Emma a su lado.

"Ey Tony. ¿Qué pasa aquí afuera?" Max preguntó.

"Están atrasados. Como 40 minutos, hermano."

"Ay no, ¿en serio? Típico," Emma se quejó.

"Gracias por avisarnos, hombre," Max dijo. Volteando a Emma preguntó, "¿Quieres ir a un salón de estudio para prepararnos mientras tanto?"

"Este, sí," contestó. "Supongo que te veremos más tarde, Tony. Buena suerte."

"Está bien. Nos vemos chicos."

Ellos subieron para buscar una sala vacía, y Emma se sentó junto a la computadora después de dejar sus cosas. Empezó a sacar su USB para la presentación. "¿Quieres hacer una última corrida entonces?"

Max se quedó en la puerta, mirando por el pasillo. Luego la cerró detrás de él, echando la llave y bajando las persianas sobre la ventana de vidrio. "En verdad no, sólo fue una excusa para escaparnos. Quería tiempo a solas contigo antes de ir ahí adentro," él le sonrió.

"Ah," alcanzó a decir, ya teniendo una idea clara donde esto estaba yendo.

Él le ofreció la mano, indicando que se parara. Una vez que la tomó, la guió hacia el centro de la sala y suavemente la empujó contra la pizarra. "¿Te he dicho lo guapa que te ves hoy?" él preguntó, colocando un mechón de su cabello detrás de su oreja.

Ella lo miró de cerca a sus ojos color avellana. "Eh, creo que sí," ella contestó tímidamente.

"Necesito recordártelo por lo menos una vez cada hora," él respondió, corriendo su mano bajo su cuello. "Me encanta este atuendo. La blusa verde hace cosas increíbles a tus ojos. ¿Te la pusiste para mí?"

"Sí, es la que me ayudaste a escoger en Nueva York."

"Ah, claramente recuerdo cuando lo modelaste en el vestidor," dijo rastreando sus dedos bajo los botones de su blusa. "Te quise desabotonar la camisa, subirte la falda y tomarte ahí mismo," susurró.

Su respiración se atoró mientras que él se inclinó a besar su cuello. "¿Así que vas a hablar conmigo ahora?" preguntó.

"¿Ahora?" ella preguntó, su voz ligeramente temblando.

"Sí, ahora. Tenemos al menos 40 minutos, si no más. Suficiente tiempo," habló de manera insinuante. Sus manos ahora estaban paseando libremente alrededor de sus caderas y la acercó hacia él. "Dime que tienes."

Ella dejó escapar un suspiro. "¿No es obvio? Te vas en dos días, Max."

Tan pronto como las palabras salieron de su boca, él la besó apasionadamente, dejándola sin aliento. Su beso era fuerte, demandante, firme. Parecía decirle tantas cosas a la vez.

Cuando finalmente rompió el beso, sus ojos perforaron los de ella. "Ven conmigo."

"No puedo, Max."

"¿Por qué no?"

"Ya te dije. Sólo te estaría siguiendo a otro país. No puedo hacer eso de nuevo." Era una conversación que habían tenido repetidamente durante el último mes. Era un disco rayado con el cual los dos estaban dolorosamente familiarizados. Se había convertido en casi un juego a este punto.

"Qué mujer tan terca. Pensé que hubiese podido cambiar tu opinión a estas alturas." Su mano subió por su estómago y empezó a desabotonar su blusa. "No me dejas opción más que enseñarte lo que te estarás perdiendo."

"Max," su voz se fue bajando. No había razón para tan siquiera protestar, así que cerró su boca y lo dejó que la convenciera.

Él le desabotonó rápido su blusa, y cuando se dio cuenta estaba besando sus pechos y levantando su falda. Justo como había dicho que había imaginado hacer en el vestidor de Nueva York. Pero ahora estaban en el medio de una sala de estudio, justo antes de su presentación más importante. Se prendió al instante. Era exactamente lo que necesitaba.

"Abre," él murmuró acariciando sus rodillas. Ella obedeció de inmediato y extendió sus piernas. Su mano viajó arriba hacia su muslo y vino en contacto con su liguero. "Dios, eres tan sexy. Me encanta cuando te pones esta cosa," respiró. Sus dedos jugaron con las tiras, antes de continuar su camino hacia arriba. Justo había rozado el lado de sus caderas cuando su mano se congeló por un instante.

"Mierda, bebé. No traes puesto pantis," él dijo excitado.

"Pensé que sería más fácil para cuando regresemos a casa," ella sonrió. Esa era exactamente la reacción que esperaba cuando decidió ir sin ellos antes.

"Qué cosita más traviesa." No perdió el tiempo más, y hundió un dedo dentro de ella.

Emma instantáneamente gimió y recostó su cabeza contra la pizarra. En su euforia, podía escuchar voces pasando fuera del salón, y se preguntó si ellos los podían escuchar también. Pero no pensó más en ello y eventualmente los bloqueó.

"Tan mojada para mí," Max susurró en su oreja mientras que sus dedos hacían su magia en ella. "¿Esto es lo que necesitabas, Em?"

"Sí," ella siseó mientras sus brazos se aferraban alrededor de sus hombros. Empezó a sentirse desesperada y dejó escapar otro gemido.

"Shh, querida. Relájate. Te lo daré."

Con su mano libre la agarró por la cintura y la acercó más fuerte contra de él, mientras que sus dedos continuaron a circularla. Ella sintió su erección apretar contra su estómago y lo alcanzó, bajando el cierre de sus pantalones. Los jaló hacia abajo en un solo movimiento rápido, junto con sus bóxers.

"Necesito más, Max," dijo al agarrarlo y empezar a tocarlo.

Él gimió con aprecio y sus ojos la miraron con lujuria. "¿Me quieres dentro de ti, bebé?"

"Ah dios," ella dijo asintiendo la cabeza.

Él sacó sus dedos de ella y agarró su trasero, jalándola contra de él. Los volteó y la colocó sobre la mesa de conferencia, acercándola al borde y envolviendo sus piernas alrededor de él.

"¿Qué tanto lo quieres? Dime, Emma."

"Por favor. Te necesito, Max. Tú sabes que sí."

"Ah bebé. Eso es lo único que necesitaba escuchar," dijo colocándose a su entrada. Alcanzó su cara y se movió poco a poco dentro de ella mientras tomaba su boca, tragando los gemidos de los dos.

Se movió dolorosamente lento, a pesar de su localización, como si tuviesen todo el tiempo del mundo. No sólo era una llamarada de pasión sobre una mesa, o la excitación de ser atrapados así. Era sobre ellos, su amor, y cuanto se necesitaban. Ella sabía en ese momento que no lo estaría siguiendo a Londres. Nunca sería sólo eso. Ellos eran tanto más.

"¿Lo sientes, Em? ¿Sientes eso?"

"Sí. Siento todo. Te amo, Max."

"No me dejes entonces," rogó.

La ironía de ese enunciado no se le escapó a ella. Él era el que técnicamente la estaba dejando. Pero sabía lo que quería decir.

"Te amo tanto. No te rindas de mí," él continuó. "No te rindas de nosotros. Por favor."

Lo sintió crecer rápidamente, casi de la nada, y no pudo evitar el llanto que dejó escapar cuando le pegó con plena fuerza. Max cubrió su boca y hundió su cabeza en su cuello, tratando de suprimir su propio gemido al llevarlo ahí también.

Los dos todavía estaban respirando fuerte cuando él destapó su boca. "Lo siento bebé, pero esos sonidos deberían ser sólo para mis oídos."

"Deberías culparte a ti mismo por eso," ella le devolvió la sonrisa. Era increíble como ella no estaba ni lo menos avergonzada por ello. Max definitivamente había sacado otro lado de ella que no tenía idea que existiera.

Besando su frente, él se salió lentamente de ella y la ayudó a pararse. Se ajustó rápidamente y se puso los pantalones de vuelta antes de ayudar a Emma a abotonar su camisa.

"¿Entonces es un sí? ¿Vendrás conmigo a Londres?" él preguntó con esperanza.

"Todavía necesito pensar sobre ello. Tal vez me puedas convencer un poco más en la casa," ella dijo guiñándole el ojo.

"Dios, ¿qué voy a hacer contigo?"

Emma sólo se encogió de hombros y se rió, mientras que él revisaba su reloj.

"Bebé, deberíamos regresar a la sala."

"Está bien, vamos. Creo que ahora ya estoy lista," ella dijo bromeando.

"Bueno ver que pude ayudar. Nunca debí dejarte ir de la casa en tu estado," Max bromeó. "Pero hay que pasar por el baño primero. Aunque me encanta tu aspecto apasionado que traes, no hay manera que lo compartiré con los demás," dijo posesivamente.

Ella empujó su hombro. "No te preocupes. Es todo tuyo, chico duro."

"Bien. Ahora vamos a darle con todo, compañera."

Capítulo 26 – Campana de Cierre

"¡Cinco minutos para la campana de cierre!" una voz hizo eco a través del piso de inversión. Todo el lugar parecía como si un huracán hubiese pasado zumbando por ahí, como si acabaran de jalar la alarma de fuego.

Max estaba sentado con sus pies encima de su escritorio, su cabeza encorvada a la izquierda mientras mantenía su línea de venta, desarreglado pero aún así presentable. Vestía una camisa blanca de rayas desabotonada en el cuello, con una corbata de Prada suelta, un chaleco gris oscuro y pantalones haciendo juego.

Bajó los pies, enderezó su silla y tomó un sorbo de Vitamin Water, luego con su mano libre abrió el segundo cajón y sacó una botella pequeña tamaño de avión de Johnnie Walker Black. Se la tomó de un sorbo.

Apretando el botón de espera en el teléfono con su índice izquierdo y dedo medio, gritó, "Estoy en ello bastardo. No fastidies, es mi comprador. Lo conseguiré, Sebastián."

"No jodas esto o juegues al vaquero de medianoche. Tenemos un vendedor institucional y un mercado que se está viniendo abajo, sólo cuenta tus pérdidas y déjalo ir."

Sebastián era el director de inversiones, de voz ronca y tipo intimidante, parte de la generación vieja de negociantes.

"Te dije, lo tengo." Max sonrió, "Además, disfruta un poco. ¿Ya no nos estamos divirtiendo?"

"Termínalo ahora."

"Puta madre, está bien." Max descolgó su teléfono, golpeando el auricular contra su palma.

"Entonces Javier, ¿tenemos un acuerdo?"

"Sí, Don Emilio estará muy contento," habló con un acento fuerte español. "Tenemos un buen entendimiento de los contratos a futuro, y sólo digamos que, tenemos buenos indicios que la cosecha se recuperará muy bien la segunda mitad del año. Ha sido un invierno pesado."

"Si ese es el caso, tenemos un vendedor privilegiado, nada sale de esta habitación, pero él prefiere todo el lote. Movería el mercado, pero controlarías casi todo. Aparecerá en la confirmación final de inversiones del día, pero nada muy severo antes del reporte de USDA de mañana. Claro que a una comisión, tampoco quiero insultar al vendedor."

"Ah … Max, siempre el *boy scout*, ¿eh? Pobre pequeño Max, esperando hasta el último minuto para que alguien lo salve. O espera a salvarlo. ¿Cómo sé que si no me vendes ese lote a mí, que no lo venderás después del reporte mañana?"

"Bueno. No sabes. Pero tampoco encontrarás el mismo contrato de cosecha y cereales que te estoy ofreciendo ahora a una pequeña comisión para asegurar tus ganancias – por lo que dices – para el resto del año. Imagina, Javier, eso podría ser el verano entero en la Toscana con tu familia … y sin llamadas de mí."

Los ojos de Max se entrecerraron mientras que rascaba su barbilla. Se dio cuenta que su barba estaba crecida, debieron haber pasado un par de días desde que se afeitó.

"Bueno Max, hazlo a un cuarto más. Ni un centavo menos ni un centavo más. Cómprate un nuevo traje de *boy scout*." Bajo su aliento, pero todavía audible escuchó, "Este miserable hijo de la gran p-" antes de que la línea se cortara.

"Hmm, bueno, te mandaré la confirmación de venta y concluiremos el día," Max dijo antes de colgar.

El resto del piso de transacciones se estaba cerrando por el día, pero una campana fuerte sonó y varios gritos y alaridos hicieron eco de los otros negociantes felicitando a Max. Sin embargo, eso disminuyó cuando la campana de cierre sonó y Sebastián entró al piso.

"En mi oficina … Ahora."

Max salió a través del piso por las puertas de vidrio de doble paño y entró a la oficina lujosa de Londres de su jefe. Sebastián tenía un par de fotos con su familia, retiros de entrenamiento y algunas pinturas originales de Dalí colgadas en la pared. Era un espacio lo suficiente grande para un pequeño escritorio, mesa de conferencia, un par de sillas Barcelona, y un área de alfombra y otomana para atender a clientes y ejecutivos.

"Max, siéntate … por favor. Bueno, ¿dónde empiezo?"

"Creo que un *gracias, buen trabajo ahí afuera* sería un buen comienzo, Sebas."

"Cállate la boca, Max. Mírate. Desde que regresaste de la escuela de negocios, lo cual yo y la maldita compañía pagamos, has sido un desastre y has estado jugando muy, muy riesgoso."

Él continuó, "Regresaste hace dos semanas, y parece que no te has bañado en un par de días o has estado fuera en una borrachera, y pareces un fantasma cuando no estás trabajando. Ni siquiera te estás tratando de coger a la asociada con la que te enganchabas antes o salir con los otros negociantes. Checas a la llegada y a la salida, como un reloj, sólo que apenas estás aquí. Y cuando lo estás, eres un riesgo total. Para mí, para los negociantes, y para ti mismo."

"Gran discurso, ¿me puedo ir ahora?" Max replicó.

"¡No! ¿Qué diablos está pasando?"

Max se desplomó en una de las sillas Barcelona, deslizando su mano lentamente sobre el cuero y botones de nudo e hilo. Suave y sedoso, como ella. Como Emma.

"¿*McFly*, hola? ¿*McFly*?"

"Mira, he tenido algunas cosas personales. Nunca tomé un descanso entre el final de las clases y el regreso al trabajo, y por si fuera poco, acabo de salir de una relación que me ha estado jodiendo la cabeza."

"Vaya, Max. Mujerzuelas corriendo sueltas, ¿eh? Antes te llamábamos *El Puma*, porque eras un padrote por ahí. Ahora sólo eres una de las mujerzuelas."

"Jefe, ¿es un buen momento para decirte que eres británico y blanco, y no un gangster mafioso de Compton?"

"Chistoso. Esto es lo que va pasar … *compinche*. Dos semanas de vacaciones no pagadas para que arregles tus cosas. Arregla lo que sea que tienes y regresa aquí y das la mejor impresión de *Max el tipo que contraté* o te largas de aquí."

"Entendido, jefe," Max dijo levantándose y tratando de arreglar su corbata.

"Sólo regresa a casa, engánchate con una de las pasantes o asociadas, y diré que estás de vacaciones para guardar apariencias. ¿De acuerdo?"

"Sebas, tú sabes que no me meto con niños pequeños como Ming."

"Hmm. Nos vemos en dos semanas, Durant," Sebastián dijo azotando la puerta en su cara.

Max ni siquiera se molestó en regresar a su escritorio y salió del edificio para encontrar a Rebecca, una de las asociadas jóvenes, esperando en el patio.

"Ey sexy, ¿por qué no has querido jugar últimamente?" ella sonrió con superioridad y con una ceja alzada.

"Ah mierda, Rebecca. No es un buen momento."

"Maxi, no me has dirigido la palabra desde que regresaste. ¿Me estás evadiendo?" ella respondió con una cara de puchero.

"Rebecca como te dije antes, nos divertimos, pero yo quería hacer algo más con mi vida, por lo que me fui." Max frunció la frente, frotando su pelo y buscando su celular en uno de los bolsillos de su traje.

"También mencionaste mantener una política abierta cuando regresaras."

"Sí, bueno … parece que la puerta está cerrada por ahora. Escucha, tengo mucho en mi plato, nos ponemos al tanto después, ¿está bien?"

"No. Te ves como mierda por cierto. Me vestí para ti, y hasta traje un regalo para que lo abramos juntos."

"Dos nuevos mensajes." Max cerró uno de sus oídos y trató de escuchar los mensajes mientras que la *Jessica Rabbit* falsa lo trataba de seducir con el tráfico peatonal del centro de Londres.

"Hola Max, es mamá. Bueno, es sobre tu padre de nuevo. Le dio gripa después de su chequeo con el cardiólogo. No se ve bien, hijo. ¿Tal vez uno de estos fines puedes venir aquí, levantarle el ánimo y cuidar a los mellizos? Beso. Llámame de vuelta."

Ni siquiera esperó que la grabación terminara y apretó 7 para borrar el mensaje.

"¿Hola? ¿Me estás escuchando? Me puse un atuendo revelador y mucho más. Pista, el juguete es para usarlo allá abajo, corazón."

"Dios, ¿hablas en serio? ¿No has escuchado nada? ¿Estás desesperada? No estoy interesado." Max perdió su compostura por un segundo, pero ya no podía más.

"Está bien idiota, aquí está tu regalo. Ponlo a buen uso y métetelo por el culo."

"¿Qué?"

Rebecca se marchó enojada y le tiró una bolsa discretamente que traía guardada en su pecho. Max la atrapó a medio aire, haciendo malabares con su teléfono.

"Presione 1 para repetir, 7 para borrar."

No había escuchado nada del siguiente mensaje, así que apretó 1 al llegar a su apartamento. Él convenientemente vivía a corta distancia de su oficina. Era bastante infrecuente por estos barrios, pero trabajar en finanzas tenía sus ventajas, o al menos eso pensaba hasta hace unos días.

"Hola hermano, es Leo. Mia y yo estamos pensando en ir a ver a papá. Estoy seguro que mamá ya te llamó, me mandó el mismo email cuatro

239

veces de su iPad. Bueno, llámame de vuelta, tal vez podamos ir el mismo fin. ¿Qué pasó con Emma al final? Bueno, espero que cosas buenas."

Max abrió la puerta de su apartamento y de inmediato fue hacia su cocina y abrió el refrigerador para sacar otra botella de Vitamin Water. Tiró su teléfono sobre la mesa al igual que la bolsa y se desplomó.

"Ja, el conejo, cuáles son las probabilidades."

Asomándose en la bolsa en un paquete de tienda cursi, estaba un pequeño vibrador de conejo. Rebecca se lo había comprado supuestamente para *experimentar* en ella. Se rió solo por unos segundos antes de ponerse serio otra vez.

Habían pasado dos semanas desde que había visto a Emma, y esencialmente, desde que su mundo se había desbaratado. Ella había sido el pegamento que había mantenido todo junto. Era la razón por la cual se despertaba cada mañana. Hasta había bromeado que ella era la *esperanza* en la campaña de reelección de Obama.

Ellos se habían peleado cuando él se fue y en su mente, cortado. Ella quería poner su vida en orden y él inicialmente había dicho lo mismo. Pero él sabía. Sabía desde el momento en que la había conocido que esto era demasiado profundo. Ella era una dinamita belicosa y no le importaba si su mano explotaba jugando demasiado cerca. Tenía esta atracción, este tiro magnético dentro de ella que lo nivelaba y aplanaba.

"¿Por qué te estás regresando a Londres?" ella demandó durante su última discusión sobre el tema. Había sido todo diversión y juegos hasta ese punto cuando la verdad finalmente surgió.

"Tú sabes por qué. Tengo que trabajar y siento que todos están contando conmigo."

"¿Y que de mí? ¿De nosotros?"

"¿Qué de ello, Emma? Quiero estar contigo, pero me mandas tantas señales mixtas, no sé qué pensar. Quieres ser independiente y averiguar tus propias cosas. Bien, me encanta eso de ti. Pero luego no quieres que yo interfiera o cambie lo que yo quiero."

"Bueno, ¿qué quieres Max?"

"Tú, maldición. Siempre ha sido y siempre vas a ser tú."

"Entonces quédate conmigo un tiempo. ¿Nos acabamos de graduar y ahora se supone que sólo debemos regresar a como estaban las cosas? Eran una mierda antes. No sé tú, pero era una mierda antes de venir aquí y conocerte. No quiero regresar a eso, pero tampoco te puedo prometer el mundo."

"Emma, no lo puedo explicar. Tengo un … deber … de regresar. Quisiera que sólo pudiéramos escoger un lugar en un mapa y escaparnos juntos, pero la vida real no funciona así. ¿Por qué no puedes venir y quedarte conmigo por un tiempo? Ver Londres, quedarte en mi apartamento. Te encantará. Todo está pagado. Lo podemos averiguar ahí."

"Ah sí, todo pagado. Justo como te gusta, ¿no es cierto? ¿Para que haga lo que tú digas?"

"Todo lo que quise decir es que los dos estaríamos apoyados, y tal vez en un ambiente externo estable, y no aquí en el mundo bizarro, los dos podríamos tomar buenas decisiones. Asegurarnos que esto sea real."

"¿No piensas que esto es real? Bueno, me enamoré de ti en el mundo bizarro tonto. Así que pon eso en tu pipa y fúmalo."

Max cerró los ojos de nuevo y se imaginó su piel y roce suave. No había visto a su familia en tanto tiempo, apenas estaba manteniendo su trabajo, y aparentemente parecía un taxista de Nueva York que compartía la misma higiene de él. Más que nada, ningún contacto con Emma. Se había acabado tan rápida y estúpidamente. Ella no contestaba su emails o llamadas. Seguramente había jugado con él.

Estaba tan enojado con el mundo que sólo quería liberar su enojo de alguna manera. Estaba hirviendo dentro de cada centímetro de sí mismo y la urgencia de su mente de tirarse por la ventana diez pisos o tirarle navajas a los repartidores cuando traían su orden.

Buen trabajo, psicópata. ¿Perdiendo tu mente? Sí. Verificado. Ahora vamos a acabarnos otra botella de whisky y dormirnos hasta el domingo, se dijo a sí mismo.

Rebuscando por su gabinete de licor, la puerta de repente se abrió y su mundo entero se paró.

Emma.

"Está bien, bueno él debe estar por llegar, así que espero sorprenderlo. Estoy tan emocionada. Me encantan las sorpresas. De acuerdo, adiós Mia."

Ella estaba en el teléfono y no lo había visto en la sala.

Clic. Literalmente.

"¿Em?"

"¡Mierda me asustaste, Max! ¡Odio cuando haces eso!"

"Por qué estás …" tuvo que parar y pensar sobre lo que le quería preguntar. Sus ojos verdes destellaron en él, y se olvidó quién era por un segundo. Nunca se habían visto tan vibrantes, detuvo un impacto tan fuerte sobre él.

"¿Qué estás haciendo aquí? No he escuchado una sola palabra de ti en dos semanas. Pensé que habíamos terminado. ¿Te caíste sobre tu lindo trasero en el baño y te descalabraste?" Max dijo metódicamente.

"Max, puedo explicar esto. Nigel me dejó entrar. Le dije que era tu esposa y que te quería sorprender. Quiero arreglar esto."

"Espera, espera … ¿quién es Nigel?"

"Nigel, el tipo grande con el bigote raro. El portero, ¿aló?"

"Ah, pensé que su nombre era Kenneth. Con razón nunca entendía mis chistes de R.E.M. De todos modos, ¿un email, una simple llamada? ¿Una paloma con una maldita nota en su pata? Todos estos serían métodos preferibles de comunicación en vez de aparecerte sin avisar."

"Porque yo …" empezó a llorar.

242

Mierda, odiaba verla llorar. Se sentía como si alguien le desgarraba el corazón.

"Porque fui una idiota. Siempre me apago y bloqueo a la gente y he sido un desastre desde que te fuiste. No puedo creer que me dejarías. Digo, lo sé, yo lo hice. Pero eso era yo protegiéndome. Necesitaba saber que te sentías igual. Si no, me iré."

Max inmediatamente caminó a través de la sala y la trajo cerca. "Shh … bebé. Me estoy volviendo loco aquí. Casi me despiden, mi familia me ha estado afectando mucho, y no te tenía a ti. No sabía dónde estabas o qué estabas haciendo o con quién estabas."

"Estaba esperando a que me rescataras. Supongo que fui una tonta por aparecerme aquí. Por todo lo que he pasado y todavía soy la chica a la que no invitan a bailar. Patético."

Max agarró su cara y suavemente limpió sus lágrimas. "No digas eso enfrente de mí. Te estaba dando tiempo … no quería presionarte. Eres increíble. Desearía que lo pudieses ver. Todos los demás lo ven. El mejor momento de mi vida fue saber que eras mía."

"Entonces demuéstramelo, Max," Emma gimió.

Max rápidamente la subió al mostrador de cocina y la besó profundamente, reclinando su cabeza hacia atrás y colocando su mano derecha alrededor de su cuello. Con su mano izquierda separó sus piernas, envolviéndolas alrededor de su cintura para poderse acercar más a ella.

Su aroma era embriagante. Chupó su labio y luego mordisqueó alrededor del lóbulo de su oreja y luego lo mordió. Su mano derecha se movió hacia su hombro mientras tomaba su trasero con la izquierda.

Emma envolvió sus manos fuertemente alrededor de su cuello y jugó con su pelo mientras ella jadeaba sin aliento. Sus labios eran como heroína y Max podía sentir la necesidad y urgencia con cada movimiento. Sabía que se sentía muy real, pero también muy carnal y duro. Como si estuviese llenando sus necesidades físicas y emocionales en el mismo momento. Se asustó un poco.

Eran como dos caballos salvajes sueltos del establo en una noche tormentosa sin luna. Sus ojos se fijaron en ella y tal como un semental, tenía los ojos vendados para el mundo cuando ella estaba a la vista. Ahora iba a mostrarle quien era su semental.

Ella traía puesto un top corto gris y un suéter largo que le encantaba, una falda apretada con mallas y botas a las rodillas. Se veía más que hermosa y sexy. Ella colocó dos manos atrás de ella y se movió más encima del mostrador, dándole a Max una mejor vista mientras abría su posición más amplia.

De repente sintiendo que él traía puesto demasiada ropa, Max se quitó su propia camisa y Emma rápidamente se paró a ayudarlo a desabrochar su cinturón. Él le desgarró su top y suéter, revelando un sostén blanco de encaje que realzaba sus pechos exquisitos.

Se arrodilló un poco sobre ella y susurró, "Necesito probarte. Ahora."

Le levantó la falda y le quitó sus mallas y pantis en un sólo movimiento. Ella ya estaba mojada y olía deliciosa. La probó con su lengua y ella dejó escapar un gemido suave.

"Sólo estoy empezando, reclínate."

Al colocar su cara más cerca de su piel, él flexionó su brazo izquierdo y detuvo su muslo sobre su hombro. Con su pulgar, frotó un círculo suave alrededor de su centro y la abrió.

Su cabeza y espalda se arquearon y ella dejó escapar un gemido profundo y susurró, "Max, te necesito."

Colocó su lengua y dedo índice dentro de ella y con su brazo la sacudió para adelante y atrás sobre el mostrador mientras que ella unía sus movimientos con su cuerpo.

Su cuerpo entero se acaloró y estaba estallando en llamas, esperando a que el entrenador lo metiera al juego. Ese era un toro que estaría corriendo por Pamplona esta noche.

Pero con un movimiento, todo vino a un alto.

"Para. Ahora."

Max se paró y se dio cuenta que Emma había endurecido sus piernas y su cuerpo estaba completamente rígido.

"¿Qué diablos es esto, Max?" Ella apuntó a una bolsa junto al mostrador.

"Bebé, realmente no es lo que piensas." Su protuberancia empezó a disminuir mientras se ajustaba y levantaba.

"He escuchado esa historia antes. Guárdalo para la jueza. Dios, soy tan idiota." Emma empezó a levantarse y a ajustarse también.

En ese momento Max flaqueó. "Emma. Mírame. Mírame, por favor."

Sorprendida, ella quedó paralizada por un segundo. "¿Qué, Max?"

"Emma, esto … esto es mierda. Es de una chica desesperada con la que me enganchaba antes. Me lo dio como una manera de regresar con ella. Porque no he sido yo mismo últimamente. Porque todo lo que quiero y necesito eres tú."

"¿Así que te lo dio? ¿Y eso es todo?"

"Em. Dijiste que estabas aquí antes, y no estaba aquí, ¿correcto? ¿Parezco como si tengo tiempo de tener una orgía y encuentro de medio día, y luego convenientemente dejarlo aquí a la vista para que tú o cualquier otra persona lo encuentre?"

"No lo sé Max. ¿Esto es lo que te gusta? ¿Esto es lo que te prende?"

"Tú me prendes. Fin del cuento."

"Sólo sácalo de aquí," ella casi grita.

Max inmediatamente tiró todo a un lado pero el conejo seguía ahí.

"¿Y qué sobre eso? ¿Lo usas con tus amantes?"

"No, nunca lo he usado. Y no, no tengo chicas contratadas corriendo por aquí."

"Ay, ahí vamos de nuevo. Por contrato, Max. ¿Así deberíamos llamarte?"

Max, aún semidesnudo, acorraló a Emma, quien estaba semiconsciente y sonrojada, y puso su mano alrededor de su cara.

"Te encantaría eso, ¿no es cierto? Que fuera el eterno chico malo. Para tener una razón de irte. Que no haya manera de que alguien te ame, ¿es así?"

"Bueno, ¿lo es?" Emma parecía tener miedo pero también estaba intrigada e intimidada por su ceño fruncido. Ella no sabía cómo responder.

"Emma, bebé. Para esto. ¿Quieres seguir con los juegos?"

"Ja, cierto Max. Buen intento, no me convence."

"Te amo, Em. Sólo a ti. No me vas a dejar. No lo permitiré."

"Dame una razón para no irme, Max."

"Estoy por enseñarte un millón de razones."

Max agarró su cuello suavemente y la besó. Emma volteó su cara, pero Max eventualmente cepilló su cabello atrás, mirándola directamente. Él no estaba jugando. Estaba lleno de tanto enojo y deseo, pero también miedo. Algo estaba mal con él y no lo podía entender. ¿Tal vez esto era lo que él necesitaba? ¿Esto es lo que ella necesitaba? No podía pensar claro viendo que la mitad de su atuendo estaba o en el piso o alrededor de sus tobillos.

Se envolvió en su beso apasionado. Pero esta vez, era más profundo. La quería tanto que empezó a actuar por instinto y dejó todo pensamiento racional atrás. Rápidamente la bajó del mostrador y volteó su cuerpo, poniendo sus manos sobre el mostrador y luego barrió su cabello a un lado recorriendo sus manos por su espalda.

"Ahora, ¿dónde estaba?" él resopló.

Max jaló sus caderas hacia él, causando que ella encorvara su espalda y subiera su trasero hacia arriba. Él rápidamente agarró su miembro pulsante y lo guió a su centro. En ese momento, Emma volteó su cabeza alrededor no sabiendo lo que estaba pasando.

"Uh-uh. Todavía no, señorita."

"Max, ¿has perdido la cabeza?"

"Sí."

Él agarró sus caderas de nuevo y extendió sus piernas más ampliamente. Se posicionó de nuevo en su entrada. Ella todavía estaba mojada, pero tendría que ganar esta descarga para mostrarle quien estaba a cargo.

Él se inclinó hacia delante y la agarró por las muñecas, sujetándolas al mostrador. Ella accedió, sólo ligeramente peleando mientras provocaba su punta dentro de ella.

"Max, por favor. Te quiero dentro de mí."

"Shh … casi bebé." Él estaba adolorido y muriéndose por hundirse en ella. Pero necesitaba esto. Necesitaba escucharla suplicar por él y quererlo tanto como él.

"Más," ella rogó.

Esas palabras fueron música para su oído. Empujó dentro de ella, pero sólo parcialmente.

"Más, Max," ella lloró. Era una agonía y éxtasis extraño que se estaba formando dentro de su voz.

"Te amo, Em. Pero lo siento. Voy a necesitar tomarte fuerte antes de que te haga el amor."

En un movimiento, Max se hundió en ella, más profundo que antes. Repitió el movimiento una y otra vez. Su cuerpo se azotó fuerte en contra del de ella, firme y profundo. Al poco tiempo, ella empezó a encontrar sus movimientos agresivos. Se desató y empezó a labrar dentro de ella. Estaba cerca del clímax y necesitaba pausar por un segundo.

"Dios, Em. Sí."

Aunque ella era pequeña y flexible, él cambió su posición para que ella pudiese sentirlo todo adentro de ella. No quería perder un centímetro de ella.

Él recostó sus piernas un poco y soltó su agarre sobre sus muñecas, mientras se acercaba besando su cuello y cara. Ella estaba empapada de sexo y sudor, y sabía tan dulce. Pensó que era imposible, pero ella nunca se había visto más hermosa que en ese momento.

La miró fijamente y susurró, "Te puedo sentir toda, bebé. Te amo. Te necesito."

"Te necesito más, Max. Soy tuya."

Empezó a sentirla erupcionar y temblar debajo de él, y él sintió los espasmos y el correr de su sangre soltarse y explotar dentro de ella. Los dos se cayeron a un lado y se quedaron ahí acostados por unos segundos.

Su mirada finalmente se calmó y al fin se sintió satisfecho y lleno, física y emocionalmente. Besó su mejilla y su frente y dijo, cuidadosamente escogiendo sus palabras después de lo que había transpirado, "Eres mía, y pertenezco contigo y dentro de ti. Siempre."

Capítulo 27 – Eventualmente, Algún Día

Emma y Max se dirigieron al baño después de lo que había ocurrido. Ella todavía no podía describir lo que había pasado entre ellos. Ninguno de los dos dijo nada por un tiempo hasta que Max finalmente habló.

"Sí, definitivamente pienso que deberíamos bañarnos y apretar el botón de reinicio. ¿Tú no?" dijo un poco incómodo.

Emma todavía estaba sorprendida por su yo previo. "Sí, iba a decir eso antes, hueles mal."

Eso rompió la tensión y los dos se rieron.

Por suerte, la regadera era como sacada de un hotel de cinco estrellas. Los pisos se calentaban y también las toallas y la regadera era como un spa. Había dos cabezales de ducha, uno que salía del techo y otro desmontable. También había un sitio para sentarse adentro. Max tenía una colección muy buena de shampoo y cremas, justo la cantidad necesaria y suficiente para sacarse toda la transpiración.

"Vaya, no estabas bromeando sobre tu regadera, Max."

"Te dije. Sabía que a ti entre toda la gente te gustaría," Max respondió.

"Bueno, creo que ya perdimos nuestra ropa en el camino. ¿Después de ti, señorita?" Max bromeó, tratando de mantener las cosas ligeras.

Ellos se empezaron a bañar y sostenerse, y sólo disfrutar de su propia existencia. Emma estaba tanto agradecida como aliviada, realizando que finalmente estaban juntos después de lo que parecía una eternidad separados.

"¿Max? ¿Te puedo preguntar algo? ¿Qué fue todo eso?" Emma rompió el silencio.

"No lo sé, Em. He estado pasando por mucho estrés y eso de dominar, no es una cosa de S&M o fetiche habitual. Creo que me sentí encadenado y jodido por la vida. Traía mucha agitación interna dentro de mí y tenía que sacarlo de alguna forma. ¿Te lastimé?" preguntó con una expresión muy preocupada.

"Hmm … encadenado. Conozco el sentimiento," Emma dijo sarcásticamente.

"Mala elección de palabras, lo siento. Pero en serio, ¿estás bien?" Max intervino.

"Sí, fue un poco loco, pero podemos tomar turnos para llevar el control. Tal vez no todos los días, pero definitivamente interesante. Estoy un poco adolorida, pero nada fuera de lo común."

Max la miró con aprecio, observando fijamente su cuerpo lleno de burbujas de jabón. El destello en sus ojos color avellana y su actitud sexy eran demasiado para manejar y le dio una sacudida.

Emma alzó la vista y lo miró con el mismo pensamiento y empezó a frotar jabón sobre su pecho y hacer espuma en círculos alrededor de él.

"Em, lo tomaría todo de vuelta. Si no te hubieses aparecido hoy, hubiese regresado a Madrid por ti … y soy tuyo. Tú estás a cargo ahora, ¿de acuerdo?"

"Ah, ¿así que ahora estoy a cargo? Bueno, ¿eso te hace mi sexy *boy toy* entonces? ¿Te puedo poner un bozal o collar ahora?" Emma se rió, tratando de quitarle importancia al encuentro en la cocina.

"Hmm. No estoy seguro sobre eso, pero definitivamente soy tuyo. Pero sí me gusta la parte de esclavo de sexo."

"Dije sexy *boy toy*. Eso significa que te tengo en marcación rápida. Como durante una de tus juntas o si quiero un falafel durante el día. Te puedo llamar en marcación rápida y voila."

"Hmm … me gusta la idea de eso." Max circuló alrededor de Emma y la puso contra la pared, dándole un beso profundo.

"Maximiliano, pensé que estábamos en un descanso de regadera. ¿Qué está pasando?"

"¿Contigo en la regadera? Este es el poder que tienes sobre mí, Em."

Max se sentó en la banca y sentó a Emma sobre él con sus manos contra la pared. Empezó a besar su cuello y hombro, recorriendo bajo a sus pechos.

"Max, ¿qué me vas a hacer esta vez?"

"Como dije antes, soy tuyo. ¿Por qué no tomas la iniciativa, sexy?"

Emma dudó por un momento. "Sé que esto va a sonar aburrido, ¿pero podemos sólo … quedarnos así por un tiempo?"

"No es aburrido para nada, bebé. Te he extrañado. Quiero sostenerte tanto como quisiera hacerte el amor. Tenemos suficiente tiempo para los dos … eso es, si realmente te vas a quedar."

"Me voy a quedar, Max. ¿No lo has entendido todavía?"

"No me has convencido enteramente. De hecho, ¿trajiste tu taza de café?"

"¿Taza de café?"

"Sí, ¿sabes la que tiene el elefante con los pavos encima?"

"Sí, la traje. ¿Por qué?"

Una sonrisa enorme cubrió su cara y él corrió sus dedos con adoración por su cabello.

"¿Qué tiene que ver?" Emma preguntó confundida.

"Significa que ahora sé que te vas a quedar … permanente. Que es real. Sé que la taza significa mucho para ti. Es extraño que nunca te he preguntado antes, pero era de tu mamá, ¿cierto?"

"Sí. Era su favorita. La usaba siempre. No sé por qué, pero es una de las pocas cosas que siempre guardé de ella," respondió, sus ojos de repente poniéndose húmedos.

"Bebé, lo siento. Sé que la extrañas," dijo inclinándose a besarla de nuevo.

"No, está bien. Sólo estoy sorprendida que te dieras cuenta. No la uso tan seguido por miedo de romperla. Sólo la uso si estoy teniendo un mal día en particular."

"Cuando fui por ti al apartamento de Roy … supongo que tu apartamento también, en ese entonces," él dijo haciendo una mueca, "estabas tan confundida y fuera de sí. Ya había empacado todas tus cosas, pero esa fue por la única cosa que regresaste. Cuando te vi sosteniéndola, supe."

Ella asintió. "No fue mi mejor momento. Apenas me acordaba de eso … hasta que lo mencionaste ahora."

"La mantendremos a salvo aquí, ¿está bien querida? Prometo que haré cualquier cosa en mi poder para que no la tengas que usar. Quiero hacerte feliz, Em."

Su corazón se apretó en su pecho a sus palabras dulces. "Ya me haces tan feliz, Max. Sólo para que sepas, también traje el paquete de estrellas que me diste. Esa es la otra cosa por la que regresé ese día."

La miró asombrado. "¿En verdad? ¿Eso es lo que tenías dentro de la pequeña caja blanca? Pensé que era una joya o algo así."

"Sí, las guardé ahí para tenerlas a salvo. Fue el mejor regalo que he recibido, así que claro que lo iba a traer conmigo. Me enamoré de ti ese día," ella admitió.

La expresión de Max se suavizó y la miró fijamente a los ojos. "Te amo tanto, Emma. Te amé entonces y cada día después de eso."

Ella colocó su mano sobre su corazón latiente y se inclinó más cerca de él para besarlo. "Te amo, Max," ella susurró.

"¿Em? Gracias por tomar un riesgo y confiar en mí. Sé que fue difícil para ti tomar la decisión de venir aquí, pero te instalaremos. Coincidentemente, parece que mi calendario se acaba de despejar por las siguientes dos semanas, así que te puedo llevar a pasear, tal vez empezar a buscar trabajo si quieres … y si te hartas de mí siempre puedes hacer cosas con Mia y sus amigas."

"¿Cómo se te despejó el calendario? ¿Por mí?"

"Bueno, indirectamente. Mi jefe me forzó a tomar unas vacaciones de dos semanas. Sin pago."

Los ojos de Emma se agrandaron. "¿Qué hiciste, Max?"

"Estaba hecho un desastre, Em. No era yo mismo. No me di cuenta lo mal que estaba hasta que tú llegaste. Me salvaste, querida," él confesó.

"Hombre loco. Supongo que tú me salvaste primero, así que ahora estamos parejos," ella dijo besándolo en la mejilla. "Ah y creo que tengo mi situación de trabajo arreglada … más o menos."

"¿En serio? ¿Cómo?"

"¿Te acuerdas de una de las entrevistas que tuve en Nueva York … la que tiene su oficina principal aquí? Resulta que me querían contratar, pero les dije que me estaba mudando a Londres y … parece que igual me quieren ofrecer un trabajo aquí."

"¡Emma! Eso es increíble. Supongo que ese viaje a Nueva York al final sí resultó, ¿no? Aunque yo lo haya echado a perder mayormente."

"No lo echaste a perder. Las estrellas sólo se alinearon y todo pareció suceder al mismo tiempo. Además, todavía necesito averiguar toda la situación de la visa así que no estoy segura como funcionará eso."

"No te preocupes por la visa. Pareces ya tener todo averiguado, pero yo te puedo ayudar con eso. Sabes, cambiar tu estatus a residente permanente y todo eso," le guiñó el ojo. "Hablando de ello, una cosa más."

"¿Qué cosa?" ella preguntó confundida.

"¿Le dijiste al portero que eras mi esposa?" él preguntó incrédulo.

"Bueno, sí. Pensé que sería mejor si yo —"

"¿Lo quieres ser?" él interrumpió.

"¿Q-qué?" ella se tropezó con sus palabras.

253

"¿Quieres ser mi esposa?" él preguntó muy seriamente, sus ojos color avellana perforando dentro de los de ella.

Emma sólo se quedó ahí sentada, mirando estupefacta. ¿Realmente le estaba preguntando?

Como permaneció en silencio por un minuto, Max agregó, "Digo eventualmente ... algún día, por supuesto," clarificó.

"¡Max! ¿Qué estás diciendo? ¿Me estás pidiendo que me case contigo?"

"Digo puede que haya ido a buscar un anillo, con la ayuda de Leo y Mia. Y puede que le haya dicho a tu hermano. No es gran cosa ni nada," se encogió de hombros.

"¿Tú hiciste ... *qué*?"

"Sólo sé que está ahí ... para cuando tú lo quieras. Ya sé que técnicamente te acabas de mudar así que ... no hay prisa, ¿de acuerdo?"

"Lo quiero Max," ella soltó emocionadamente. "Digo eventualmente ... algún día, por supuesto," ella repitió, tratando de mantener una actitud calmada aunque ella quería explotar por dentro.

"Y en verdad, déjame contarte una historia más," le sonrió con alegría. "¿Alguna vez te conté que soy un Conde?"

FIN

Agradecimientos

Este libro está dedicado a la maravillosa comunidad de Wattpad por presentar mi trabajo y a todos los lectores que apoyan mis historias y me alientan para seguir escribiendo.

A Madrid, por el escenario e inspiración.

A mi familia y amigos por siempre escucharme y por el ánimo interminable, ¡y más importantemente por ser mis lectores betas!

A Julian García por la portada increíble.

Finalmente, quiero agradecerte por tomarte el tiempo para leer este libro. Espero que hayas disfrutado la historia de Emma y Max tanto como yo al escribirla. Si te gustó, por favor considera decirle a tus amistades o dejar un comentario.

¡Gracias a todos!

Pasaje de Persiguiendo A Sofía

Sigue leyendo un adelanto del siguiente libro de esta serie,

Persiguiendo a Sofía.

Presentando a la joven Sofía Durant durante su transición de adolescente y su aprendizaje sobre la vida y el amor.

Prólogo

Nunca pensé que mi último año de la preparatoria me parecería una lata. Especialmente no las últimas semanas. La gente siempre habla de que es el mejor momento de sus vidas, y guardan las memorias más dulces de él. Desearía poder decir lo mismo. Pero la verdad es que no lo siento así.

Cambio rápido de canales en mi televisor por lo que debe ser la quinta vez, y finalmente me quedo en una repetición de *Enredos de oficina*. Sonrío un poco al ver que es la escena con los dos Bob. Bueno, esto tal vez pueda funcionar. Dios sabe que necesito algo para mejorar mi mal humor.

"¡Sofía! ¿Estás ahí abajo?" Nico grita.

Tengo que contenerme para no gritar. Mi mellizo querido siempre escoge los peores momentos para aparecerse y molestarme.

"¡Sé que estás ahí, así que no trates de fingir que no me escuchas!" él continúa.

"¡Vete!" le grito de vuelta. Dios, ¿por qué tiene que ser tan fastidioso?

Escucho sus grandes pasos bajar hacia la sala de televisión y lo trato de ignorar. "¿Te estás escondiendo otra vez, princesa?"

"Sólo estoy viendo una película," murmuro, sin molestarme en alzar la vista hacia él.

Todo eso cambia cuando decide pararse enfrente de la tele y bloquear la vista de mi programa. "Mueve tu trasero, vamos a salir," él me dice.

Trato de mirar sobre su cuerpo robusto, pero es un ejercicio fútil. Siendo el jugador de fútbol que es parece crecer más cada día. Desde que ingresó al equipo de la universidad este año, no puedo creer cuántos kilos de más ha subido.

"Estoy perfectamente bien aquí, gracias," le digo.

"Esto es una mierda, Sofía. Es tu último año de la preparatoria. ¿Qué estás haciendo?"

"¿Qué parece? Estoy viendo mi maldita película. Ahora salte de mi vista, estás arruinando mi parte favorita."

"Eres imposible a veces, ¿sabes eso? Haz lo que quieras," dice antes de irse enojado.

Me encojo de hombros, viendo que se dio por vencido tan rápidamente. Normalmente me da más pelea, pero quizás su paciencia ya se está acabando. Bien.

Me acomodo nuevamente para ver la película. Peter está por ser hipnotizado cuando escucho pasos detrás de mí nuevamente. Estupendo, ¿qué quiere ahora? Tal vez canté victoria demasiado pronto.

"¡Por el amor de dios, sólo déjame en paz! ¿No puedes ver que estás arruinando mi parte favorita?"

"Pensé que la parte de los dos Bob era tu parte favorita."

Me congelo al sonido de su voz y trato de encogerme más abajo en el sofá. Esa voz no pertenece a Nico, sino a Adrián, el mejor amigo de mi hermano y mi amor platónico desde que tengo 15 años. Maldición. Pensarías que me acordaría que él prácticamente vive en nuestra casa últimamente.

Se deja caer casualmente en el sofá junto a mí, lo cual me obliga a mirarlo. Desearía que no lo hubiese hecho. Algunas veces su buen parecido duele demasiado mirar. Todo desde su cabello castaño ligero, sus ojos color chocolate, hasta sus abdominales perfectos que he tenido la mala fortuna de admirar demasiadas veces durante los últimos años.

"Hola, princesa," me dice con una sonrisa alegre.

Ah, ¿y cómo me pude olvidar de ese indiscutible acento americano? Es demasiado para que una chica lo maneje, mucho menos una chica mitad británica como yo. Cuando habla, es como escuchar a un actor de Hollywood en la pantalla grande.

"Por favor no me llames así," le contesto de inmediato. Nunca me gustó el apodo, mucho menos viniendo de él.

"Lo siento. Se me olvida. Toda tu familia te llama así y se me queda en la cabeza."

Asiento con la cabeza. A veces desearía que nuestros padres no trabajaran juntos en la embajada. Él sabe demasiadas cosas vergonzosas de mí por eso. Como la vez que tuve un caso severo de conjuntivitis en mis dos malditos ojos, o cuando me sacaron las muelas de juicio y me veía como una ardilla durante dos semanas. Cosas que nadie debería saber, mucho menos la estrella del equipo de fútbol de la universidad de Madrid.

Volteo otra vez hacia la tele justo para mirar al terapeuta caer muerto de un ataque repentino al corazón.

Adrián se ríe de la escena. "Entonces … ¿tenía razón?"

"¿De qué?" le pregunto confundida.

"¿Tu parte favorita fue antes?" clarifica.

"Ah, cierto. Supongo que ésta es mi segunda parte favorita entonces."

Adrián sonríe otra vez y luego se voltea de nuevo a ver la película. ¿Qué diablos está haciendo? Normalmente no pasa el rato conmigo … especialmente sólo los dos. Aprendí eso de manera difícil durante los últimos años.

"¿Nico te mandó?" le pregunto antes de que pueda parar.

"Este, no. ¿Por qué?"

"¿Entonces por qué estás aquí?" Sale un poco más fuerte de lo que había planeado, pero realmente sólo estoy tratando de entender esta situación bizarra.

"Yo eh …" él se pone inquieto por un instante, la primera vez que lo he visto hacer una cosa así. "¿Quieres venir con nosotros al cine? Vamos a ir al teatro del centro en Sol para que lo podamos ver con subtítulos y no la versión doblada."

¿Qué? Nunca imaginé que eso saliera de su boca en un millón de años. Claro, todos hemos salido juntos al cine en grupo, ¿pero por qué me está preguntando a mí específicamente esta vez? Antes no parecía que le importara si estaba ahí o no. Diablos, ni siquiera pensé que él notara que estuviera ahí la mitad del tiempo.

"Yo eh … estaba viendo una película aquí," le digo apuntando a la televisión enfrente de nosotros.

"Lo sé. Pero ahora que tus partes favoritas se acabaron, pensé que a lo mejor cambiarías de opinión."

"¿Por qué quieres que vaya?" le pregunto abiertamente.

Se encoge de hombros y aparta la vista de mí por un segundo. "Ya nunca sales con nosotros. La novia de Nico y un par de sus amigas también vienen, así que pensé que todos podríamos ir juntos." Me mira directo de vuelta y busca mis ojos. "Vamos, Sofía. ¿Por favor?"

"Está bien," le contesto inmediatamente, sorprendiéndome a mí misma. Tal vez es por la manera en que me derrito secretamente cuando dice mi nombre. Además, siempre me cayó bien la novia de Nico, Ana. Ella es muy dulce conmigo. Quizás debería hacer más esfuerzo de tratar con ella.

"Genial. Vamos entonces," él dice con una sonrisa grande. Por alguna razón está sonriendo extra hoy.

"Ojalá que no sea una película de terror. Tú sabes el miedo que me da."

Él pausa por un minuto y me mira como disculpándose.

"Es una película de terror, ¿no es cierto?" le pregunto, aunque ya sé la respuesta juzgando por su expresión.

"Técnicamente creo que está categorizada como un suspenso o *thriller*. Es una de esas películas del fin del mundo," me explica.

"No lo sé, Adrián. Probablemente tendré dificultad en dormir de cualquier forma." Nunca he podido explicarlo. Sólo es algo que me pasa cada vez que veo una película potencialmente de miedo. Aunque sea *Guerra de los mundos* o *Guerra mundial Z*, siempre sueño con máquinas o zombis tratando de matarme después.

"Mira, ¿por qué no grabas el resto de ésta? La terminaré de ver contigo después. De esa manera no estarás pensando en las cosas de miedo cuando te duermas después."

Algunas veces me desconcierta lo considerado que es. Siempre me ha cuidado como un hermano grande. Al final del día, es casi tres años mayor que yo e hijo único, así que pienso que él se siente responsable por mí a veces, especialmente porque nuestros padres viajan todo el tiempo. "No tienes que hacer eso. Pero probablemente es buena idea. Ya la estoy grabando."

"No es problema, Sofía." Se levanta y me ofrece la mano.

Apago la tele y me paro con su ayuda. Él es muy fuerte. Es tan fácil para él. Como si pudiera tirarme sobre su espalda como si nada. Algo que he soñado inapropiadamente durante numerosas ocasiones.

"Probablemente me debería cambiar," le digo, tratando de despejar mi mente. No estoy exactamente vestida para salir, sólo tengo puesta una camisa de manga larga con mallas y mis Havaianas favoritas.

"No es necesario. Te ves bien así. Vamos que se hace tarde." Señala hacia arriba y me da un empujón pequeño para empezar a caminar.

Todavía estoy pensando que al menos debería ponerme un poco de maquillaje, cuando él me dirige hacia el garaje. "Necesito ir por mi bolsa," protesto.

"Ya está dentro del coche," responde. Antes que pueda decir algo, Adrián me sigue empujando hacia la camioneta en el garaje, y luego abre la puerta del pasajero rápidamente y prácticamente me tira adentro. Para mi sorpresa, Nico ya está adentro, jugando con su teléfono en el asiento de conductor a mi lado. Mi bolsa también está sobre la guantera.

"Finalmente," dice tirando su teléfono y prendiendo el motor mientras que Adrián se acomoda en el asiento trasero y cierra la puerta. "Ya estaba considerando dejarlos."

Me volteo para mirar a Adrián. "Pensé que dijiste que Nico no te había mandado."

"No lo mandé. Le dije que era una causa perdida, pero aparentemente tiene mejores talentos de convencimiento que yo," Nico responde.

Adrián sólo me sonríe, y me volteo, de repente sintiéndome avergonzada.

Llegamos a la casa de Ana bastante rápido, ya que ella sólo vive a diez minutos de nosotros. Lo hace muy fácil para que Nico se meta a escondidas a su casa a veces. Lo que no esperé es que ella se apareciera con tres de sus amigas.

Me salgo del coche para decirle hola y dejarla sentar al frente, y cuando me doy cuenta, sus amigas ya se sentaron atrás con Adrián. Supongo que tendré que ir en la cajuela.

Sintiéndome un poco tonta, la voy a abrir. Inesperadamente, Adrián se sale de su asiento y viene hacia atrás. Pensé que sólo estaba siendo amable e iba a cerrar la puerta de la cajuela, pero en verdad termina sentándose conmigo atrás.

"Gracias," le digo.

"Estaba un poco atestado allá atrás," él susurra dándome un codazo suave.

Las chicas ya están platicando entre ellas al frente de nosotros. "Sí," respondo.

Mientras que nos dirigimos hacia el cine, trato de pensar en algo que decirle. Pero todo en lo que pienso suena aburrido, así que nos sentamos en silencio. Ciertamente no estoy acostumbrada a estar sola con él. Normalmente tiene una chica colgada de sus hombros o está platicando con mi hermano.

"¿Así que tienes buenos planes de verano?" él finalmente pregunta. Creo que lo vi estremecerse al preguntar, pero no estoy segura.

"Este, no realmente, no."

"Ah, vamos. Es el verano antes de tu primer año de universidad. Estoy seguro que tienes todo tipo de planes traviesos y lo que sea que ustedes adolescentes hacen estos días."

"Bueno, realmente no los llamaría buenos." De hecho, son muy malos.

"¿Me vas a decir o quieres que adivine?"

"No, por favor no," digo tratando de esconder mi pánico. Ay dios, realmente no le quiero decir para nada. Es demasiado vergonzoso. Ni siquiera quiero decirlo en voz alta, saco mi teléfono y decido mandarle un texto. Me volteo para asegurarme que la gente no nos está escuchando, y luego empiezo a escribir.

Yo: Por favor no digas nada, pero tengo que tomar clases de verano para poderme graduar. Así que esos son mis planes traviesos.

Adrián me está mirando confundido, así que le hago una seña hacia mi teléfono.

"Ah," me dice. "Pensé que le estabas mandando un texto … olvídalo." Él saca su teléfono de su bolsillo y lee el texto. Me mira con simpatía antes de regresar a su teléfono.

Adrián: Vaya, qué dolor. Lo siento, no sabía. No quise ser un asno.

Yo: ¡Dímelo a mí!

Yo: Sobre la parte de dolor. No la parte del asno.

Adrián: Jajá, entiendo. ¿Qué clases tienes que tomar? Tal vez te pueda ayudar.

Yo: ¿Tú? Sin ofenderte. Biología y pre-cálculo.

Adrián: Sí, yo. Créelo o no. Ya me gradué de la prepa y tomé esos mismos cursos, ¿recuerdas? Tal vez tenga mis notas tiradas por alguna parte.

Yo: Ah, verdad. Eso sería muy útil en verdad. Le pregunté a Nico y aparentemente él tiró todo en el basurero el minuto que se graduó y luego se meó encima de él. Primera vez que estar un grado debajo de él no me vino bien.

Adrián se ríe y me mira. "Eso suena como Nico."

"Sí," río de regreso y luego miro por la ventana. Bueno, por lo menos no me está juzgando por ser una idiota total y reprobar dos clases mi último año. Había dado nuestra conversación por terminada cuando escucho mi teléfono vibrar.

Adrián: Finalmente una verdadera sonrisa en tu cara y sólo me toca ver la mitad. Tengo que decir que me está gustando esto de comunicarse por texto aunque estás sentada junto de mí. Es divertido.

Me sonrojo sin saber cómo responder a eso. Empiezo a escribir algo de vuelta cuando me doy cuenta que el coche ha parado. ¿Ya llegamos?

De repente Nico abre la puerta de la cajuela y me saca con una mirada de desaprobación en su cara. Le tira las llaves a Adrián y luego envuelve su brazo alrededor de mi hombro y caminamos hacia el centro comercial, sin molestarse en esperar a su novia o a nadie más.

Mientras ganamos distancia de los demás, me mira y me dice, "No debiste de haberte metido en la cajuela, Sofía."

"Las otras chicas se metieron atrás, así que no había espacio," explico.

"Entonces diles que se salgan. Es nuestro coche, nosotros somos los que las estamos recogiendo. Ellas se deberían sentar atrás, no tú. ¿Entendiste?"

"No es gran cosa."

"No lo sé, eso realmente me enojó. No dije nada porque no te quise avergonzar, pero debiste haberte quedado enfrente conmigo y dejar que los demás se arreglaran, incluyendo Ana. Sé que estabas tratando de ser buena gente, y que tal vez son mayores que tú, pero necesitas mostrar un poco más de firmeza. Eres una Durant, no lo olvides."

"Ay, está bien papá. ¿Puedes parar de actuar como el hermano grande todo el tiempo? Pueda que ya estés en la universidad, pero todavía somos de la misma edad. Así que no te hagas el mayor y poderoso conmigo."

Nico suspira mientras que abre las puertas del centro y nos dirigimos hacia el teatro. "Sólo estoy cuidándote hermanita. Tú sabes que nuestros padres no están mucho con nosotros, así que alguien lo tiene que hacer. Hablando de ello, ten cuidado con Adrián. No sé qué se trae, pero tengo mi ojo puesto en él."

"¿Qué? Bueno, ahora estás hablando por el culo. Sólo estaba siendo amable."

Deja salir una risa seca y sacude su cabeza. "Mierda, Sofía. A veces siento que nos excedimos en protegerte. Y por *nosotros*, mayormente culpo a Leo y a Max."

Giro mis ojos mientras hacemos fila para comprar los boletos. Él es el peor de todos ellos ya que mis dos hermanos mayores viven felizmente en Londres con sus esposas e hijos. Recuerdo una vez que Nico pateó a un pobre niño en la espinilla durante un partido de fútbol de niños porque dijo que se estaba acercando demasiado a mí en la defensa. Eso fue el comienzo de una larga lista de cosas vergonzosas que él ha hecho a través de los años bajo la excusa de protegerme.

Cuando llegamos a la caseta de los boletos, Nico compra cuatro y me entrega dos de ellos. "Uno es para Adrián. Se lo debo de la vez pasada. No dejes que se haga ideas," dice antes de caminar hacia Ana. La saca rápidamente de la fila y se dirigen hacia el teatro. Aparentemente el tiempo de sermoneos se acabó.

Veo que Adrián está en la fila con las amigas de Ana y tengo que morder mi lengua al ver la exhibición enfrente de mí. Todas están coqueteando desvergonzadamente con él, pero hay una chica en particular que está desesperadamente tratando de llamar su atención. Sheesh.

Camino hacia Adrián y le entrego su boleto. "De Nico," le digo simplemente antes de seguir por mi camino. No me voy a quedar para ver eso. Luego me dirijo hacia la sección de comida pues mi garganta se siente muy seca de repente. Definitivamente podría tomar algo.

"¿Te importa si me meto?"

Volteo a ver a Adrián detrás de mí. Me encojo de hombros, esperando que la gente detrás de mí en la fila no se enoje.

"¿Qué vas pedir?" me pregunta.

"Sólo una botella de agua."

"¿En serio? ¿Eso es todo? Tienes que seguir el protocolo completo al ver una película o si no entonces no cuenta. Coca-cola, palomitas, tal vez unos nachos, y una barra de chocolate."

"Eso es porque tú y Nico podrían comer un restaurante entero sólo entre los dos. No tengo mucha hambre," le contesto.

"Eran tan niña. Si pido un combo, ¿al menos lo compartes conmigo?"

"Este, tal vez el chocolate."

"Ahora nos estamos entendiendo," responde con una sonrisa de lado.

Después de pedir demasiadas botanas, finalmente nos dirigimos hacia el teatro. Encontramos a Nico y Ana pero los asientos junto a ellos ya están tomados así que terminamos sentándonos en unos asientos detrás. Las amigas de Ana entran después y no es gran sorpresa ver a todas tratar de luchar para sentarse junto a Adrián.

La misma chica de antes le gana a sus amigas y termina en el asiento codiciado. Luego procede a hacerle un millón de preguntas sobre sus cosas favoritas, aunque los tráilers ya han empezado. Él sigue mirándome como pidiéndome ayuda, pero no estoy segura qué hacer. Trato de no reírme al tomar mi botella de agua.

De repente, él saca su teléfono y empieza a escribir algo rápidamente antes de regresarlo a su bolsillo. Mi teléfono vibra y veo que es un texto de él.

Adrián: SOS. Por favor ayúdame. En serio, no podré ver la película así.

Esta vez no puedo aguantar la risa y aparto la vista. Trato de mantener una cara seria mientras fijo mi vista en la persona sentada frente a mí. Ese es el momento en que pienso en algo.

"¿Oye Adrián? ¿Te importa cambiar asientos conmigo? Este tipo está bloqueando mi vista y no puedo ver nada." Trato de hacer mi mejor puchero y le pestañeo los ojos, pero no estoy segura si me salió la vibra de doncella afligida correctamente.

Él me mira aturdido por un momento y luego aclara la garganta. "Claro, princesa. Me debiste de haber dicho antes, me hubiese movido con gusto." Se para rápidamente y me agarra de la mano, dejando que pase enfrente de él. Su brazo roza contra mi cintura y aunque sea sólo por un segundo, siento mi cuerpo acalorarse a su roce.

Me desplomo al sentarme, tratando de ocultar mi reacción vergonzosa. La chica que ahora está sentada junto de mí inmediatamente resopla y voltea los ojos en disgusto.

"Dios. ¿Por qué tiene que hacer de niñera tuya todo el tiempo?" Ella se levanta de su asiento y camina por el pasillo enojada, golpeando a la gente al pasar. Sus amigas la siguen rápidamente y luego todas se sientan al lado opuesto.

Siento mis mejillas encenderse y me empiezo a parar también. No hay ninguna manera que pueda soportar la humillación por dos horas.

El brazo de Adrián se dispara sobre el apoyabrazos de mi asiento para no dejarme salir. "No te atrevas a moverte ni un centímetro."

"Yo eh … probablemente debería …"

"No, no deberías." Siento su mano en mi barbilla, mientras que él voltea mi cara hacia él. Su mano cae tan pronto como lo miro y noto que mira de reojo hacia el pasillo por un momento. "No es verdad … lo que dijo. No estoy de tu niñera y esa no era mi intención. Sólo quiere llamar la atención. ¿Entiendes? Le hubiese dicho algo pero tu hermano me está mirando como un halcón."

Confundida, me volteo a ver a Nico que nos está mirando con una expresión extraña. ¿Cuál es su problema ahora?

"Sólo ignóralo. Es lo que yo normalmente hago," le contesto a Adrián.

"Cierto," él se ríe, sacudiendo la cabeza. "¿Palomitas?" me pregunta, de repente colocando la caja sobre mis piernas.

"Gracias," murmuro agarrando un puño y sintiéndome más perpleja que nunca.

"Oye, ¿te importa guardar mi teléfono? Siempre se me cae del bolsillo," Adrián me dice mientras toma un sorbo de Coca-Cola.

"¿Qué? Sí, sólo ponlo en mi bolsa."

Él tiene una manera de cambiar el tema tan rápido antes de registrar lo que está pasando, así que decido mejor ignorarlo. Me acomodo en mi asiento mientras que los tráilers finalmente terminan y me relajo por primera vez desde que salí de mi casa. Con suerte no va a haber más drama durante la película. Y si lo hay, será drama interno girando dentro de mi cabeza. Culpo al chico confuso sentado a mi lado por eso.

La película solo lleva diez minutos y ya estoy deslizándome en mi asiento. Dios, soy tan gallina. Los créditos de apertura ni siquiera han comenzado todavía.

Cuando el primer zombi aparece de la nada, grito en silencio y salto, tirando las palomitas por todas partes. Debí haber visto eso venir. Claro que inmediatamente escucho a Adrián reírse junto de mí mientras que le paso la caja ahora mitad vacía. Él simplemente la pone sobre el piso y decide que es más chistoso recoger las palomitas que se han caído sobre mí.

Veo la siguiente parte de la película a medias, apartando la vista lo más posible de la pantalla. Como si los sonidos de gorjeos y chillidos de monstruos comiendo la piel de humanos vivos no fuera lo suficiente malo. Cuando ya no lo puedo soportar más, simplemente cubro mis ojos con mis manos, acurrucando mi cabeza sobre mi hombro.

"Jesús, Sofía. ¿Así de mal?" escucho a Adrián susurrar junto de mí.

Simplemente asevero, encogiéndome al pensar en abrir mis ojos de nuevo.

"Sabes que no es real, ¿verdad?" susurra de nuevo.

"Lo podría ser," murmuro.

Lo siento inclinarse más cerca de mí. "¿Qué te parece si te dejo saber cuando las partes de miedo terminan? Al menos puedes mirar las partes normales."

"Está bien. ¿Es seguro ahora?"

"Sí. No hay moros en la costa."

Ya no escucho los sonidos de terror así que tiene que estar diciendo la verdad. Miro hacia arriba y veo que los personajes principales están caminando por un túnel oscuro infestado de zombis. Todos los zombis parecen estar muertos. Como en muertos-muertos y no sólo muertos de zombi pero todavía vivos. De repente a una niña joven la arrastran debajo de un coche y esta vez grito fuerte … al igual que casi todo el teatro.

Lo siguiente que pasa es que me estoy protegiendo debajo el hombro de Adrián. Ni siquiera me había dado cuenta hasta que siento un brazo envolverme y me jala hacia su pecho. Él me cubre los ojos con su mano grande y siento mi corazón golpear en mis oídos al inhalar su aroma. No sé qué es más preocupante, la película o esta posición nueva en la que me encuentro. Nunca he estado ni remotamente así de cerca de él en todos estos años, mucho menos ser cobijada por él. Es un sentimiento increíble. Como si me estuviese protegiendo.

Mi imaginación salvaje llega a su fin cuando siento su pecho vibrar de risa. "Te dejaré saber cuando termine, *miedosita*."

Perfecto, soy algún tipo de entretenimiento para él. Suspiro y me imagino que realmente le importo, envuelta en sus brazos. Es tan fácil de imaginar. Sé que es tonto, hasta patético, pero me gusta mi versión de eventos.

Estoy empezando a pensar lo extrañamente cómodo que él realmente es, cuando se me ocurre que he estado en esta nueva posición por un tiempo ya. Seguramente que la escena ya debió de haber cambiado.

"¿Se acabó?" le pregunto.

"Todavía no," él murmura.

"¿Estás seguro? Ya no escucho nada."

"Shh. Estás interrumpiendo la película," él susurra. Su voz suena entretenida y sé que tiene que traer algo entre manos.

Me alejo de él y le echo una mirada rápida a la pantalla. Están en plena luz del día y los personajes claramente están fuera de peligro. "Adrián," protesto y le pego en el hombro.

Él sólo me sonríe y luego se encoge de hombros. "Pensé que sólo era una cuestión de tiempo antes que otro zombi atacara."

"Tonto," me río. "Eres un mentiroso."

"Oye, estaba cuidando de ti. No puedes echarme la culpa por eso."

"Pensé que no estabas haciendo de niñera conmigo."

Sus ojos cafés se reducen en mí y su expresión cambia completamente. "No lo estoy, Sofía."

Estoy por contradecirlo cuando una explosión fuerte suena de la película, partes sangrientas volando en cada dirección, y casi me trepo sobre él. Esta vez él suspira y ajusta mi espalda contra él, casi en resignación. Agarra la Coca que está en el portavasos entre nosotros y la mueve a su lado derecho.

Luego alza el apoyabrazos entre nuestros asientos y envuelve su brazo alrededor de mi hombro, corriéndome más cerca de él.

Todo pasa tan rápidamente que lo miro alarmada.

"¿Está bien esto?" me pregunta.

"Pienso que ... sí." Realmente no sé qué pensar. ¿Estoy pensando? ¿Él está pensando?

"Bien. Para tal caso te deberías quedar así por el resto de la película por el bien de los dos. Si es demasiado, podemos salirnos."

Él es demasiado. ¿Sabe lo que me está haciendo? Esto es mucho peor que todos los años de su rechazo silencioso, y todo lo que está haciendo es envolver un brazo alrededor de mi hombro porque estoy asustada de una tonta película de zombis.

Dios, soy tan tonta.

Trato de no obsesionarme con ese pensamiento por el resto de la película. Curiosamente, ya no salto de mi asiento y en vez disfruto del calor de Adrián.

Cuando la película se termina y las luces se encienden de nuevo, él rápidamente quita su brazo de alrededor de mi hombro y se levanta. Por lo menos es lo suficiente amable de recoger todo del piso incluyendo mi bolsa.

Una vez que nos juntamos todos afuera, Nico y Adrián inmediatamente empiezan a repasar cada detalle sangriento de la película y relatar sus partes favoritas. Son tan niños a veces. Miro a Ana y ella parece estar tan aburrida como yo.

"¿Qué les parece ir a la zona de restaurantes? Me muero por una malteada," Ana sugiere.

Realmente no tengo mucho apetito después de ver toda esa sangre, pero al menos le dará a mi mente un descanso. "Me parece bien," contesto.

"Sí, vamos," Nico dice. "¿Y tus amigas? ¿Las deberíamos esperar?" le pregunta.

"No. Dijeron que iban a hacer lo suyo," Ana responde.

"Funciona para mí," Adrián dice sonriendo. "Oye Sofía, ¿tienes mi teléfono?"

"Sí, espera." Empiezo a buscar en mi bolsa, pero no lo puedo encontrar. "¿Es un Samsung verdad?"

"Sí, lo puse en el bolsillo de adelante."

"¿Estás seguro? No está aquí adentro," digo empezando a entrar en pánico.

"Estoy seguro."

"Mierda. ¿Regresamos a buscarlo?"

"Este sí," me dice, pareciendo nervioso de repente. Volteándose a Nico y a Ana les dice, "¿Por qué no se adelantan? Los encontramos ahí."

Nico asiente. "Bueno, los vemos ahí."

Caminamos de vuelta al teatro y los de la limpieza ya están haciendo sus rondas. Me apresuro de vuelta a nuestros asientos y empiezo a buscar en el piso. Dios, realmente espero que no haya perdido su teléfono. Eso sería totalmente vergonzoso.

Extrañamente, Adrián sólo está parado ahí sin parecer que le importe su teléfono. Tal vez es uno de esos tipos que secretamente se enoja por dentro pero no lo muestra.

"No creo que esté aquí, Adrián. Déjame irle a preguntar a la de la limpieza. A lo mejor ya lo recogieron."

"No, espera. Sentémonos un minuto."

"¿Qué? ¿Por qué? ¿Y tu teléfono?"

"Sólo … por favor." Él agarra mi mano y me jala para sentarme en el asiento al lado de él.

"Adrián. Le deberíamos ir a preguntar. Le puedo ofrecer dinero o algo así."

"No, no hagas eso. Olvídate del teléfono por un segundo."

Ay dios mío. ¿Es bipolar? "Bueno, tengo que decir esto. Eres la persona más confusa en todo el planeta."

Él se ríe fuertemente y se sienta atrás. Corre una mano bajo su cara y me mira con calma. "Tengo que confesar algo."

Literalmente siento mi corazón parar en mi pecho. Dios mío, va a confesar que es bipolar. ¿Cómo no me di cuenta todos estos años?

Debo de estar mirándolo con una cara de sorpresa porque de repente suelta, "Tengo mi teléfono."

"Tú … ¿qué? ¡Maldita sea Adrián, casi me das un ataque al corazón! Ya estaba pensando que iba a tener que comprarte un teléfono nuevo y todo."

"Lo sé, lo sé. Lo siento. Fue tonto."

"¿Qué fue tonto?"

"Yo … eh. Fue una excusa. Quería tenerte a solas."

¿Yo? ¿A solas? ¿De qué está hablando?

"Dios, me acabo de dar cuenta lo raro que eso sonó," él continúa. "Quise decir que quería hablar contigo a solas … sin tener una audiencia. Es muy difícil alejarte de Nico a veces."

"Ah. Bueno, ¿de qué querías hablar?"

Él suspira y aparta la vista de mí. Parece casi … avergonzado. No puedo decir que es esa expresión. Nunca lo he visto estar avergonzado de algo.

"¿Realmente no sabes?" finalmente pregunta.

"¿Esto es sobre yo reprobando dos clases este semestre? Porque créeme, ya todos me dieron suficiente mierda sobre ello así que no necesito otro sermón."

"¿Qué? No, para nada. No me importa eso. Digo, me importa en el sentido que es malo para ti y tienes que tomar cursos de verano y todo eso. Pero no, esto no tiene nada que ver con eso."

"¿Entonces qué es?"

Mira al piso de nuevo y sacude la cabeza. "*Mierda*, nunca supe lo difícil que esto sería. Está bien, sólo lo voy a decir, ¿de acuerdo?"

"Realmente me estás empezando a asustar, Adrián."

"Está bien. Te quería pedir que salieras conmigo. Ahí, lo dije." Él respira profundamente y me mira con una expresión aterrorizada.

Parpadeo un par de veces y luego mis ojos se agrandan al instante y me río con incredulidad. Sí, realmente me río. "¿Estás seguro que le estás hablando a la persona correcta?"

"¿Estás loca? Sí. La última vez que revisé sólo había una Sofía Durant."

"Pero tú eres tan … y yo soy … ¿espera qué?"

"Sólo escúchame, ¿de acuerdo? He pensado en esto mucho a través de los años y –"

"¿Años? ¿En plural?" Creo que mi mandíbula se acaba de caer al piso.

"Mira. Estoy muy consciente que sólo tenías 15 años cuando primero nos conocimos. Por eso mantuve mi distancia de ti … porque eras demasiado joven y de alguna forma sabía que no era correcto. Pueda que no sea gran cosa aquí o en Europa, pero la gente toma estas cosas muy en serio en los Estados Unidos. Pero ahora tienes 18 años y pronto vas a estar en la universidad y pensé que ya había pasado más que suficiente tiempo."

"¿Qué no era correcto? ¿Qué fuéramos amigos?" Todavía no estoy entendiendo una palabra de lo que está diciendo.

"Para que nosotros … nos involucremos. Tal vez suene pretencioso de mi parte, pero desde el momento que nos conocimos supe que había algo ahí. En mi defensa, siempre has sido muy madura para tu edad, probablemente por tus hermanos. Así que nunca pensé en ti como mucho menor que yo, y definitivamente no te veías mucho más joven. Pensé que se iría si lo ignoraba lo suficiente, pero eso claramente no ha sido el caso. Y tengo el sentimiento que puede ser que tú también te sientas de la misma manera."

Me sonrojo al instante y estoy pasmada más allá de lo concebible. "Nunca pensé que me vieras de esa manera. Pensé que sólo era la hermana de Nico para ti."

"Dios … Nico. Amo a ese tipo hasta la muerte, pero a veces también lo odio un poco. Me ha dicho que me aleje de ti un millón de veces, aunque nunca le he admitido nada. Pero obviamente sabe. Supongo que no he hecho el mejor trabajo en esconderlo. Hasta Leo y Max me han hecho muchas advertencias a través de los años. Tengo que decir que son muy intimidantes."

"Eso es tan vergonzoso. ¿Qué te dijeron?"

"Sólo que … tú sabes, la charla común entre hombres. Que me romperían las piernas, ese tipo de cosas. Parecían muy serios," él dice sin darle mucha importancia.

"No puedo creer que te hayan dicho eso."

"Está bien. Lo entiendo, es parte de su ADN. No es nada que no le diría a alguien que te trate de tirar la onda. Pero creo que los puedo manejar. Sólo quería hablar contigo de esto primero. No es como si no te van a dejar salir con alguien si eso es lo que quieres."

"No sé. Tal vez es mejor si no les decimos nada." La última cosa que necesito es que ellos se metan en mi vida o peor aún … vayan detrás de Adrián.

"¿Estás segura?" me pregunta.

"No es como si no me van a dejar salir, pero sé que me harán mucho problema por ello. Así que será mejor que no sepan. A veces apesta ser la única niña en la familia y técnicamente la menor. A Nico le gusta recordarme constantemente que es mayor que yo por dos minutos enteros."

"Bueno, si eso es lo que quieres."

Vaya, él está siendo tan razonable. Esta conversación parece demasiado adulta y civilizada para mí. Lo cual me recuerda … "¿Y nuestros padres? Ellos trabajan juntos. ¿No crees que eso va a ser un problema?"

"He pensado sobre eso también. Supongo que si tu papá está de acuerdo, entonces debería estar bien. Puedo hablar con él si quieres."

"No … no tienes que hacer eso Adrián. No es como si … digo, ¿qué pasa si …? Tal vez estamos pensando en esto de más. ¿Qué pasa si salimos y luego te das cuenta que ni siquiera te gusto y luego hicimos todo esto para nada?"

"Eso no va pasar, Sofía. Por lo menos no por mi lado. Pero entiendo lo que estás diciendo. Tal vez es mejor si salimos primero y luego podemos manejar a la otra gente después. Sólo que no quería que fuera un gran secreto o hacerte sentir incómoda."

Respiro profundamente y suspiro. Esto está sonando más y más complicado. Nunca había pensado en realmente salir con Adrián y cuáles serían las implicaciones de vida real. Mi imaginación de adolescente nunca ha ido más allá de engancharnos en una fiesta tras puertas cerradas. O por lo menos nunca pensé que Adrián estaría interesado en algo más en serio conmigo.

Miro hacia Adrián, mi mente girando un millón de kilómetros por minuto. Él parece tan preocupado como yo.

Él aclara la garganta y dudosamente alcanza mi mano. "Mira, olvídate sobre todo lo demás por un segundo. Olvida a tus hermanos o a nuestros padres, o lo que cualquier otra persona podría decir sobre esto. ¿Si ellos no existieran y fuésemos extraños que se conocieron en la calle, quisieras salir conmigo?"

"Bueno, sí." Obviamente. ¿Quién no quisiera? Me sonrojo un poco a esa admisión.

Él deja escapar un suspiro y esboza una sonrisa que sé va a ser mi fin. "Entonces, ¿es un sí? ¿Saldrás conmigo?"

"Sí."

Sobre el Autor

M.C. ROMÁN creció en la ciudad de México y actualmente vive en Brooklyn con su esposo sexy y chistoso. Cuando no está leyendo o escribiendo, sus pasatiempos incluyen soñar despierta, mirar programas en Netflix, y cocinar comidas caseras de Blue Apron.

Otros libros escritos por M.C. Román:

Enseñando A Mia
Persiguiendo A Sofía
Amando A Olivia

Conecte con M.C. Román:

Website: http://about.me/mcroman
Facebook: http://facebook.com/MCRomanAuthor
Twitter: http://twitter.com/mc_romances
Email: mcromances@gmail.com

Made in the USA
Las Vegas, NV
20 April 2021